# 夏初遇见爱。

夏初

Yujian Ai

欢何◎著

朝華出版社

**图书在版编目(CIP)数据**

夏初遇见爱/欢何著. —北京:朝华出版社,
2009.10

ISBN 978 - 7 - 5054 - 2235 - 3

Ⅰ.夏… Ⅱ.欢… Ⅲ.长篇小说 - 中国 - 当代 Ⅳ.
I247.5

中国版本图书馆 CIP 数据核字(2009)第 176506 号

# 夏初遇见爱

**作　　者** 欢　何

**选题策划** 杨　彬　张　冉

**责任编辑** 张　冉

**特约编辑** 崔晶晶

**责任印制** 张文东

**封面设计** 大象设计

**出版发行** 朝华出版社

**社　　址** 北京市车公庄西路 35 号　　**邮政编码** 100048

**订购电话** (010)68413840　68433213

**传　　真** (010)88415258(发行部)

**联系版权** j-yn@163.com

**网　　址** www.mgpublishers.com

**印　　刷** 北京忠信诚胶印厂

**经　　销** 全国新华书店

**开　　本** 710mm×1000mm　1/16　　**字　　数** 190 千字

**印　　张** 16.75

**版　　次** 2009 年 10 月第 1 版　2009 年 10 月第 1 次印刷

**装　　别** 平

**书　　号** ISBN 978 - 7 - 5054 - 2235 - 3

**定　　价** 23.80 元

---

# 目　录

夏初
XiaChu
YuJianAi
遇见爱

# 第一章　爱情是件奢侈品

安馨在婚礼上，故意忘记了抛出新娘的手捧花这个环节。仪式刚结束，她就拉着伴娘云夏初跑回新娘休息室，把漂亮的手捧花塞到云夏初手里。大得有些离谱的眼睛里带着三分得意：“看好了，我把祝福传递给你了。你快把自己嫁出去吧。”

云夏初还没来得及接过话茬，安馨又换上一副严肃的面孔补充：“不过，记住了，千万不能是赵致晗那个倒霉玩意儿。”

看着被塞到怀里的粉色玫瑰花束，云夏初哭笑不得。

齐大扬敲门探头进来，小眼睛亮亮的，盛满了笑：“老婆，衣服换好了吗？该去敬酒了。”

“哦！马上，等一下。”安馨应着，云夏初连忙把手捧花放在一边，帮安馨把敬酒的旗袍拿出来，跟化妆师利索地为其补好妆，梳好头发。

安馨挽着齐大扬，在大家的掌声和祝福中，笑得甜蜜幸福，不时扭头对身边的云夏初小声地说：“结婚吧，结婚吧，感觉挺幸福的。”

“嗯！幸福就好！”云夏初附和着，心里无奈又好笑。这个安馨，这几年一提工作就六亲不认，一说结婚就把脑袋摇成拨浪鼓，三十有二了捡到齐大扬把自己嫁了出去，然后就立刻改变阵营，三句话不离“结婚吧，结婚吧，挺幸福的”。

安馨是云夏初的老板，恩依饰品的总经理兼推广总监，业内有名的女强人，平日里风风火火，短短四年，就带领恩依杀出重围，成为竞争激烈的饰品界里的一匹黑马。

婚礼结束后，安馨和齐大扬即刻起程远赴普罗旺斯度蜜月。最近安馨一说起浪漫的薰衣草，大眼睛就精光四射。

在酒店门口，云夏初站在人群中，与那幸福的一对告别后，打算顺道去专柜视察最近的销售情况，看看手里开得正好的玫瑰花束，犹疑了一下，想起安馨再郑重不过地说‘我把幸福传递给你了’，于是忍了又忍，才没有把花送给身边两个翘首以待的小女孩。夏初歉意地笑了笑，索性带着它去巡店了。

景晨站在下行的滚梯上，看见对面一个眉目清秀的姑娘抱着一束带着鹅黄色飘带的球状玫瑰花束，十指纤细修长，浅米色及膝针织裙简单干净，搭配了浅咖啡色的长靴，刘海儿用一枚叶子状发卡别在一侧，有种安静明澈的气质。

景晨露齿一笑，侧脸对同行的朋友说：“瞧，旁边那拿着捧花的姑娘，单身!”

朋友诧异：“哦！你认识?”

“No！你没看见她刚刚从某个婚礼上抢到一束新娘捧花吗？看来也是待嫁心切。”景晨坏笑。

“长得还算清秀，就是普通了点。怎么，你有兴趣?”朋友打趣。

景晨笑着摇头，看了一眼那姑娘单薄的背影，乌黑的直发散落在肩上，整个人，像是一朵开在初夏里的野姜花，连芬芳都淡到极致，远不是那种让男人一见倾心的出众女子。

云夏初听见下行滚梯上，擦肩而过的笑声，下意识地回头看了一眼。靠近自己的一侧，那个男人带着一顶鸭舌帽，背影很好看。

陶陶回来的时候，已经凌晨一点。云夏初睡不着，正在浏览施华洛官方网站发布的秋季新品。粉色玫瑰插在盛满清水的广口瓶里，安静地怒放。

“干什么，深更半夜不睡觉，上网找男人?”陶陶猫一样慵懒地倚在房门边上，微眯着眼，卷发沿着一张精致的芭比脸垂下，像是茂盛的海藻，勾出旖旎的弧线。白色的镂空吊带裙里隐约可见金色的抹胸，DEEP RED 诱惑的味道在暗夜里有说不出的魅惑……

云夏初连眼皮都懒得抬：“三楼王大妈今天悄悄跟我说，咱这楼上经常半夜有个浓妆艳抹的女人回来，不知道是做什么的，估计不是好人。”

陶陶笑得眉梢眼角风生水起。

江陶陶和云夏初是一个胡同里长大的姑娘。

目前二人是同居密友。这套北四环边上的三居是夏初和陶陶三年前合买的二手房，贷款过户装修足足忙了三个月。现在两人同属大龄未婚女青年，但是主要区别是陶陶要是早晨起床说想嫁，中午来求婚的男人就能顺着八达岭高速排到长城脚下去。

而云夏初，她说不上待嫁心切，只是希望能尽快安稳平淡地嫁个人，不至于每次回家都被二舅妈冷嘲热讽。

但是，赵致晗至今也没提结婚的事。

陶陶说：“云夏初，你要反过来求了赵致晗娶你，我就跟你老死不相往来。”

所以，云夏初只好生生地把那份心思咽了回去。

一直以为遇见赵致晗，是遇到那个可以谈婚论嫁的男人。赵致晗完全符合云夏初的择偶标准：第一长相普通，第二收入中等，第三有那么点儿才气。

陶陶说，云夏初的择偶标准就注定了她死水微澜的爱情以及索然无味的婚姻。

云夏初说，这正是我所期望的。

凌晨一点，云夏初下网，洗漱睡觉。

刚刚洗完澡的陶陶从卫生间出来，头发顺从服帖，沐浴露的味道清甜，儿童版睡衣的胸前绣着一只粉嫩的Hello Kitty。云夏初打心眼里感慨，将来娶了陶陶的男人可真是捡到宝。她一人能把三妻六妾的角色全演了，且各有风情。

陶陶打小就是胡同里最漂亮的小姑娘，长大后更是越发的出挑。胡同口的奶奶时常说，这姑娘呀，真是水灵灵的，瞧那脸蛋儿，一指头能掐出水来。

那时候，同为十二岁的夏初和陶陶并排坐在胡同口的青石墩上，初夏的阳光柔软，大团大团的云彩悠闲地赶路。

夏初穿着素白底子绣了粉蓝色小花的衫子，水洗蓝的牛仔裙，脚上是一双海蓝色的船口公主鞋，看上去安静乖巧。她从裙子口袋里摸出一枚水果糖，递

给身边的陶陶。陶陶接了过去，拨开糖纸把水果糖放进嘴里，水蜜桃的甜味儿在舌尖上像是跳舞一样欢快。陶陶对着阳光，举着玻璃糖纸，微眯着眼睛，问道："夏初，你是初夏出生的吗？"

云夏初摇头："不，我是冬天出生的。我外公说，那天下了那年的第一场雪，纷纷扬扬的。他说这么个雪白的小人儿，就叫云雪初吧。"

"哦！可是为什么后来叫夏初了呢"？陶陶不解。

"据说是我妈妈坚持。因为，她和我爸最初遇见的时候，就是初夏。'清和雨乍晴，柳絮因风起'，我妈最喜欢这句。我爷爷的书房里还挂着我妈写的那幅字呢。"

"你妈和你爸的感情真浪漫。"陶陶感慨着，感觉水果糖的甜味儿在舌根上，慢慢地洇开。

夏初不应声。她自幼父母双亡，跟着外公长大，所有爸爸妈妈的事情，都是外公讲给她听的。在她的记忆里，父母的影像温暖却模糊。

早上起来，夏初收拾完毕，陶陶正坐在餐厅里，神清气闲地吃早点。浅灰色职业套装完美地烘托出她端庄姣好的身形，头发扎成马尾，高高地束在脑后，就成了一个知性干练的职场丽人。夏初在心里暗叹，江陶陶真不愧为百变佳人啊！

看见夏初，陶陶笑着把豆浆油条推给她："刚才下楼去买早点，碰见王大妈了。她悄悄跟我说，咱楼里最近搬来一个开丰田越野的男人，长得倒挺招人喜欢，但是生活作风可能不好。所以那个经常半夜来的浓妆艳抹的女人百分之九十是找他的，让我们小心点。"

陶陶说着，忍不住自己"哈哈"地乐出了声。

云夏初端起豆浆，汗颜。

作为恩依饰品的首席设计师，夏初如今在业内也算小有名气，是各大珠宝公司极力挖角的人才。江陶陶对外的正经职业是一家外企的财务，每周有三个晚上还要去一家迪厅兼职领舞。她个人最大的理想就是挣足够的钱败家，成日里游走在世界各地的商场里随便挥霍。到目前为止，这三居就有一间单独盛放着陶陶的衣服包包鞋子香水若干。江陶陶的理念就是，这世上，男人是最变幻无常的动物，所以女人一定要对自己好！花钱买自己高兴！

这一点，云夏初不时自我反省，陶陶比她更像是从事时尚行业的，搞不好是 PRADA 的关门弟子。

下午六点，北辰附近一家西餐厅里，云夏初照例点了自己喜欢的牛排套餐，然后若有所思地打量坐在对面的赵致晗。餐厅里的灯光暗而柔和，他正仔细地翻看着菜谱，长睫毛在脸颊上扫下淡淡的影子。云夏初在心里叹气，似乎有人说过长睫毛的男人很多情，但是赵致晗对自己却是若即若离，冷热无常。

有很多次，夏初下了决心要分手，但是一遇上赵致晗稍微灿烂点的笑脸，夏初就会一咬牙一跺脚："算了算了，年纪一把了，嫁给什么样的男人都一样。反正日子久了，都会有不如意的地方，关键是，赵致晗长相斯文普通，人还算老实，至少结了婚外遇几率低。"

吃完饭出了餐厅，外面下起了小雨，云夏初本想让赵致晗陪她去丰联广场看看这一季施华洛的新品是否已上架，但是还没开口，赵致晗就说："我还有点儿事先走了，你自己打车走吧。"

云夏初看着赵致晗利索地矮身缩进车里，隔着车窗摆摆手扬长而去。她张开嘴却半天没说出话来，心里的失落感就随之无边无际地散开，似乎她和他约会的理由只是谈恋爱，但是这所谓的恋爱，却让她的落寞愈演愈烈。

赵致晗是一家时尚杂志的栏目策划，云夏初的一款获奖作品被杂志社看中，找来公司想要做一期专题。赵致晗反复与云夏初沟通之后，策划出一期令双方都非常满意的栏目。

后来，杂志社和恩依举行过几次联谊活动，发现云夏初依然单身，于是杂志社杨主编极力撮合她和赵志晗。可是安馨从一开始就明确表示反对，她说赵致晗那张脸上连个笑容都少见，可见其内心阴郁，不是可托付的人选。

当事人云夏初却认为试试也无妨，于是开始和赵志晗隔三差五地吃饭看电影，渐渐地培养出一些可以称为感情的因素。云夏初没有告诉安馨，赵致晗完全符合她本人的择偶标准，所以这次恋爱她一开始就是奔着结婚而去的。

但是赵致晗的态度就像杯温吞的开水，不凉着你也不烫着你，拿捏得恰到好处，于是云夏初就怎么也狠不下散了的心。

云夏初形单影只地站在雨中等出租车。旁边一对年轻的恋人在一把雨伞下，

拥吻得旁若无人。

年轻时怎么总觉得男人是招之即来，挥之即去，全凭本小姐心情呢？云夏初忍不住感叹，似乎一夜之间，男人们就齐刷刷地骄傲起来了。

下班高峰期，打车是件颇有难度的事情，等了半天也不见空车，云夏初索性淋着小雨步行回家了。初夏的北京，雨后仍有些微的寒意，等到家的时候，云夏初已经淋湿了。

家里冷冷清清的，陶陶回家尚早。

云夏初洗完澡爬上床倒头就睡，等迷迷糊糊地听见手机响时，才发觉头晕脑涨得难受，看看手机，是赵致晗打来的，于是挣扎着接起电话。那边传来赵致晗不紧不慢的声音：“夏初，明天能不能帮我从你们公司借一套甜美风格的首饰。我们这期的主题是针对年轻女孩的‘甜美流行风’，配套首饰要有蝴蝶结、蕾丝花边之类的可爱元素，就是最近流行的卡哇伊风格。杂志社明天会派人去你们公司直接找你。夏初？夏初你在听我说吗？”

“嗯，”夏初艰难地咽咽唾沫，“我知道了，那明天直接来拿吧。”

“哦，那好了，我挂了。你早点睡！”赵致晗愉快地挂断了电话。

“我——”云夏初本想说我好像感冒了，结果被彼端的“嘟嘟”声堵了回来，犹豫地拿着手机想着要不要打过去，许久之后索性把手机扔到一边，郁闷着又迷迷糊糊地睡着了。

凌晨时，陶陶回来，推醒睡得迷糊的云夏初。

“你怎么搞的，烧成这样？快起来吃药。”

云夏初直接挂了小白旗。要是说起原因，估摸着今晚上就别想睡了。

就着陶陶的手吃了药，云夏初老实地躺好，报以“我是好孩子”的笑。陶陶嘟囔着带上门回屋了，过了两分钟，又伸脑袋进来：“半夜不舒服叫我，别扛着。不行咱就上医院。”

云夏初继续笑得无辜良善：“遵命！”

陶陶总算安心回屋了。外面雨声淅沥，路灯昏暗的光线折射到天花板上水晶灯的流苏上，光影明灭不定。忽而想起赵致晗的长睫毛下眼神忽远忽近，就有隐隐的难过从云夏初的心底里源源不断地涌了出来，在黑暗里织成一张巨大的网，劈头盖脑地网下来。

伸手把灯打开，数起那些繁复美丽的水晶流苏，云夏初暗暗地想，奇数，分手！偶数，再给机会！

结果是八十七根，这让云夏初很失望，于是不死心又数了好几遍，还是八十七根。云夏初嘀咕着关了灯准备明天就找人把这灯换成六瓣花朵状的！

说到底，云夏初对赵致晗仍旧抱着希望。她想自己一定是还没有找到通往他心灵的小路。对于结婚这件事情，她不做多余的幻想。小时候，日日里看着大舅仗着一副好长相拈花惹草，游手好闲，一次又一次辜负善良贤惠的大舅妈。二舅做不了二舅妈的主，却又脾气暴躁，两人动辄为鸡毛蒜皮的小事在院子里大打出手。外公叹着气说，夏初啊，你看好了，结婚别找你大舅和二舅那样的，一辈子都毁了。

在黑暗里翻来覆去了很久，仍旧睡不着。雨似乎越下越大了，露台上的一盆枝叶硕大的巴西木在雨中有节奏地颤动着叶子。云夏初久久地看着雨滴渐次地落在叶子上，顺着阔大的叶片滑落，滑落，落寞愈加浓烈，于是起身翻出收藏在柜子里的一套纯手工的金镶玉的古典首饰。那是当年外公给妈妈的嫁妆，融合了传统的古典元素，透着质朴的喜气。黄金镶嵌翡翠的芙蓉，花叶繁复叠加，雍容华丽，让幸福大肆张扬。

夏初在灯下反复地摩挲着那温润的玉和金子。

但是，她会带着它们嫁给赵致晗吗？带着俗气到骨子里的喜气与人为妻，把平静家常的幸福铺张开来？

早上七点，云夏初被手机铃声吵了起来，迷迷糊糊地接了电话。

"早上好！夏初，我九点半正好去你们公司那边看摄影棚，顺便去找你拿东西，好吗？"

"哦，好的。"

"那挂了，待会儿见！"

云夏初还没有完全从睡梦中清醒，赵致晗已经挂了电话。

又躺了五分钟，觉得全身酸痛，自行摸了摸脑门："惨了，貌似烧还没退。"云夏初挣扎着起来，就着昨晚的半杯冷水又吃了两片退烧药，然后到卫生间用冷水敷脸数遍。

等陶陶起床出现在客厅时，云夏初正准备出门。

“你这么早干吗去？感冒了就要请假休息。”看着云夏初的一脸菜色，陶陶走过来没好气地摸了摸她的额头：“还好，不烧了，但是精神这么差怎么能上班呢。”

“今天有点急事必须去，处理完了我就回来睡觉。放心吧！”云夏初信誓旦旦地出了门，上了电梯。

电梯下了一层楼，在七楼停下，进来一个高大的男人。逼仄的电梯空间里，云夏初在那人的阴影里下意识地往角落里缩了缩，遂瞥见陌生人脖子上挂着一条银质项链。项坠是一只精致的银笛子，正是恩依上一季推出的限量款，一共有一千零一枚。

云夏初记得新品发布会上，安馨请乐队演奏了《魔鬼风笛》。欢快的音乐声中，她一脸坏笑地在云夏初耳边小声地说：“你知道我在广告词里写什么了吗？哈哈！这是一枚被赋予了魔力的银笛，把它送给最爱的人，你就会永远带走他的心。”

安馨笑得很得意：“嘿嘿，我送了一枚给我们家大扬。”

这会儿，看着那个高大的男人挂着那枚所谓被赋予了魔力的银笛，云夏初暗暗地好笑。安馨实在太有才了，街上捡根木棍，也能被她忽悠得天花乱坠，让听的人直以为是丘比特丢了爱神的箭。

陌生男人看见眼前的女子苍白的脸颊上泛起微微的红晕，忽然低下头扬起眉毛，冲云夏初笑了笑。精神恍惚的云夏初发现，这个人笑起来很好看。

进了公司，迎面碰上抱着一箱子样品的钱助理。她看见面前的云夏初，脸色惨白，精神委靡，连忙放下箱子，问到：“夏初，你不舒服吗？脸色很差。”

云夏初摇摇头：“没事，赵致晗等会儿会来跟咱们借几套甜美风格的首饰。他们要拍一期少女主题的照片，麻烦你去准备一下。”

“那好，我先去安排。你要不先回家休息吧。”

“我没事，别担心。”云夏初转身打算回到自己办公室去，忽然觉得脚下像是踩上了棉花团，随即眼前一黑，就没了知觉。

赵致晗到前台的时候，正好看到钱助理一群人手忙脚乱地扶起瘦弱的云夏初。看见赵致晗，钱助理连忙招呼：“赵致晗，夏初晕过去了，你也一起去医院吧。”

赵致晗面有难色地搓着手，支吾了半天。

钱助理没好气地把他推到一边去了。

等云夏初醒来的时候，陶陶正守在床边，看着云夏初疲倦的神色，忍了半天，才把责备的话咽了下去。

这时，赵致晗推门进来，捧着一大把白色百合，脸上带着歉意的笑。

云夏初露出喜色。

陶陶恨恨地跺脚，转身出去了。赵致晗把花递过来，夏初在心里轻轻地叹气。

赵致晗看着云夏初苍白的脸色，眼神清澈，睫毛稀疏分明，垂下眼帘的时候，就会在下眼睑上投下疏密错落的光影，心就忽然柔软了，随之生出了几分心疼：“这个女孩是可以做妻子的，不是吗？不算漂亮却也清秀，聪明乖巧又有才气，对自己的事业也有帮助。”

或许爱情从来都不是生活的必需品，赵致晗想。

赵致晗的求婚来得突然，夏初苍白的脸上晕开了淡淡的绯红，心里却真真实实地欢喜雀跃了。

几乎没有矜持就答应了，她觉得自己痴迷结婚本身应该更胜于爱情，作为一个早已对爱情失去幻想的大龄剩女，再清楚不过地知道，所谓王子公主灰姑娘的幸福那是人们还有童真时对爱情的美好愿望，所以称之为童话。

于是，在陶陶、钱助理全不看好的情况下，云夏初仍旧一脸幸福地开始张罗结婚事宜。她兴冲冲地把外公留的嫁妆拿给赵致晗看，然后不无遗憾地说少了镯子。赵致晗说：“你画出草图来，我去给你定做，做好了拿来娶你！”

云夏初按着记忆画好了设计图交给赵致晗，笑着说：“好了，那这个交给你，其余的是我的嫁妆。”

下了班，云夏初刚下楼，就看见猎头公司的李经理堆着满脸的笑容迎了上来。算上这次，他已经是第三次来找云夏初，游说她跳槽到国内珠宝行业的老字号福泽集团。

“云小姐，您再好好考虑一下，我已经调查得很清楚了，您目前年薪据说只

有区区十万，但是福泽那边我已经为您谈到二十五万了。您要是愿意面谈，30万我觉得福泽也会答应。您这么年轻，又如此有才华，就算不为薪水，福泽的平台也是您事业发展的首选啊！您为什么非要屈就在恩依这么个小公司呢?”李经理晓之以情，动之以理，大脑门反射着油亮的光泽。

云夏初对李经理的执著头疼不已。她耐着性子解释：“李经理，您的诚意我心领了。我没有记错的话，我之前已经跟您说得很清楚了。如果您忘了，我受累再最后说一遍。第一，我和恩依签了五年的合同，我不会违约；第二，恩依对我有知遇之恩，我也不会轻易离开。对我来说，薪水和职位都不是最重要的。所以，请您为福泽另找高人吧，不要在我身上浪费时间了。我现在及以后都不会也不可能去福泽的。”

“云小姐，我做猎头这么久就没见过像您这样的。真不知道您图什么?”李经理摇摇头，悻悻地走了。

云夏初抓紧时间直奔约好的婚礼策划公司。

# 第二章　起床时候遇见你

最近云夏初的笑在梦里都是发自内心的。

陶陶沮丧地想，爱情这档子事，许是一物降一物吧。

星期五，下着小雨，云夏初看见报纸上大篇幅地登着国贸展厅正在举行一年一度的婚博会的广告，于是打了电话约了赵致晗，二人下午双双请假去看婚纱。

在布置得美轮美奂的婚博会现场逛了一圈，云夏初看上了一件缎面手绣珠花的白色婚纱，华丽的大拖尾，香槟色宽腰带，背后坠着蝴蝶结。但是看着高达八千的报价，赵致晗一脸不耐烦地说："太贵了，咱们换一家。"云夏初稍有犹豫。善解人意的导购小姐说："您可以跟我们经理再讲讲，她有打折的权限。"

当那个短发、身材姣好的被称为裴经理的女子出现在云夏初和赵致晗面前时，云夏初明显地感觉到，身边的赵致晗神色忽然僵住。

"嗨，阿晗，很久不见，你还好吗？"短发女子没有看云夏初，直接走到赵致晗面前伸出柔弱无骨的素手。

赵致晗迟疑着伸出手。

短发女子扭头冲着云夏初略带矜持地一笑："你好！我是裴玲，阿晗可否借用一会儿，叙叙旧！"

云夏初怔住，眼睁睁地看着赵致晗被裴玲暧昧地挽着手走开。

云夏初等了整整一夜，直到星期六下午，赵致晗才打来电话："夏初，对不起。"

电话那头，云夏初听见女子的笑撩人。

赵致晗有些尴尬地挂断电话。

云夏初在心里轻轻地叹气。

看了看头顶的水晶灯，忽而感到好笑，这下也不用大动干戈换什么六瓣灯了。

不过这流线优美的水晶流苏搭配了银质的项圈套在细长的脖颈上一定很是妖娆。

于是云夏初索性找了张凳子攀上去，拆了一把流苏下来，又找出两个银质项圈，长长短短地搭配着绕上去固定住，做成两个样式夸张却又不失古典韵味的项圈。

周日，夏初和陶陶在脖子上挂了新项圈出了门招摇过市。

“陶陶，失恋应该做什么?”

“哦，你想做什么？去喝酒?”

“嗯，想想。”夏初看着自己的水蓝色无袖连衣裙直摇头，“我穿得太齐整了，喝酒没感觉。”

“切，你喝过酒吗？还感觉?”陶陶鄙视之。

“还能干什么呢？我现在又清醒又理智，不想购物发泄，不想喝酒泡吧，甚至不想看场电影。陶陶，你知道吗？我只是，只是觉得心里堵得慌。我怎么忽然就二十八了。”

陶陶理解地揽上夏初单薄的肩膀。

青春去得好快啊，心里的恐慌就越来越清晰了。成功嫁了良人的，也会抱怨公公婆婆小姑子没有一盏省油的灯，工作家务烦心事一件接着一件。偶尔见了面就不停地嚷你怎么还是那么年轻啊？快成妖精了，怎么还不找人嫁了啊？你还想挑个什么样的啊?

但是她们渐渐圆润却也不再在意的腰腹，唇角眼角笑出的细小的皱纹，甚至不再白皙透明的皮肤，都在证明着她们踏踏实实的家常幸福，无声地嚣张着，让大龄待嫁一族顶着强撑的光鲜明艳黯然神伤。

“时间过得真快啊，想想似乎昨天我还差点结了婚。”陶陶看着街上行人匆匆忽然感慨。

"你和张禾到底怎么回事？怎么好好的就忽然分手了？"云夏初扬起眉毛。

陶陶和张禾是大学同学。张禾家在南方一个小城镇里，家里经济拮据。为了给张禾挣学费和生活费，陶陶陪着他一起挤公交去天意批发小商品，然后挨个宿舍推销，下了课就去夜市占地摆地摊。熬到大四的时候，两人拿着手里的余钱瞅准机会在大学城开了家图文工作室，生意意想不到地红火，毕业不到两年，就一起付了首付买了一套小户型，准备结婚。

陶陶在 MSN 上通知夏初准备当她的伴娘时，夏初感慨地想，这患难与共的爱情终于要修成正果了，两人苦尽甘来，以后一定会很幸福。

谁知云夏初当伴娘的衣服还没挑好，就见陶陶一大早地来找她，一脸愤然："姑娘我失恋了。"

夏初很纳闷："怎么搞的，不是都要结婚了吗？"

"谁爱结谁结。走吧，我发财了，请你吃大餐。"

于是，夏初跟着陶陶吃了一顿顶级大餐，看着陶陶眼睛都不眨地刷掉 3000 多人民币。

当时，夏初忍着，什么都没问。没有人比她更了解陶陶，越是难过越是能装。

转眼已经过去三年多了，再提此事，陶陶笑得风轻云淡："说起来跟做梦似的，结婚前一星期，张禾说起他高中时候曾经暗恋过一个女生，那应该算是他的初恋。于是他说要在校友录上发个帖子，告诉那个女生，他要结婚了。我心想可真多余啊，但是也没多想。谁知我们婚礼前一天，那个女人拖着箱子找上了门。"陶陶一脸悲愤，"结果张禾跪在我面前道歉，声泪俱下地说觉得他对那个女人才是爱情。真他妈搞笑！"

夏初难以置信："就这么分手了?!"

"要不怎么着，寻死觅活？我丢不起那份儿，算了！不就是个被猪油蒙了心的男人吗？我犯得着拽着他要死要活的吗？"陶陶不屑一顾，"所以说这世上啊，男人是最变幻无常的动物。女人一定要对自己好。"陶陶拉着云夏初在路边的椅子上坐下："不过，当时我就想，那我也不能让自己亏大了。男人没有了，日子还得过。他要他的爱情，那我要银子好了。于是我们签了一个协议，他是过错方，净身出户。那套小户型产权归我。我拿到公证的委托书就找中介把那房子

卖了。”

“晕！那个时候难为您头脑如此冷静。”云夏初打趣。

“那是。姑娘我一个学财务的天生就财商高，具备超强的逻辑思维能力，遭遇打击时第一反应就是如何把损失降到最小。当时的情况下，我一想，这男人是没法要了，青春也索赔无门，唯一能打主意的就是两人的共同财产了。于是我在他脑袋还没清楚的情况下迅速起草了分手协议，再搭上两行哀怨的眼泪。他心里愧疚，草草地看了一遍就签名同意了。”

云夏初笑出了声：“您不当演员真可惜了！”

“唉！”陶陶叹气，“别说，当时那眼泪真不是演戏，怎么也是失恋啊！我被甩了好不好？在一起四年，都要谈婚论嫁了，到头来却抵不上人家年轻时那点镜花水月的暗恋，怎么可能不伤心啊？但是我当时就想等回头找个没人的地方就算哭死了，也不能在一个背叛的男人面前掉范儿。”

“嗯”夏初认同地点头，望着远处，阳光泼溅，像散碎的金子。初夏的天空有种让人忽而忧伤的干净温暖。

“不过，失恋这事其实就像感冒，你再难受别人也体会不了，可是，感冒不会死人的，总是会好的。有一天，你就会发现感冒症状不声不响地就消失了，整个人会变得好轻松。失恋也是，或许忽然有一天，你会在跟别人看旧照片的时候，忽然想起还有那么一个曾经让你伤心欲绝的人。那个时侯，就说明，你已经忘了他很久了。”陶陶说着，扭头看着云夏初莞尔一笑。笑容里带着些许鼓励。

云夏初报以浅浅的微笑，轻声地说：“谢谢你，陶陶！”

两个人吃了一顿大餐，陶陶打扮好了去酒吧上班。云夏初一个人留在家里看电视，演的却是一部拖沓冗长的爱情文艺片。实在看不下去，她索性起身换了衣服拿了钥匙准备去超市那样人多喧闹的地方。

电梯显示正停在一楼，半天没有动静。云夏初忍不住小声地抱怨着：“破电梯，三天两头地罢工。”抱怨完了，又沮丧地扭头去走楼梯。赶上六楼楼道里的灯坏了，她小心翼翼地唯恐踩空了，拿在手里的手机却一不小心“咕噜噜”地顺着楼梯滚了下去。她站在台阶上，愣了半天，再也忍不住心里的委屈，坐在楼梯上，抱着膝盖，眼泪轰然而下，爱情和结婚，对于她来说，到底是多么虚幻的一件事情啊！

有人在她身边停下，轻轻地拍了拍她的肩膀，把掉在地上的手机递给她。

抬头，黯淡的光线里看不清面前那人的样子，她哽咽着说了声："谢谢！"

那人摇头，轻声说："不谢。"沉默了片刻，拿出一包纸巾默默地递给她，然后上楼去了。

七楼响起了钥匙开门的声音，云夏初窘迫地擦了擦眼泪，也起身上楼回家了。就这样吧，不就是结束了一场不痛不痒的恋爱吗?!

生活又基本回复了以往的秩序。杂志社来联系饰品的人换成了一个浓眉大眼的东北小伙子，有着东北人特有的豪爽劲，正在前台自我介绍，大嗓门传遍了整个公共办公区。云夏初无声地笑笑，在心里微微地叹气，抬手敲开总经理室的门。

安馨蜜月归来。此刻，这位女强人坐在办公桌上，交叠着长腿一双，凉拖挂在脚尖上晃悠，正眉飞色舞地跟钱助理讲述她在普罗旺斯的薰衣草田里，被蜜蜂追赶的刺激事儿。

云夏初轻笑，这个安馨，嫁了人还不改一副彪悍样儿。

"夏初，想死你了！"安馨从桌子上蹦下来，扑向云夏初，顷刻之间，眼泪汪汪地伸出胳膊，"看看，可怜的我，被普罗旺斯的蜜蜂蛰得，以后谁再跟我提浪漫的薰衣草田我跟谁急！"

钱助理乐不可支。

"也不怪蜜蜂，谁让您美得跟花似的?"夏初看着安馨胳膊上两个红肿未消的大包，笑着说。

安馨撇嘴，抚着胳膊忽然话题一转："夏初，我去度个蜜月而已，听说你就差点嫁给赵致晗那个大尾巴狼。我靠，我怎么跟你说来着？那个男人本事不大还急功近利。他要靠得住，猪把窝都搬上树了。"

云夏初脸一红："不是没成吗？都分手了。"

"切，我是看得出，你还上赶着伤心呢！我呸，你矫不矫情啊，就那个扔大街上谁捡了谁命苦的倒霉玩意儿，他配吗?"安馨提起赵致晗气就不打一处来。

云夏初杵在屋子中间，在钱助理爱莫能助的目光里硬着头皮解释："没伤心，我挺好的。"

安馨上下打量了她，不屑地撇撇嘴："算了，懒得说你了。为了你老大我新婚燕尔保持良好心情，我决定流放一切碍眼的人物。现在，云夏初，我正式通知你，你放年假了。"

"我不想休假。"云夏初抗议。

"你必须休，明天起两周内，我不想再看见你。"安馨拉开抽屉，甩出一个信封，"往返机票和酒店登记卡，直达传说中盛产童话爱情的地方。你可以去矫情地疗疗伤，反正离我越远越好。"

哭笑不得的夏初连同塞在手里的信封被推出经理室，机票是北京直飞哥本哈根的。

安馨向来是个刀子嘴豆腐心的女人。

两个星期后，云夏初从欧洲回来，在旅行中完成了一沓夏季新品的腹稿。

陶陶最关心的是："一个单身女人的旅行，可有艳遇否？"

云夏初仔细地想想，唯一注意到的艳遇是回程的飞机上，邻座是个金发碧眼的小帅哥，不过年龄大概只有八九岁，爬上爬下地让她不得安宁。于是她笑着摇头。

陶陶对其不解风情的脾性一向深恶痛绝。

星期二下班，云夏初约了陶陶去做头发，匆匆下了楼，却意外地看见赵致晗的车停在楼下。看见她出来，赵致晗摇下车窗，示意她上来。

云夏初犹豫了一下，鬼使神差地上去了。

"夏初……"赵致晗言语少有的吞吐："真的很抱歉！"

云夏初想，不是已经打了电话了吗？怎么过了这么久又特意跑来说，看来在他心里，自己还是有一席之地的，也许是真的想过要娶自己吧，于是心里一软，就觉得鼻子发酸，半天才涩涩地开口："哦，没什么！"

"裴玲，裴玲她是我大学时的女朋友。我们感情非常好，只是毕业的时候，她要出国，我们无奈就分手了，但是我一直忘不了她。所以，夏初，我对不起你！"

云夏初看着车前，一个米奇的即贴型相框粘在哪里，里面嵌着赵致晗和裴玲亲密的大头照。赵致晗笑得嘴巴咧得跟唐老鸭似的。

有种难以言喻的苦涩从舌根下渐渐散开，一路涩到胃里去了。几时曾想，那个温吞斯文的赵致晗竟然会有那样毫无形象的笑。

原来，两个人之间有没有爱情，真的是有天壤之别的。所以，他对你，永远也只能笑得淡然生分。

“夏初，我想求你件事。”

看着一直沉默的夏初，赵致晗有些艰难地开口，云夏初看着他躲闪的神色静待下文，赵致晗只好继续艰难下去：“就是那手镯的设计稿，我真不知道怎么跟你说。我没来得及还给你，被裴玲看中了。她说掏钱跟你买，让你出个价。”

把目光从即贴相框上移开，夏初忽然感觉很累。外面天气晴好，下午的阳光亮得炫目。她自嘲地笑笑，侧身打开车门，抬腿下车。

“夏初，夏初，求你了！”

“那就送给她吧！”

坐到镜子前面，细致的由浅到深的咖啡色系的眼影，卷翘的睫毛，灰色吊带，肩上有柔软的羽毛装饰，具有民族风情的草绿色长裹裙，隐约里露出一大截妖娆的腰，云夏初细细地看了镜子里的自己，原来也可以是这样魅惑的女子。

云夏初随了陶陶一起去泡吧。

嫁人无望，且容我挥霍仅剩的青春和姿色吧。

喧嚣的夜店，暧昧的灯火，媚眼迷离的美女，肾上腺素分泌旺盛的男人。

云夏初窝在角落的沙发里，酒精在胃里翻江倒海，实在忍不住冲去厕所吐了个天昏地暗，出来昏昏沉沉地看着陶陶在舞池里，像皇后一样被一群男人围着，跳得兴起。

云夏初摇摇摆摆地挤进舞池，在陶陶耳朵边上大声地喊：“我先回家了，头疼。”陶陶听不清楚，只是大声地回应：“你先去休息吧，等我一会儿。”

云夏初也不管，她接着晕晕乎乎地挤出去，出了夜店，外面有微微的凉风，趁着酒意微醒拦下出租车报出家门。

等站在自家楼道里，按了半天电梯也不见动静，云夏初才看见，电梯门上贴了大大的物业通知：电梯维修。

该死的电梯，怎么又坏了！

气愤地踹了一脚电梯门，夏初抱怨着转身进了灯光昏暗的楼梯间，头重脚

轻地一边爬楼梯一边数楼层。

终于到了，八楼，出楼梯间，右拐再左拐，很好，到家了。

伸手在包里翻出钥匙，昏暗的光线下半天才把钥匙对上钥匙孔，塞进去好像还没转，门就开了。夏初糊里糊涂地推开门，甩掉鞋子，脱衣服，进主卧，右手边是卫生间，随便地冲了澡爬上床把被子蒙上晕乎乎的脑袋开始睡觉。

不过，云夏初影影绰绰地觉得屋子里有点不对劲，但也说不清是哪儿不对劲，好像是枕头太软了，不太舒服，奇怪！

听见钥匙响，景晨诧异地打开门，就看见一穿着轻薄的浓妆美女进来，宽衣解带熟门熟路地进了主卧的卫生间洗了澡，接着驾轻就熟地上了自己的床。整个过程，竟然视自己这个一个大活人为无物。

等美女退了妆，光洁着一张秀气的小脸未着寸缕地爬上自己的床，扯过被子就自顾自地睡去了，景晨才从巨大的震惊中反应过来，这喝醉酒的姑娘走错门了。

他坏笑着低头凑近云夏初细长光洁的颈边，用食指挑起云夏初的银质项圈："可是你自己上了我的床啊，不能怪我。"项圈下面的穗状流苏在景晨有意无意的拨弄下滑到若隐若现的乳沟里去了。云夏初不安地扭动着身子，酒精让她的意识极为模糊。

迷迷糊糊中，云夏初听见有人在自己耳边轻声地说："可以吗？"嗓音低沉，有说不出的诱惑，那种湿热的暧昧气息让她的身体蠢蠢欲动。

云夏初睡梦中也觉得好笑，婚没结成，后果严重，连带着都做上春梦了。

这一夜睡得极不安稳。

清晨醒来时，云夏初头昏脑涨地爬下床，光着脚去倒水喝。然后她看见一个男人赤身裸体地从卫生间出来。云夏初的思维停止了三十秒，然后她活像看见鬼了一样，惊恐万分地瞪着景晨语无伦次："你，你是谁，你为什么会在这里？"

景晨憋住笑，转身回卫生间拽过一条浴巾围在腰间，然后微微欠身露出标准的绅士微笑："你好，云夏初，我是景晨。"

云夏初连忙退后，强自镇静地转身快步走回床边，嘴里不停地念叨着："做噩梦了，做噩梦了！"

清晨的阳光穿过百叶窗洒满了屋子，云夏初震惊地发现这不是她的屋子。

她很快发现自己什么都没穿，床单凌乱，隐约残留某种激情的气息……

她再也忍不住了，尖叫着跳上床，扯过被子盖住自己未着寸缕的身子，愣了片刻后，迅速地在脑袋里整理了眼前的状况。

昨晚喝完了酒回家，电梯坏了，爬楼梯……

进错了门？

上错了床？！

云夏初有些诧异地抬头看着倚门而立的景晨，腰间仅围着一条浴巾遮羞，却不妨碍他一脸惹人嫌的微笑。云夏初心里暗啐，不要脸！表面却极力平静地问到："你认识我？"

"嗯，云夏初，806的。你好，我是你邻居。这是706！"

靠！少爬一层楼，竟然送上了别人的床。妈的，这男人竟无耻地趁人之危。该拖出去扒光了游街！云夏初恨得咬牙切齿。

景晨从洗衣机里拿出云夏初的衣服递了过来，表情是一副占了便宜还不卖乖的揶揄："昨晚你实在太热情了，我只是个正常的男人。所以……"

云夏初伸手去拽自己的衣裳，景晨就势贴了过来，把夏初压在身下。他应是刚刚洗完澡，清新的薄荷味儿让夏初在一瞬间失了神，直到他温热的唇压上自己的，轻咬慢捻地吮吸着，云夏初才慌乱地想要推开他。

他轻笑着凑近云夏初的耳朵，坏坏地咬了咬她的耳垂，小声地说："你的经验一定很少吧？反应那么青涩，不过我喜欢，嘿嘿！"

景晨笑地肆无忌惮地起身。

云夏初憋红了脸，抓起身边的枕头砸了过去。景晨毫不在意地接过去，眨眨眼，极为暧昧地问："还舍不得离开我的床吗？如果你愿意，你可以天天来！欢迎之至！"

云夏初恼羞成怒地套上衣服，无视在一边用眼睛吃豆腐的景晨。深呼吸，再深呼吸！她强迫自己镇静下来，然后转身面无表情地像看着猪胸脯一样，对着景晨露在外面的麦色性感裸胸说："先生，谢谢你，昨晚很愉快！再见！"

这下换做景晨略显吃惊地欠身。云夏初侧身走出卧室，挺直了优雅的背，向门口走去。靠！再也别见！

五分钟后，景晨赫然发现门边的柜子上放了五张大钞。

# 第三章　不过是陌生人而已

夏季新品的主题定为童话仲夏夜，设定了风车之恋、水晶鞋之恋、城堡之恋等系列。

云夏初忙碌于设计定稿，对于那一晚酒后的荒唐事，她暗自定位为一次艳遇。二十八岁的剩女艳遇一个帅得能当明星的男人，应该也不算损失。云夏初如此催眠自己。

于是，她以最快的速度忘记了令她难以启齿的所谓艳遇。

只是，赵致晗却又一次出现在云夏初面前。星期五，云夏初加完班已经快十点了，回到自家楼下，一眼看见赵致晗靠着车门站着。看见云夏初，他连忙从车旁摁灭了手里的烟头，脸上露出欣喜的笑。

“夏初，你下班了！”

“有事吗?”云夏初仰头看站在自己面前的赵致晗。路灯下他的神色里有掩不住的疲倦。终是不一样啊，爱情会让一个在众人面前光鲜文雅的男人忽而生出真实琐碎的烟火气息。赵致晗一脸的疲倦和憔悴，却让云夏初无端地羡慕起裴玲。

“哦，有点小事想找你帮忙，要不一起出门喝杯咖啡！”

“不早了，有什么事就在这儿说吧。”

“这里？我?”赵致晗左右看看，神色为难。

云夏初的心里闪过一丝不忍，却没有说话，静待下文。

“夏初，求你帮帮我。”赵致晗的声音带着低低的哀求，涨红了脸，“还是关于那个镯子。”

“哦，你说吧，我在听。”

“我不小心说漏了嘴，说出那镯子跟其他首饰是成套的，都很漂亮。裴玲听了以后非要让我来跟你把整套都买了。她说钱不是问题，让你出个价。夏初，你看……”赵致晗为难地看着云夏初，眼底带着期盼。

云夏初无声地看着赵致晗，这个曾跟自己论及婚嫁的男人。他回过头来卑微至此只是因为他爱着另外一个女人。对这个事实的认知让云夏初的心里有说不出的深深的厌倦。

“那请你回去跟她说，我不卖。”云夏初冷冷地回应，转身就走。

“夏初，你别走。”赵致晗急忙抓住云夏初的胳膊，低声下气地央求：“你帮帮我，夏初，这关系我一生的幸福。夏初，你毕竟爱过我，不是吗？你不希望我得到幸福吗？你是个多么善良的姑娘啊！”

回头冷眼打量着赵致晗，云夏初气急反笑。这个平凡普通却一向在自己面前骄傲自负的男人，实在过于高估他自己了。

她使劲甩开赵致晗的手：“赵致晗，请你听好了，就算我以前爱过你，但是现在我跟你什么关系都没有。我大度一点祝你幸福，但是我想我没有义务为您争取幸福！”

“夏初，你别这样，你出价吧。”

“你凭什么认为我一定要卖给你？我说了不卖，请你快走。”

赵致晗还欲纠缠，这时前方一辆丰田越野停进车位。一帅哥下车，甩开长腿迈步过来，微低着头带着一脸懒洋洋的笑，抬手搭上云夏初的肩膀，顺势把她揽进怀里：“老婆，在等我吧，这位是？介绍一下。”

“不用了，走吧。”云夏初愣了一下，随即冷着脸应声。

“好嘞，回家喽！”景晨冲着赵致晗愉悦地笑笑，挥挥手再见，然后揽着云夏初转身大摇大摆地进了楼道。

留下赵致晗愤愤不平了很久。这年头女人都是些靠不住的东西。这个一向在他面前卑微讨好的女人竟然一转身就找了有钱又帅的能当明星的男人，而且还迅速同居了。

一进电梯，云夏初迅速地甩开景晨的手臂，按下了8，紧盯着楼层变化，不再搭理景晨。

“喂，我说你打算邀请我去你家吗？是不是很想我？”景晨居高临下，暧昧地凑近云夏初的耳朵促狭地问道。狭小的电梯空间里，云夏初被逼至角落。

“你想干什么？”

“呵呵！你希望我干什么？！”景晨低笑出声，手臂越过云夏初的头顶，按下了7。

电梯门“叮咚”一声打开了，景晨回头冲云夏初吹了个飞吻，大笑着走了。

剩下云夏初窘迫不已，血一路顺着脸颊烧到脖子上去了。

回到家，云夏初意外地发现，陶陶正坐在客厅沙发上对着一张纸仔细地研究着。于是她站在玄关处悄悄地深呼吸，平复刚才过于紧张的情绪，片刻后才换好鞋子朝沙发走过去：“干吗呢？今回来这么早。”

陶陶抬起头，目光涣散，看见夏初立即耷拉着脸，沮丧地说：“夏初啊，我惨了！”

“怎么了？”夏初好奇。

“今下午没事，我回了趟家，正好赶上对门王大妈家找人看风水。我妈不知道怎么想的，非把人请到我们家也看看，说一定是哪里没摆好，导致我到现在还嫁不出去。”

“哈哈！叔叔阿姨其实也就是替你着急，要不你好好谈一个结婚吧。”夏初劝着。

“算了吧，我现在活得挺自在的，不想给自己找不痛快。”陶陶皱着眉毛，苦大仇深。“那风水先生，进了我们家，先说让把影壁重新修修，说挡着姻缘了。我晕啊，哪儿跟哪儿啊。姑娘我啥都不多，就桃花多。后来看见我，又说，看姑娘其实面若桃花，天庭饱满，本是有福之人，只是前缘不顺而已。不过看姻缘真命天子应该已经快到了，只是我提个醒，你们命里却都是不知惜福之人。所以我奉劝你，务必与明年端午前完成嫁娶之事，错过了此生再无幸福姻缘可言。”陶陶摇头晃脑学地一副算命瞎子样。

云夏初云山雾罩，瞠目结舌，半天才愣愣地问了一句：“准吗？”

“我他奶奶的就怕他准啊，我可不想结婚！一想老公、孩子这两种生物，我就觉得人生没什么盼头了。”

“唉，不想结就算了，算命这种事，不信则无。”云夏初劝道。

“算了吧，我妈信着呢。老头儿连面相相配的男人都给画出来了。我妈说，赶明就赶快跟我爸去公园那个相亲大会上比着那个找。”陶陶捶着沙发嚷嚷，“我死了算了。你说那老头儿也太不专业了，看风水就看风水呗，还兼职看面相。”

“看，就是那张该死的画像，我拼死从我妈那儿抢回来的。”陶陶说着递过手里那张纸，“不过我妈说她已经记住了，崩溃!”

云夏初搭眼一看，纸上只画了一个人的眉眼，很俊挺的一双眉毛，衬得一双细长的眼睛神采飞扬，但是其余全无，耳鼻口脸都没有。这算什么配面相啊!“哈，就眉毛和眼睛有什么可担心的。长这样的人海了去了。算了吧，那先生可能也就是信口雌黄，骗骗老头儿老太太!”

陶陶长吁短叹：“我也希望如此。本来没啥，被他说得心里堵得慌。以后我要慎重对待一切异性，明年端午前拒绝一切艳遇的可能。”

“唉！我也应该去算算命，看看真命天子出生了没?”云夏初叹着气进了卫生间。

等洗完澡躺在床上，想起艳遇这回事，云夏初就忍不住想起楼下那位，宽肩长腿，薄唇贝齿，倒真是百分百的艳遇对象。想及此，云夏初觉得身体莫名地燥热起来。那人的表情，懒懒的像只晒着太阳的猫一样，带着甜暖湿热的气息，在云夏初的脑海里，清晰又暧昧地反复纠缠。

云夏初心烦意乱地起身，倒了杯冰水一股脑地灌进肚子里，压住那股子邪乎的燥热，云夏初有点沮丧。这年头，回家走错门都能赶上一场活色生香的艳遇，反倒是想遇见正儿八经的结婚对象，怎么就那么难?

自怨自艾地胡思乱想了半天，才迷迷糊糊地睡着了。

周一是钱助理生日，邀请了公司一干同事去朝外钱柜K歌。

云夏初本是五音不全的主儿，但却难辞钱助理的盛情，于是下班后也就跟随大军浩浩荡荡地去了。

KTV门口，一位个头中等、身材稍偏胖的男士看见钱助理和云夏初一行从出租车里下来，连忙迎了上来，白白胖胖的一张脸，圆头鼻子上架着一副无框眼镜，看起来是个随和斯文的人。钱助理笑着跟云夏初介绍：“我表哥，陈启航，经济学博士，你有什么理财投资的问题尽可找他。”

云夏初客气地微笑着与陈启航打招呼。

九点半，云夏初见一群麦霸并无尽兴之意，于是侧身凑到钱助理耳边说：“钱悦，我有点事先走了，你们接着玩。”

钱助理一边点头应着一边起身拉上陈启航，三人出了包间。钱助理说：“夏初，不早了，就让我表哥送你吧，我也好放心。”

云夏初本欲客气地谢绝，却瞥见钱助理一边偷偷地向陈启航使眼色，一边把陈启航和云夏初推着往外走，陈启航则是一脸和蔼可亲的笑。她当下也就明白了钱助理的意思。云夏初一来不好拂钱助理的好意，二来所幸对此人印象尚可，缘分也不一定怎么来，有个机会总是好的。

陶陶经常说，对于结婚，云夏初一向秉着宁可过错，不可错过的原则，来者只要别太碍眼，云夏初就会说，给自己个机会也好！

于是，在这个原则的引领下，云夏初坐上了经济学博士的福克斯。一路上，这博士不时扭头看看副座上的云夏初，友好地笑笑，看似正绞尽脑汁想要找个话题。

云夏初见不得老实人犯难，于是主动地问起当前的经济形势。这个话题算是给经济学博士搭建了一个自我展示的舞台。一路上，博士唾沫横飞，从经济危机谈到能源价格，从通货膨胀谈到货币战争，尤其听到云夏初的理财方式就是把钱存银行时更是一副痛心疾首的表情，让云夏初觉得自己对待钱的态度简直应该拖出去斩立绝。

等到云夏初下车，陈启航已经为她设计了一套细致严密的个人理财方案，保险、基金、股票、黄金，把鸡蛋放得井井有条。这让云夏初很是汗颜。

临分别，博士才搓着手，笑得有点腼腆地说：“云小姐，我表妹不知道有没有跟你提过我。我叫陈启航，三十四岁单身，在银行上班。我能约你明天一起吃晚饭吗？”

这一路上，云夏初直觉得此人过于书呆子劲了，就想着如何妥帖地拒绝，不至于太驳钱助理的面子。

这时，正好看见景晨从楼道里出来，背心沙滩裤，面无表情地看了云夏初一眼即侧身走了，身后一个堪比陶陶的美女亦步亦趋地跟着，杏眼小脸，而且明显比陶陶要年轻得多。倒是美女经过云夏初时，侧目颔首微笑，暗淡的路灯下光线瞬间明亮很多。云夏初忍不住感叹，当真是有颜如夏花的女子！

“换男人比换衣服还快。”景晨声音不大不小，云夏初恰好听见，怒气呼啦冲上了脑袋。

于是，她不假思索地说：“好的，明天晚上六点半，我们在朝外丰联广场见。”

“啊！哦！太好了！”经济学博士喜出望外，临了又一迭声地说：“谢谢你，谢谢！”

告别了陈博士，云夏初无精打采地进了电梯，心里竟有种说不出的懊恼。

她做了什么！因为那人一句话，竟然头脑发热地同意了博士的约会。她平白无故地跟他生什么气啊。说到底不过是上过一次床的男人而已，生就了一副好长相，不至于偶尔想起来心生嫌恶。所谓艳遇，仅此而已。再说，这年头玩一夜情的双方连姓甚名谁都不过问，哪有自己这样当真上火的。

第二天午饭后，鲜花快递送来了巨大的一束玫瑰。云夏初看了卡片，博士送的，签收完毕。看着这一大束张扬怒放的玫瑰，云夏初轻轻皱了皱眉头。她本是个很闷气的人，还真不习惯这样高调的送花行为，于是在心里盘算着怎么跟博士迂回解释。

下午六点，云夏初准时赴约，两人就近去了一家港式茶餐厅。

看得出来，今晚陈启航收拾得很精心，灰蓝色条纹短袖衬衣熨得极为妥帖，皮鞋光亮，头发打了啫喱水梳得一丝不苟，但是云夏初心里却有些不耐烦。

陈博士招呼服务员过来，大声地点了几个招牌大菜。云夏初本想说两人吃不了，但是看着餐厅里已有人侧目，于是忍着没有开口。

上了菜，博士一边夹菜一边抱怨：“这凉拼太不值了，六十八才这么点，去小店能吃一桌了。你刚没看菜单，他们那红酒，什么玩意啊，竟然要一千八。”

云夏初忍了又忍，没有应声。

博士见云夏初没有回应，于是讪讪地笑笑，停了半刻，又想起来云夏初没有投资的事，于是开始滔滔不绝地介绍他们银行最近推出的基金，从市场基本面、风险控制、收益率等各方面逐条地介绍，云夏初极力地忍着心里的厌烦，保持得体的微笑，食不知味。

景晨出现时，云夏初已经忍无可忍，正琢磨找个什么借口尽快脱身。

他走过来，带着熟稔帅气的笑，云夏初直觉地向四周看了看。她和博士本

来就坐在角落里，周围并无别人，于是确定他是奔自己来的。云夏初不由得有点紧张地坐直了身子。

景晨走近了，不由分说地挨着云夏初坐下，看也没看陈启航，只是一脸哀怨地看着云夏初："老婆，别闹了，回家吧，我不怪你和别的男人约会。"

云夏初愣在当时，景晨的脸离她很近，皮肤光洁得晃眼。于是云夏初半天才回过神来，她仰起脸，想说："喂！你有病啊！"但是景晨没有给她机会，在她还没开口之前，他已吻住了她，当着陈启航的面，吻得火花四起。

博士的脸青得发紫。

云夏初觉得肺里空气渐渐稀薄，她极力推开景晨。

景晨顺势，嘴巴沿着她的脸颊移到耳边，气息温热："老婆，咱们回家吧。我给你买了你上次看中的内衣，快回家穿给我看。"

"哐当"！博士碰翻了面前的玻璃杯，怒气冲天地拂袖而去。

云夏初无奈地苦笑，刚还费尽心思地琢磨如何得体地拒绝博士，这下好了，不用费心了。

结完四百多的账单，被景晨强行塞上了副驾。云夏初忽然觉得很累，刚才跟博士吃饭就不开心，现在更不知跟身边这个男人有什么可说的。她对他几乎一无所知，只知道他叫景晨，住706。他们有过一次意外的亲密接触，只此而已。

说白了这个繁华的城市里，有多少像他和她一样身体亲密过的陌生人？或许是生活节奏太紧张，人们都在逃避压力，于是跟陌生人上次床就像出门吃顿快餐一样方便快捷，连碗筷都不用收拾。但是他和她，纯粹是阴差阳错，连只爱陌生人都谈不上。

到了楼下，没等景晨停好车，云夏初自行下车径直上了楼。她想，他和她还是一直陌生的好。

她是嫁人心切没错，但是她并不想嫁帅得能当明星的多金男。她只想有个平淡踏实的婚姻，一个久看不生厌的老公，可以放心地托付自己，她的后半生不想拿来成日地应付各类小三。

夏初不到两岁时，父母就在一次外出中因车祸意外身亡，好在还有外公。外公对夏初像小公主一样溺爱至极。外公年轻时最大的嗜好是收藏古玩玉器，但是文革时被人举报，老爷子大半辈子的心血被红卫兵打砸抄了个精光，从此大受刺激，晚年就以养鸟种花打发时间，从不在人前提收藏诸事。

夏初有两个舅舅，妈妈排行老二。大舅年轻时是家族里最英俊帅气的男人，夏初第一次看到玉树临风这个词时，脑海里闪过的第一个人，就是大舅。但是大舅却整天游手好闲，拈花惹草。外公管不住，常常被气得心口疼。夏初于是对所谓长相好的男人充满抵触。

早晨在茶水间碰见钱助理，云夏初尴尬地正欲解释跟博士吃饭的小状况。还未开口，钱助理迎上来，歉意地笑笑："夏初啊，挺不好意思的。这小陈他实在没眼光，他说觉得你们性格不太合适，让我跟你说，就算了。"

云夏初愣了片刻，随即反应出博士可能觉得没面子，抢先说明是他看不上自己。唉！这样也好，倒省了费心去解释了，于是随意地笑笑："没关系，以他的资历能找到更年轻的。"

钱助理忍不住撇嘴："得了吧，都成书呆子了，还想找什么样的？我实在觉得他高攀你啊！谁知他竟然，算了，没福气，懒得管他了。那我先走了。"

云夏初把咖啡粉仔细地放进滤网里，一边加水，一边忍不住笑。书读得多了，可能人真是会变得迂腐啊！

咖啡的香味儿慢慢溢满茶水间，云夏初心情不错地哼着歌，把牛奶倒进杯子里。这时，手机铃声响了，扫了一眼，竟是博士打来的。

云夏初一时有些诧异。

电话里博士的声音听起来很温和，只字未提昨晚的事，而是热心地告诉云夏初，为她量身设计了一套个人理财方案，而且针对这套方案，着重推荐他们银行最近推出的某理财产品。云夏初听天书般听着电话那头博士"噼里啪啦"地敲着键盘激情洋溢地进行复利、分红等系统复杂的计算，最终画了一个大饼，如果投入五万，五年后可能会得到二十万！

云夏初一向不认为有天上掉馅饼的事，可又难驳博士的面子，想着钱存银行也一样，挪个窝儿能捡个大饼也不错。

于是，云夏初这次相亲的最终结果是，四百多元的餐单和五万元她压根不知道是什么的理财产品。

# 第四章　所谓百分百王子

吴沫的突然降临给云夏初带来一个不小的惊喜和一个更不小的麻烦。他还像以前那样，笑起来像只小狐狸似的，眯起细长的眼睛，露出洁白的牙齿，然后就是一个大大的拥抱：“好夏初姐，想死我了，我抛家弃舍来投奔你，你收留我吧!”

于是云夏初脸上的惊喜还没来得及撤去就被眼前这大麻烦堵住了好心情。吴沫是云夏初的校友，他入学的时候云夏初刚好毕业留在学校做助教。吴沫长了一张讨喜的娃娃脸，水水嫩嫩的皮肤加上微微上挑的单眼皮，大学里惹得无数小女生穷追不舍。云夏初那时常常难以理解：“现在的姑娘也不知道怎么了，就喜欢这种祸水”。吴沫一脸受伤的样子像个要不到糖吃的小孩子：“夏初姐，我就要你喜欢。”云夏初避之不及：“饶了我吧，我可不想这辈子做人家奶妈!”

这会儿，这泼不出去的祸水又找上门了。云夏初看看他身后偌大的箱子，心存侥幸地问：“你来北京旅游?”

“No，我来北京工作。让我进去啊?”吴沫拖着箱子揽着夏初神情自若地像进了自己家的大门，脱了鞋子一屁股坐在沙发上：“夏初姐，我要喝果汁，冰镇的。北京的夏天可真热。”

云夏初强自镇定地从冰箱里拿出橙汁递给那个四仰八叉地靠在沙发上的祸水，不死心地问道：“你学上完了？确定毕业了？不是惹了谁家姑娘逃出来的?”

“你不要跟我老妈一个口气行吗？真的毕业了，教授答应我修满学分就可以毕业。为了早日见到你，我起早摸黑地学习啊！夏初姐，我说了让你等我的。”吴沫挪着屁股凑到云夏初的身边说，“没背着我勾搭别的男人吧?”

云夏初认清了眼前的事实，这个撵不走的牛皮糖还是以前那德行。她起身去卫生间打开热水器，取了新毛巾递给吴沫：“你省点心不用惦着了，快去洗澡睡一觉吧，先在这儿凑合几天，我帮你找房子。”

“找房子，不用啊，我就住你这儿。”吴沫连忙站起来环顾房间，“我不嫌你家小！”

陶陶对于这个娃娃脸小男人不屑地从头打量到脚，然后皱着眉头走到阳台上正在晾衣服的云夏初身边，问道：“你确定他是个成年男人？”

云夏初连忙摇头，小声地说：“嘘！最好别在他面前说这个，他不爱听着呢。”

“切！我管他！算了，看你面子，就迁就不懂事的孩子吧。”

“多谢了啊！他也就在这儿住几天。我这两天就给他找房子，你别介意。”云夏初一脸歉意。

“夏初姐，我就住这间吧，这间是书房吧？女人怎么这么多东西啊，啧啧！”

云夏初和陶陶连忙回头，却见吴沫正在对面陶陶的藏宝室里左摸摸，右看看。

陶陶三步并作一步冲了过去，没好气地把吴沫揪出来，抱着胳膊挡在门口：“这间你想都别想，这间住的都是我的心头肉。”

吴沫瘪着嘴，哀怨地看了看陶陶，然后绕过她走到云夏初的身边，晃着她的胳膊：“夏初姐，那我跟你一起住，反正是早晚的事。”

“吴沫，你别胡闹了。”云夏初抱着衣服撑子跳开了，“好了好了，今天晚了，你先睡客厅，明天再给你安排。”

陶陶冷着眼看了看那个桃花眼娃娃脸的怨男，凑近了云夏初小声地嘟囔：“男人长成这样，简直是妖孽！”

睡到凌晨天微亮，被客厅里一阵尖叫惊醒的云夏初爬起来，连鞋子也没顾上穿，就光脚跑出去。客厅的窗户朝东，此刻，晨曦穿过落地玻璃窗，在客厅里洒下细微的光芒。

陶陶惊慌失措地站在客厅中央，身上未着寸缕。

吴沫捂着眼睛嚷：“我什么都没看见！”

原来，陶陶一向裸睡，加上夏初使用主卧的卫生间，陶陶也习惯了晚上上

厕所赤身裸体地穿过客厅。结果，刚才她像平时一样迷迷糊糊地上了卫生间，睡在沙发上的吴沫被抽水马桶的声音吵醒后，懵懵懂懂地睁开眼睛，就看见一丝不挂的陶陶从卫生间出来，当即惊得睡意全无。两人对视了半天才搞清眼前的状况，然后就是被陶陶的尖叫声吵醒的云夏初。

电光火石之间，云夏初最先清醒过来，连忙跑回卧室拿出一条毯子裹住大惊失色的陶陶，吴沫讷讷地说："我真的不是故意的！"

"你，你气死我了！"陶陶气急败坏，却又无计可施，恨不得冲过去把吴沫扔到窗户外面去。

吴沫紧紧抱着自己的空调被，生怕陶陶一激动扑过去把他也看光光。

陶陶咬咬牙："算了，反正是个小屁孩，算我倒霉。"说着跺跺脚跑回自己卧室去了。

吴沫抱着被子从沙发上跳起来："喂！不许说我是小屁孩！"

云夏初哭笑不得。

吴沫很快去单位报道了。他学的专业是建筑设计，试用期要天天顶着太阳跑工地。几天下来，就看见这个比女人还精致的小男人晒黑了至少两个色号，不过这么一来倒是多了些男人气。公司安排了宿舍，吴沫说什么也不去，宁愿挤公交来回两个小时地折腾。云夏初无奈之下，只好跟陶陶商量，把主卧加衣帽间让给陶陶和她的宝贝，她和吴沫分别住到两间小卧室去。

而陶陶和吴沫水火不容，两人互相看不顺眼，云夏初夹在中间天天当和事老。

新品请了演艺公司找平面模特来拍一组宣传海报，因为这一季的新品主题定为童话仲夏夜。设计部和推广部几次头脑风暴后，最终决定把这次的海报拍摄成一组关于王子和公主的童话风格纸上短剧，改变以往女士饰品就由女模特来拍的思路，设定男女主角，以简单流畅的背景和服饰突出饰品的美轮美奂，勾起每个女孩子藏在心里的公主梦。这一期的主打广告语就被暂定为：唤醒住在我们心里的公主！

安馨把演艺公司送来的一组男女模特的照片拿给云夏初，极力推崇其中一个女孩，苏以萱，长相甜美优雅，也符合云夏初心里的小公主形象。于是云夏初点头表示同意，又随手摊开一沓男模的照片问安馨："男的呢，你看好哪个？"

安馨有些为难："没有特别符合我们期望的，这些都是时下流行的花样美男，可是欠缺我们需要的那种王子气质，那种与生俱来的睥睨一切的贵族感。"安馨说着，微抬头，扬起下巴，翻着一双大的有些离谱的眼睛努力比划出所谓的贵族感。

云夏初忍俊不禁："安馨，没听说过还有青蛙公子！"

"哦！"安馨不解，看着云夏初故意地鼓着腮帮子才恍然，"云夏初，亏我一直以为你是个标准淑女，你怎么这么蔫坏啊？竟然说我像青蛙，伤我自尊了！"安馨抗议。

"呵呵，我错了我错了！"云夏初心情不错，"那安总，就麻烦您尽快找个王子来吧。"

"我跟经纪公司说了，明天让他们公司几个可塑性比较强的男模来试镜，就这几个。"安馨说着从桌子上一堆摊开的照片里挑出几张，"目前没有特别合适的，尽快试镜再说吧。"

"好吧，你安排好了通知我。"云夏初微微颔首。

吴沫上班三天，就走了狗屎运赶上一个工程完结，科室也分了他一笔不大不小的奖金，作为人生赚的第一笔钱。还没下班，他就兴奋地给云夏初打电话说要请她吃饭，用他自己赚的钱。云夏初笑着挂了电话，心想还真为难这个打小被娇惯坏了的公子哥儿天天跟一群民工一起蹲在尘土飞扬的工地里吃饭聊天侃大山，倒还干得不亦乐乎。

当年刚刚当了助教的云夏初还一脸的学生气，碰上了刚来学校的吴沫，红着脸问她："师姐，请问新生接待处在哪儿？"云夏初一看眼前这个跟瓷娃娃似的男生，觉得就像个可爱的小弟弟，于是心情大好，发挥为人师长的热情，主动请缨要领着他去办手续，结果回头一看，这孩子身后老老少少足有十几口，忍不住瞠目结舌！想想当时那一宏大的场面就觉得可乐，云夏初身后跟着吴沫，然后是吴沫的爷爷奶奶姥爷爸爸妈妈姨夫舅舅……浩浩荡荡地穿梭于学校办公楼。后来一问，竟然得知这个庞大的亲友团是全家从苏州飞到武汉来送吴沫上大学的，云夏初叹为观止。

吴沫小时候是个聪明过人的孩子，小学念了三年就上了初中，上大学的时候还不到十六岁，所以家里人千万个不放心。亲友团临走的时候，分别与云夏初握手致谢，眼泪汪汪地把吴沫托付给了她，云夏初汗颜，这是来上大学的吗?! 只是，被委以重任的云夏初无奈地当了足足两年的奶妈。

和吴沫在小区附近的餐厅吃完饭，两人散步回家，吴沫死皮赖脸地要牵着云夏初的手。小区里人来人往，挣扎无果，云夏初索性随他去了，好笑地看着他一脸纠结的样子："你这家伙，什么时候才能长大，都二十二了，还跟个小孩子似的。"

吴沫一脸严肃："谁是小孩啊，请叫我男人!"

云夏初笑喷了："男人，哈哈!"

"云夏初，你敢笑话我，走，回家圆房去，让你看看我是不是男人!"吴沫气急败坏。

哈哈哈哈！云夏初笑得眼泪都出来了："吴沫，你太可爱了，圆房，这词用的！哈哈，逗死我了，你别拉我嘛，不行了，肚子疼，哈哈!"

吴沫气得脸都红了，耷拉下脸甩开夏初的手自己走了，云夏初连忙起身追上去。

刷开电子门，吴沫低着头往里走，任云夏初在一边挽着他的胳膊笑呵呵地道歉："别生气嘛，是我不对，我错了！嘿嘿!"

电梯边上站了一个人闻声回头，云夏初看着孩子一样闹别扭的吴沫忍着笑抬头，正对上那人的目光，景晨。愣了一下，云夏初下意识地放开吴沫。

电梯门打开，景晨一步跨进去，面无表情地伸手按下关门键。

吴沫追过去已经来不及了，眼睁睁地看着电梯门在面前三公分的地方掩上，扭头对身后还愣在原地的云夏初抱怨："看见有人都不等，这回知道了吧，刚才那位才不是男人!"

"嗯，真不是男人!"夏初语气肯定地附和。

吴沫上班一星期，就给自己置办了一辆白色小 QQ，晚饭的餐桌上，兴高采烈地跟夏初说："以后我去接你下班。"

云夏初敬谢不敏："别，一共不到三站地，我再等你下班过来还不够添乱的。"

陶陶走到窗户边上，看了一眼停在楼下的新QQ，旁边是那辆身形庞大的丰田霸道，于是笑着说："QQ跟丰田越野站一起，还真是小鸟依人一样。"

"丰田牛什么，等我自己挣到钱了，买辆路虎开。"吴沫不屑。

陶陶举起汤勺敲了敲他的脑袋："你算了吧，连买辆QQ还要父母赞助，还路虎呢，瞧不起你。"

吴沫被敲疼了，揉着脑袋嚷："我就是不想花爸妈的钱，才买QQ的。"

陶陶撇嘴："嘿！那您还真有出息！"

"好了，你们俩别争了，快吃饭吧！"云夏初出面打圆场。

吴沫气呼呼地埋头吃饭，不再搭理陶陶。

陶陶冲着云夏初吐吐舌头，转而看着生闷气的吴沫，笑嘻嘻地说："好吧，我不嫌弃你的QQ，那以后就由你来接我上下班吧。"

"喂！姐姐，你去三元桥，我去紫竹桥，不顺路。"吴沫急了。

"你哪儿那么多意见？姐姐我近来犯桃花，所以屈尊降贵找个安全的异性接触，比如像你这样的小毛孩，不然哪轮得上你献殷勤？搁平时，开路虎的还得提前一周预约呢。"

"不去！"吴沫坚决拒绝。

陶陶伸手拿过他的碗，在吴沫的抗议声里慢条斯理地说："这样的话，以后你也别吃我做的晚饭。你别看夏初，她向来吃饭对付肚子，没空伺候你这个大少爷。"

吴沫看着盘子里色香味俱全的红烧小排，吞了吞口水，一咬牙，点头同意了。

陶陶喜笑颜开地把碗递还给他，还亲自夹了块排骨送进他碗里："这才乖嘛！"

吴沫看着自己出卖劳力换来的排骨，无比心酸。

早晨，云夏初看着吴沫和陶陶吵吵闹闹地出了门，忍不住追出去叮咛："你们俩路上小心点，别在车上吵架。"

陶陶转身冲云夏初抛了媚眼一枚，说："放心吧，我上车要补觉。"

少睡了半小时的吴沫打着呵欠，一脸哀怨。

赶上安馨来接云夏初去摄影棚，看见吴沫，眼前一亮，上下打量后又摇摇

头，跟云夏初抱怨：“你们家这帅哥不错，可惜也差了那种睥睨众生的气质。”

安馨说着，条件反射似的瞪眼抬头，努力睥睨众生，云夏初失笑。

等两人前后进了摄影棚，几个男模和那个被选定的姑娘已经化好妆做好试镜准备。夏初走到摄影师边上，小声地交代了几句，随后对安馨点点头。安馨挥挥手，招呼灯光摄影模特各就各位。

等试镜接近尾声，安馨走过来，站在云夏初边上微微地摇头：“女孩不错，气质干净高贵，是那杯茶，但是男的，都差强人意。”

云夏初觉得镜头前那女孩有些眼熟，似乎在哪儿见过，让人很惊艳的女孩，却又一时想不起来。

“没什么问题的话，等会儿结束了，我再跟他们公司沟通一下，让他们再找找。”

“好的，辛苦你了！”

“对了，夏初，你是不是最近累着了，脸色不太好。”安馨关心地问道。

“哦！没事，我最近有点低血糖。”云夏初不在意地摆摆手，“我去那边坐会儿，吃块儿巧克力，你先招呼着。”

这时镜头前的苏以萱冲着门口的方向忽然露出惊喜的笑。云夏初和安馨随着姑娘的目光下意识地看过去，有个男人随意地靠着门站着，脸成三十度角仰望着舞台，笑得漫不经心，五官无可挑剔。光线从额头到鼻尖再到微微翘起的下巴，勾勒出他一道相当完美的弧线。

“啊哦！这是谁啊，就他了，百分百的王子。”云夏初听见安馨不加掩饰的赞叹，还没来得及说话，安馨已经起身冲过去递上名片，“先生，请问贵姓？有没有兴趣为我们这期产品拍摄海报？”

云夏初皱眉，这个男人，怎么无处不在。

景晨不在意地看了一眼面前笑得像捡了宝一样的安馨，面无表情地把名片递还给她，摇摇头：“没兴趣。”

安馨碰了个钉子却不死心，难得遇见这么个女人心目中的标准王子，说什么也得拽住了。她不假思索地回头冲着坐在暗处的云夏初嚷：“夏初，夏初，你过来跟他谈谈咱们的设计理念。”

云夏初无处可逃，安馨的大嗓门吸引了全场的目光，她只好硬着头皮起身。

看见云夏初，景晨的嘴角露出难以察觉的笑，安馨殷勤地介绍："这是我们恩依的首席设计师——云夏初小姐。先生，这一季我们公司主打的童话仲夏夜系列就是由云小姐亲自主持设计的，而您的形象恰好非常符合我们的期望。您好像也认识台上那位小姐吧？这样一来你们合作，做我们的模特，一定很有默契。怎么样，考虑一下！费用都好说。"

安馨锲而不舍地游说，景晨嘴角的笑意加深："那让云小姐跟我谈吧。"

"哦！好的，您愿意跟谁谈都行。"安馨喜出望外，连忙把云夏初拽了过来耳语几句："夏初，只要价钱开得不是很离谱，什么都答应他。碰见这么一位，实在不容易啊，不然我都琢磨要不要去欧洲请个真王子来。"

一时找不到反驳的词，云夏初已经被推到那个长相好得让她讨厌的男人面前，准备正面交锋。她这才想起那女孩原来是那天晚上在自己楼下见过的，当时她还感叹，当真有此颜如夏花的女子！

"您好，云小姐，我们出去找个地方谈吧。"景晨微微躬身。

云夏初看着眼前这个安馨眼中百分百的王子，想起她人生最乌龙的事情，心里忍不住微微地窝火，张口就想拒绝，但见旁边安馨一脸期盼，于是忍了又忍："好吧。"

景晨冲着仍旧在镜头前的苏以萱潇洒地挥挥手，带着云夏初扬长而去。

"你想干什么？"云夏初一脸戒备地看着笑得过于灿烂的景晨。

"没想干什么啊，你们公司不是想请我为你们的新产品拍海报吗？"景晨收起笑脸，无辜地摊开手："怎么，难道不是？"

"这个……"云夏初面色微窘，"是这样，你开价吧。"

"等我想好了再说，你先把电话给我。"

云夏初一百个不情愿地把电话号码写给了景晨，看着他把便笺纸叠起来放进口袋，然后吹了个口哨："接下来，你请我吃饭吧。"

"我请你？"云夏初有些讶异。

"难道你们公司不是诚心想请我？"

云夏初心里的火越烧越烈，越来越觉得安馨从这个一脸痞子相的男人脸上找到所谓的贵族气质简直匪夷所思。

王子？呸！

她努力保持风平浪静的神色，点头。景晨毫不客气地带着云夏初去了雍和宫附近的一家私家菜。两人吃完饭，扫了一眼小一千的账单，云夏初不动声色地付了账，本想自行打车回家，但是迎上景晨带着挑衅的目光，一咬牙，又坐上了他的丰田越野。

“去喝酒，我请你。”景晨从后视镜里看着一张小脸板得平平的云夏初，忽然笑得坏坏地凑近了：“干吗这么正经啊，咱俩都那么坦诚地相见过。记得你那天很热情的。”他的气息温热，在耳根痒痒地扶过。云夏初的心慌乱一片，身体不由自主地绷紧了。

酒吧里的光线是暧昧的晕黄。云夏初僵坐在轻松自如的景晨旁边，看他不时地与经过的美女调笑，心里对此人的鄙夷如江水滔滔，“卖弄色相，不要脸”。

景晨看着云夏初不知不觉地已经喝了两杯朗姆青柠，暗自摇了摇头，遂起身揽过云夏初的肩膀：“走吧，我怕被你喝穷了。”

小气！云夏初暗自啐道，但是脚一着地，眼前就眩晕一片，连忙抓住景晨的胳膊。

“去我家吗?”景晨把云夏初扶下车，掌心停在她的腰畔，从轻到重缓缓地摩挲，声音里有说不出的蛊惑。

夜风吹过，云夏初这才感到晕乎乎的脑袋稍微清醒些，发现已经到自己家楼下了，连忙坚定地摇头：“不去。”

“那好吧，送你回家。”

吴沫开门，看见脸色潮红半靠着景晨的云夏初，立即上前把她拉到自己怀里，上下左右仔细检查一翻，衣衫还算齐整，头发不太凌乱，基本没有异常，这才稍稍放下心准备质问站在门外的男人。

景晨冷眼看着开门的男人，家居服随意地挂在身上，一双水汪汪的桃花眼正紧张地打量着怀里的女人，冷哼一声转身走了。

“喂！你别走，还要问你话呢！”吴沫冲着景晨的背影徒劳地嚷。

# 第五章　如此“奉子成婚”

云夏初睡得迷迷糊糊，听见客厅里陶陶和吴沫小声地吵闹，翻了个身，嘴角挂上无奈的浅笑，很快又沉沉地睡去了。

陶陶每次从酒吧下班回来，吴沫总是忍不住提醒她穿整齐点，妆化淡些，香水最好用清新的那种。

“要你管，小屁孩，你懂什么？”陶陶不屑一顾。

吴沫恼怒地抗议：“不许叫我小屁孩。”

陶陶回头，笑得魅惑众生。吴沫脸一红，很不自在地扭头看自己的电视去了。

陶陶素面朝天地从卫生间里出来，吊带睡衣露出圆润白皙的肩膀，半干的卷发自肩上逶迤而下，影影绰绰地遮住裸背。吴沫坐在沙发上，目不转睛地盯着电视，脸颊潮红。陶陶吐吐舌头，凑近了，眼睛亮晶晶的，吐气若兰，坏笑着问：“你怎么了，脸那么红？”

“没，没怎么！”吴沫下意识地往沙发里缩着身子，口舌生涩。

“你怎么总这么晚不睡觉，等我呢？”陶陶笑嘻嘻地用肩膀撞了撞吴沫。

“我没有，我，我看电视，我睡觉去了。”吴沫扔下遥控落荒而逃。

陶陶在背后笑得没心没肺。

早晨，安馨一阵风一样旋进云夏初的办公室，瞪着一双大金鱼眼：“夏初，你昨天怎么跟人家聊的，我刚给那个百分百王子打电话，他正式拒绝了。”

正在修改手稿的云夏初摘下眼镜，抬头看着安馨的一脸怒气：“拒绝了？没有怎么聊啊？昨天他说考虑好了给我打电话。”

安馨指着电话："那你现在给他打电话问吧，刚才他正式拒绝了我。"

"好吧。"云夏初勉为其难地摊开手，"电话号码给我！"

"你聊了一晚上竟然连人家电话都没弄到手。"安馨怒气冲冲。

云夏初一脸平静："没想起来要。"

"云夏初，请注意你的工作态度，要是错过这个百分百的王子，我看你去欧洲请王子吧。"安馨把电话号码甩过来，"请珍惜我来之不易的电话号码。"

什么百分百王子，明明是一个百分百无赖！云夏初心里说，脸上却没敢露出不满，在安馨的怒气里拿起电话。

安馨兼任公司推广总监，思维敏捷，创意层出，加之看人眼光奇准，公司近两年来从一个小小的珠宝设计工作室发展到现在的规模，全靠安馨的经营策略和云夏初的设计天份，珠联璧合，才能把这个名不见经传的小品牌做得风生水起。云夏初向来很相信安馨的眼光，所以在推广环节上，她一向只是说明新品的设计理念，剩下的全部交由安馨做主。

但是这次，云夏初难以理解，安馨怎么就看上那么一个无赖呢？长相是好得没什么可挑剔的，可是那人从骨子里散发出的邪乎劲儿，远远不符合"童话仲夏夜"追求的唯美深情的风格。

电话那头，景晨听见云夏初例行公事的询问，毫不迟疑地回答道："对不起，云小姐，我没有兴趣。"毫无起伏的声音让云夏初微微怔了一下，下文还没来得及出口，彼端已传来嘟嘟声。云夏初只好冲着眼巴巴的安馨无奈地耸耸肩。

"我不管，交给你了，搞不定别怪我们推广部不配合你们设计部的工作。"安馨撂下狠话，转身走了，片刻后又推门扔进一句，"模特的事情要定不下来，接下来的推广都只能暂时搁着了。新品的宣传跟不上，什么后果我就不多说了。"

留下云夏初靠在椅背上，懊恼无比地看着百分百无赖的电话号码，在心里反复地说服自己："云夏初，这是工作，不要加入个人喜好。"很久才下定决心又一次拿起电话，按捺住心头的无奈："您好，景先生，我是云夏初，我们公司非常有诚意地想跟您合作，您有什么要求可以提出来。"

"是吗？我可以提任何要求？"景晨的声音听起来有些懒洋洋的揶揄。

云夏初忍着随时可能爆发出来的火气，耐着性子回答："是的，只要在我们公司能接受的范围内，我们尽量满足您。”

电话那边，沉默了片刻后，景晨说：“好吧，下班后你来我家，让我看看你的诚意。”说完，就挂断了电话。

云夏初倒吸了一口凉气，心里生出烦躁一片。

下了班，在办公室磨蹭了很久，愣是把本来已经快要完稿的设计稿改得面目全非，才最终狠下心，收拾东西下班直奔706。

景晨今天的表现，称得上中规中矩。

他沏了茶摆在茶几上，一边微笑着看着套装盘发、冷若冰霜的云夏初，一边斯文地招呼她喝茶，末了看着始终沉默的云夏初不忘好心地提醒：“云小姐，我记得您好像是来传达贵公司的诚意的，不是吗？”

云夏初看着旁边笑得碍眼的景晨，接过茶杯默默地喝了一小口，尽量地让自己保持心情平静，选择了平和的开场白：“景先生，我能坐在这里，就在一定程度上代表了我们公司的诚意，现在请把您的条件说出来。”

音响里放着一首《Better Man》，音乐缓缓地流淌。

……

Lord I'm doing all I can.

To be a better man.

……

云夏初觉得此情此景，没有比用《Better Man》做背景音乐更讽刺的事情了。她清清嗓子，在煽情的背景音乐里正襟危坐。

景晨在云夏初身边坐下，看她挺得笔直的背，包放在并拢的双腿上，梳得一丝不苟的头发，露出来的脖颈上带了一个紫水晶项链，一半是纯银项圈，一半是银丝穿起来的紫水晶串，配了同款的手链，设计别致，极具匠心。

云夏初发现他正看着自己的手链，不无讽刺地开口：“紫水晶可以辟邪。”

“哦！是吗？”景晨似乎没听出来她语气里的嘲弄，带着莫大的兴趣靠近了仔细去看她脖子上的水晶串，在白皙的皮肤的衬托下，反射出温和的光泽。“很漂亮啊。”他说着，伸出手去抚摸紫水晶，指尖似有若无地滑过云夏初的皮肤。

云夏初有些不自在地往后倾斜身体以避开他的手指，被他的指尖碰过的皮肤忍不住一阵战栗：“你干什么？”

“没什么，我就是想看看它是不是真地能辟邪。”景晨一脸无辜。

“景先生，请您亮出您的诚意，我是代表公司来跟您谈合作事宜的。这是我们的合同。”云夏初决定快刀斩乱麻，拿回话语权。她从包里拿出合同递给景晨，心想到这步了您最好别太过分，实在不行明天就公开选秀。我就不信找不到更合适的。

景晨拿过合同，扫了两眼，放在茶几上：“合同没什么问题，费用方面按市场行情就行，不过……”他说到这儿停住了，直视着云夏初的眼睛，似笑非笑。

不过什么，云夏初的心提到了嗓子眼，他想干什么？心里一沉下意识地就想伸手拽过合同起身走人。

“云小姐，您的诚意未免太浅了。”景晨靠在沙发上，跷着二郎腿，笑容可掬地开口，“我不过是有个不情之请，想私下拜托您帮我设计一套首饰，我准备去向我最爱的女人求婚。”

云夏初转身，看着沙发上那副的令人生厌的美好皮相，出口确认：“就是这个条件吗？”

“对啊，没了，可以吗？”

“没问题，你可以签字了，然后把你女朋友的喜好写下来发到我邮箱，三天后给你初稿。”云夏初把合同递过去，爽快地答应了。

拿着景晨签了字的合同告别出门，云夏初长长地出了一口气，心里倒有些不知所为何事的空落。

“拜拜！”景晨在背后飞着媚眼吹出飞吻，云夏初直当他是空气，头也没回地往楼梯间走。刚踩上第一级楼梯，忽然一阵眩晕，眼前就漆黑一片，在意识模糊前的最后一刻，云夏初听见景晨急促的脚步声，身子一软，就倒了下去。

这是云夏初第二次因为晕倒被送进医院了，但是这次醒来，眼前的陶陶和吴沫表情相当不正常。云夏初幽幽地开口：“怎么了，那么严肃，我生什么大病了吗？”

“没有，你是……”景晨凑过来，一张笑脸放得大大的，极其碍眼。

陶陶白了他一眼：“跟你没关系，你回避一下行吗？”说着就把他拨拉到一边去了，一咬牙说：“夏初，你怀孕了，大夫说大概快一个月了。你也不注意，营养不良血糖太低了所以才会晕倒。”

"啊！不可能！"听到这个消息的云夏初懵住了，最近她时不时地觉着头晕，压根就没在意。因为她一向有些低血糖，怎么也不会想到一次意外就会怀孕。这也，太不合常理了。夏初实在难以接受被她赶上这种狗血的事情。

"大夫宣布检查结果的时候，我们都在。"陶陶拍拍夏初的肩膀，安慰她，"没事，有我们呢。"

"夏初姐，谁欺负你的？"吴沫蹲下身半跪在床边，紧紧地抓着云夏初的手。

云夏初从巨大的震惊中清醒过来，看看旁边孩子气的吴沫和一脸郑重的陶陶，扯出笑容："你们别担心。"

"夏初，是赵致晗吗？"陶陶想了想，小声地问。

云夏初有些尴尬地摇了摇头，陶陶诧异地瞪大了眼睛："那，要通知那个人吗？"

"不用，我知道了。"缩手站在一边的景晨忽然开口。

"跟你没关系。"云夏初抢白。

陶陶和吴沫有些搞不清状况地看着语气笃定的景晨和急于辩白的夏初。

景晨蹲下身子，趴在夏初床边，双手支在床上，托着腮帮子，笑眯眯地看着躺在病床上表情窘迫的云夏初："夏初，你别不好意思，难道不是我的？"

夏初噎了半天，瞪了这人一眼，狠狠地咬着下唇。

吴沫拖着景晨的衣领就往外拽，景晨跟上，嘴里嚷着："大家别激动，我负责，我负责。"

陶陶拦住气得眼眶发红的吴沫，看了看夏初说："夏初，我和吴沫先去吃饭，你们好好商量。"

夏初感激地点头。

"要我娶你吗？"景晨抱着胳膊，靠在床头上，语气倒很殷勤，"你好好想想嘛，我其实是个很有责任心的男人，我说话算数，你想好了再来答复我。"

"谢了，不用你管。"云夏初恨恨地拒绝，心里泛起一阵酸楚，忍不住自嘲地想，还真是人生如戏，想她也算第二次被男人求婚了。头一回虽说最终空欢喜一场，但是这一回，别说欢喜了，眼前这位是她打心眼里期望，八辈子也别有丝毫关联的主儿！

把景晨签字的合同给了安馨，云夏初推说身体不舒服请了一天假。

她把妈妈留下来的金玉良缘拿出来细细地摩挲，金项圈，镶嵌着一对并蒂莲，一朵玉雕，一朵金铸，相依相偎，幸福美好。

只是终究还是要辜负了这美好的意愿了，她命里注定的人或许是个慢性子，还在慢慢腾腾地赶路，但是她等不及了，心已经累了。金镶玉折射着温暖的光泽，晃痛了夏初的眼睛，鼻头一酸，掉了两滴眼泪，索性就想，罢了罢了，命里注定没有金玉良缘。

对于结婚这件事，夏初觉得自己心力交瘁，她想，算了，没有男人，我也一定能过得幸福快乐。

抚摸着小腹部，那里，一个小生命正在孕育中。她心里忽然就升起一种陌生却浓烈的要为人母的满足和自豪。她不想结婚了，但是她想要这个孩子。她把这个考虑结果说出来时，陶陶当即跳了起来："你疯了，当未婚妈妈，请你不要头脑发热，仔细考虑清楚了再说。"

"陶陶，我考虑清楚了，就当这孩子是上天给我的吧，我要生下他（她）。"云夏初神色坚定。

"你脑袋进水了吧？你还不如考虑嫁给那个景晨呢，反正他愿意负责。"陶陶恨铁不成钢。

吴沫走过来，严肃而郑重地说："夏初姐，请你嫁给我。我也认真地考虑过了，不管这个孩子是谁的，我都要娶你，做他的爸爸。"

这下，云夏初和陶陶都大吃一惊。

云夏初连忙拒绝："吴沫，你还小，不要一时意气用事。"

"我已经成年了，请不要把我当小孩。我知道我在说什么做什么。夏初姐，我偷偷喜欢你这么多年，我是真心想娶你，夏初姐。"

云夏初彻底懵了，真是一波未平一波又起。

但是，吴沫却是来真的，他拿所有的积蓄买了一枚小小的钻戒，跪在云夏初的面前，表情凝重："夏初姐，请你答应我的求婚，尽管我现在能力有限，但是请你相信，我一定会努力让你和孩子过得好。"

云夏初看着面前这个刚刚褪去稚气的大男孩，清澈俊秀的眼神让她心生不忍。但是她再清楚不过地知道，这么多年来，她一直把吴沫当成小弟弟，迁就他包容他，事无巨细地替他打点，心甘情愿地当他心灵和生活琐事上的保姆。在她心里，吴沫就是个长不大的小孩子，所以她从心里无法接受这个弟弟一样的男孩做丈夫。云夏初艰难地开口："吴沫，不要这样，你知道我不可能接受的。你还小，以后会遇到更适合你的姑娘。"

"不，我就要你，我就喜欢你。你不答应我就不起来。"吴沫半跪在地上，坚定自己的信念。

"吴沫，你不要这么任性，还说不是小孩子呢。"云夏初看着他撅着嘴生着气，狠下心快刀斩乱麻，"吴沫，你不起来我也不能答应你，我不可能爱上你。"

云夏初的话让吴沫很失望，眼泪瞬间涌出来，他喃喃地说："为什么，夏初姐？我好不容易熬完研究生，觉得自己有资格来追你了，就一刻也没耽误地赶来了，可是你为什么连个机会都不肯给我？"

云夏初的心，被吴沫无望的执著撞得生疼，但是她知道，她必须狠下心断了他这个荒唐的念头，不能给他一丝一毫的希望。她怎么可能拖累这个单纯善良的小男生？于是她没有说话，沉下脸，没有再管伤心欲绝的吴沫，起身回屋了。

"夏初，你真的打算生个私生子，让孩子一辈子没名没分，甚至户口都不知道怎么上？而且眼前的问题是，没有准生证连医院都去不了，到时候万一出点问题怎么办？你考虑清楚了。"陶陶语重心长地劝说云夏初，想让她明白她做了一个多么荒唐的决定。

"是不是有了结婚证，就可以领到准生证，还可以给孩子上户口？"云夏初忽然问。

"嗯，理论上说是如此，可是你一个人怎么带孩子啊？"陶陶实在不明白云夏初到底在想什么。

"我会想办法。"

"要不，就答应吴沫吧，我觉得他除了年纪小点，其他方面都挺好，再说他是真的暗恋你那么多年了，嫁给他不会吃亏的。"陶陶想起眼前这根稻草。

"不行，吴沫坚决不行。他其实还是个没长大的孩子，心理年龄比实际年龄还小，还不知道自己想要什么。"云夏初坚决否定，末了叹了口气："陶陶，麻烦你最近多照顾一下吴沫。"

“放心吧，有我呢，你什么都别管了。”陶陶拍拍她的肩膀，安慰着。

云夏初敲开了706的门，没有说话，把打印好的设计稿递给景晨，深呼吸然后开口：“我来找你，不是想要你负责。我现在想要把孩子生下来，所以想麻烦你跟我领结婚证。因为我需要结婚证去办理出生证。孩子出生后，给他（她）上了户口，我们就去领离婚证，其他的，不需要你负责。”

云夏初想明白了，既然决定了要孩子，那么找景晨来负责出生以及上户口的所有事宜，无非是因为双方均属陌生人，没有交集没有感情，简单快捷且不拖泥带水。她甚至可以给他支付费用。

景晨抬起头来，脸上似笑非笑：“其实不用签什么合同，我说过我负责。”

“不用，我只是想要这个孩子。我现在及以后都不想跟你有什么纠葛，你同意的话我们就签合同。”云夏初平静的声音里不起一丝波澜。

双方沉默了片刻，景晨点了点头，把夏初让进了屋，面对面坐在沙发上。

云夏初递过预先准备好的一式两份的合同，像解释公文条款一样逐条说明：

第一，双方协议结婚，乙方（景晨）配合甲方（云夏初）领取结婚证及准生证。

第二，在孩子出生两个月内乙方配合甲方为之上报户口，双方友好离婚，任何一方不得有借口不予配合，在合同生效期间，任何一方不得单方毁约，否则赔偿人民币五十万元整。

第三，双方结合有名无实，所以均不可要求对方履行作为妻子（丈夫）的义务，并且互不干涉生活交友的自由。

第四，甲方（云夏初）怀孕生产及以后赡养小孩的费用自理，不能以孩子的名义向乙方（景晨）索取任何费用。

如果双方无异议，合同自签署之日起生效。

听完云夏初的解释，景晨沉下脸看着她的脸上没有任何情绪起伏，于是冷冰冰地说：“我要补充一条。”

略有些意外的云夏初咬了咬下唇，她想不出还有什么没有想到的问题，于是努力保持镇静：“你说吧。”

“既然你我要成为名义的夫妻，那么请你搬下来。我不能容忍我的妻子与别的男人住在一个屋檐下，就算是名义上的也不能容忍。我会把朝南的主卧让给你。”

云夏初想了想，这条似乎也合情合理，于是勉为其难地点了点头：“那就补上，签字吧。”

“还有。”

“你能不能一次说完？”云夏初脸色愠怒。

景晨似乎很乐意看见她发火，立刻扯出笑脸相迎：“我觉得你是不是给我付房租比较合理？这样你住得应该更安心，两千怎么样？”

“行，签吧。”云夏初毫不犹豫地答应了。

“好的。”景晨笑眯眯地拿起笔：“哦，还有。”

云夏初的脸色越来越难看了，濒临发火的边缘。

“我，我想说，你别签错了，签到乙方那栏去。”景晨一副好心地提醒。

云夏初没搭理他，大笔一挥在甲方栏上落下自己的大名。

“还有……”

云夏初一甩笔，再也忍不住发火了：“还有什么，有完没完！”

“女人怀孕了不能生气，不然对孩子不好。”

# 第六章　此婚无关爱情

帮着云夏初把东西搬到706，吴沫一脸敌意地看着景晨体贴入微地把云夏初扶到沙发上安排她坐好，一手揽着她的肩膀，一手摸着她仍旧平坦的小腹。云夏初下意识地要推开景晨，可是看见吴沫失落的脸色后，一咬牙配合景晨做出一脸甜蜜的样子。

吴沫一跺脚转身愤愤地出去了，陶陶为难地看了一眼沙发上貌合神离的男女，犹疑片刻追了出去。云夏初立即推开景晨，冷下脸："以后请不要这样，别忘了我们签的合同。"

"那个小男人喜欢你！"

"不关你事。"云夏初甩开他，回自己屋了。

十分钟后，景晨敲开云夏初的门，无视她隐隐的火气："这个设计稿，我有点小意见，你能不能给改改。"

"说吧，有什么意见？"云夏初没好气地回答，不知为什么，每次面对这个男人，她就忍不住上火。

"这里，能不能把珍珠镶嵌换成彩色水晶？"

云夏初有些不经心地扫了一眼草图，眼前一亮，景晨的提议确实有见地，把长短不一的坠饰上的珍珠换成彩色水晶，整套饰品更具有了关于爱情的浪漫气息，而且观赏性更强。

"嗯，可以。"云夏初草草地修改了草图，没有过多表现出自己的认同。

睡觉前，陶陶打电话来，说吴沫的情绪很沮丧，喝了很多酒。云夏初无奈，再三叮咛后，才挂了电话，躺在床上，翻来覆去地睡不着，于是起身去客厅打算倒杯水。

景晨还没有睡，坐在沙发上看电视，看见云夏初端着杯子出来，就起身倒了杯牛奶放进微波炉，半分钟后递给正在饮水机前发愣的云夏初：“喝杯牛奶吧，有助于睡眠。”

云夏初没说话，默默地接了过去，喝了一口，轻轻地皱了皱眉头问：“这牛奶的味道有点怪，什么牌子的。”

“我放了点桂花蜂蜜，那样更有营养。”

“哦。”夏初淡淡地应了一声，喝完牛奶默默地回屋了。

“同居”第一晚，一夜相安无事。

早上，夏初赶到摄影棚的时候，安馨正抱着胳膊，无比满意地看着摄像机前面穿传统宫廷礼服的俊男美女。景晨站在女主角的身后，作为衬托，表情高傲淡漠。女主角优雅的粉颈上，带着一条坠了三颗泪滴状月光石的钛合金项链，这条项链的名字叫做：人鱼的眼泪。王子最终娶了别国的公主，人鱼变成了大海里的泡沫，眼泪永恒地留在了王子心里。

“OK，相当完美。”安馨鼓掌，对这个场景的拍摄大加赞赏，随之对走到旁边的云夏初竖起大拇指。之前，她刚刚对云夏初以远低于公司预计的价格签下景晨表示五体投地的佩服。

云夏初报以浅浅的微笑，不得不信服的是，安馨看人的眼光确实相当老辣。那个痞子往镜头前面一站，不笑得那么吊儿郎当的时候，确实像那么回事。

“接下来拍辛迪瑞拉的狂欢，大家做好准备。”

在安馨的招呼下，工作人员各就各位。这次场景中，景晨与女主角牵手面向镜头，女主角的手腕上，银白色的合金手链上，坠了设计精巧细致的彩色南瓜马车、水晶鞋、华丽的舞裙等小物件。拍摄前，安馨上前跟景晨交代角色，两人小谈了片刻，就见安馨不住地点头。

两天后，云夏初看到这组手链的样片时，分外惊艳，所有的样片，辛迪瑞拉的狂欢、欢乐城堡等等，除了手链本身，其余背景，无论主人公执手相望，还是牵手并立，均作了黑白处理，这样一来，整幅画面唯一突出的就是彩色的手链，对比分明。

安馨自豪地说：“怎么样，这是景晨建议的，效果出奇的好，我看人的眼光

如何？服了吧！”

云夏初点头，确实佩服。

吴沫要搬到单位宿舍去住，云夏初挽留了几句，看他梗着脖子耷拉着脸不说话，就想随他去吧，还是没长大，闹一阵子别扭自己就好了。等他遇到真正喜欢的女孩，自己就懂了。

收拾好东西出门，吴沫停下脚步心里难过。他想好多年了，他把夏初当成自己心里的太阳，所有的努力都是为了追逐她，到头来他原来只是一只扑火的飞蛾。他攥紧拳头，狠狠地忍住想要回头去抱住她的冲动。他甚至想如果夏初再挽留一句他就不搬了，至少可以天天看见她。可是身后，云夏初扶着门框，说了声：“那，你自己保重。”

吴沫忍住了就要夺眶而出的眼泪，头也没回地下楼去了。

云夏初请了半天假从公司出来，路过7－11，想了想进去买了两包怡口莲。

下午两点，民政局门口，景晨和云夏初碰面，互相点头致意。

登记处的工作人员看见云夏初严肃的神色，不假思索地说：“离婚到那边。”

云夏初尴尬地把怡口莲递过去：“您好，我们结婚。”

“哦！”工作人员满脸的怀疑，看来如此表情来领结婚证的实属少见。

景晨低声地笑了。

夏初努力地扯出笑脸，两人办完手续，就此成为名义上受法律保护的夫妻。

“你请我吃饭吧，我头回结婚，心里激动。”

出了民政局，云夏初刚准备再见，就听见她丈夫如此开口。

想来世上像她这样“奉子成婚”的可能属凤毛麟角了，“奉子成婚”后唯一宴请的客人就是她“丈夫”，这事件当属绝无仅有了吧。

“走吧。”云夏初点头，就为这绝无仅有的事件吃顿饭庆祝一下吧。

“开瓶82年的拉菲。”景晨吩咐服务员，微笑得体。

云夏初沉下脸拿起包就走。

景晨伸手拉住她：“好吧好吧，94年的好了。”

金融街，意味轩。

入口处摆放着三千瓶葡萄酒，头顶是三千枚特质镀银磨菇造型的吊顶，拉丁仿古设计的墙布，孟买风格的红色窗帘。云夏初冷眼打量这家号称北京顶级西餐厅的奢华装修，对面的景晨轻车熟路地点菜，神态自若，像是坐在自家餐厅。

云夏初忽然想起自己对这个男人似乎知之甚少，比如他从事什么行业。按照目前的情况看，她实在想不出这个一脸痞子相，年纪轻轻开着丰田越野，除了私房菜就是西餐厅的男人能有什么大把赚钱的正当职业。

景晨在云夏初的注视里从容不迫地端起高脚杯，扬起眉毛："祝我们新婚快乐!"

云夏初有些哭笑不得。

"红酒不错，来！闭上眼睛感受一下，像我这样。"景晨说着，微笑着闭上眼："想象一下，那一年，公元1994年，微风轻拂，阳光美好，人们唱着欢快的歌谣采摘成熟得恰好的葡萄，然后经过一系列悉心的酿造过程，紫红色的葡萄酒被装进橡木桶里存放在光线幽暗、温度适宜的酒窖里，时间会让那些红酒渐渐沉淀出清冽和甘醇的完美口感。"

在餐厅很有氛围的灯光下，景晨的面部线条俊秀柔和，笑起来的眼睛新月一样弯弯的。

云夏初尝试着闭上了眼睛，脑海里浮起一片阳光里的葡萄庄园，一望无际的绿色波浪，深紫色的葡萄晶莹剔透。景晨的嗓音低沉带着酒香一样的诱惑："这样的陈年酒，就像童话里的睡美人，需要温柔的催醒才能焕发出甜美飘逸的果香。你要慢慢地用心来品味，来，喝一小口，在口腔里保持十五秒。"

夏初依言而行。

"感觉到了吗？它正在你的舌尖上跳舞，散发着杏仁和紫罗兰的芳香，让口腔黏膜无比的舒展，其间还有些耐人寻味的青涩。那是经过时间软化过的丹宁散发出来的。丹宁是红酒里的魔法师，能创造出富有层次感的涩味，从而撑起了葡萄酒的骨架，让酒的口感在醇和香甜里带着浅淡优雅的生涩，让人回味无穷。这个过程就如同一个人的成长，在时间里慢慢地褪去青涩，过程漫长而寂寞，最终求得极致高贵的境界，就如这拉菲，圆润优雅，又混有一丝生涩的天真。"

云夏初被这种体验迷惑了，她沉醉在景晨催眠一样的声音和红酒的香气里，感觉那青涩在口腔里像是变魔法一样渐渐地圆润协调，有种奇妙的绸缎般的温

润感。

景晨优雅地摇动高脚杯，看着酒液挂在杯壁上，缓缓地淌下，像是晶莹的泪珠，“红酒的一生，最圆满的结局，就是等到一个真正欣赏它读懂它的人，如果等到像我这样的知己，那就是它的福分。”

云夏初睁开眼睛，对上景晨一脸盈盈的笑意。他举起杯轻轻地碰了碰夏初的杯沿：“喝红酒可是人生的一大享受哦，不过，要是喝82年的感觉会更棒。”

云夏初仰起脖子一口喝完了剩下的酒。

“你是品酒师？”

景晨一脸遗憾地看着她如此暴殄天物，微微摇头。

“酿酒师？”

景晨继续摇头。

“酒水推销？”

“哦?！怎么看出来的？”景晨习惯性地扬起眉毛。

“刚看出来的，披张好皮相，对酒颇有了解，大把银子堆出来的奢侈品味，当然最适合推销高档红酒。据说提成很高，这家餐厅你也兼职了吧？”

景晨唇角的笑意更浓，他抬手轻轻地鼓掌：“眼光不错，怎么样，捧个场，开瓶82年的？”

“需要包养吗？我可以给你介绍，凭你的姿色一定能赚更多。”云夏初给杯子里倒酒，看着琥珀色的光泽流转，眼皮都没抬。

“好啊。”景晨毫不在意，他伸手过来拿走云夏初的酒杯，放到自己嘴边浅浅地啜了一口：“只要出得起价，我就考虑。不过，大夫没告诉你吗？怀孕早期是宝宝器官形成的重要时期，最好不要喝太多的酒。”

懂得可真多，出卖皮相看来也不容易！云夏初瞪了一眼笑得阳光灿烂的景晨，心里暗讽。

豪华的两人“婚宴”之后，景晨和云夏初的“同居”生活正式拉开帷幕。本着井水不犯河水的原则，暂且表面平和。

新品宣传海报拍摄完毕。

安馨做东，请大家泡吧。云夏初暂时还没想好如何跟同事解释自己结婚怀孕的事情，于是拗不过安馨的软厮硬磨，随着众人去了。

云夏初推说身体不太舒服，只要了杯橙汁安静地坐在边上看大家嬉闹。

苏以萱端了酒杯过来，挨着云夏初坐下："夏初姐，我太喜欢你的设计了，回头你有空的时候，帮我单独设计一套，好不好？"

不太习惯与人太过亲近，云夏初客气地笑笑。

"夏初姐，你怎么喝橙汁啊，让他们调一杯 Pink Lady 吧！"苏以萱说着，转身就去招呼吧台里的调酒师。

云夏初刚想要拒绝，却见苏以萱的手腕上，戴着一条光彩夺目的彩色水晶手链。

回头看见云夏初正对着自己的手链出神，苏以萱高兴地抬起手腕举到云夏初面前："漂亮吧，我第一眼看见就喜欢。"她说着，带着甜蜜的笑，皮肤近了看就像是搀了最新鲜的玫瑰花瓣，细致光滑，美好诱人。

而那手链，正是景晨答应拍海报的条件，原来，苏以萱就是他最爱的女人！

云夏初对着调酒师送到自己面前 Pink Lady，微微地愣了一会儿，心里暗自嘲笑自己刚刚的反应。她和他意外上了床，又意外地怀了孕。现在她只是为了给孩子的出生找个合法途经而已，互相不介入对方的感情生活，那么至于谁是他最爱的女人又关她什么事？

"景晨哥，你干吗？那是夏初姐的酒。"

苏以萱的抱怨让云夏初回过神，发现景晨不知道什么时候过来的。他站在她身边，喝光了她的酒，举着空杯子皱了皱眉头，然后凑到她耳边低声地说："不是说你不能喝酒吗？怎么还来泡吧？我可不能忍受你把我们家宝宝生成傻瓜。"

"跟你没关系！"云夏初不着痕迹地推开他，继续喝自己的橙汁。

苏以萱过来，巧笑倩兮地挂在景晨的胳膊上，嗔怪着："景晨哥，你不是说不来了么，怎么，那么想我？"

"对啊，想死你了。"景晨笑笑，捏了捏苏以萱娇俏可爱的鼻头，满意地看着她撅起嘴，那种带着宠溺的表情让她整个人看起来多了一种叫做温柔怜惜的东西。

云夏初冷眼看着那两人旁若无人地调情。

安馨走过来，与她碰杯，预祝新品热卖，钱多得败不完！末了不无赞许地看着旁边那对甜蜜的璧人：“真般配啊，百分百王子配百分百公主，养眼!”

“是啊!”云夏初心里对那个所谓王子鄙视至极，面子上却不动声色地附和，“是挺般配的!”

停了片刻，云夏初觉得酒吧的空气实在浑浊，就找借口：“安馨，我不太舒服，先回去了。”

“好的，最近累坏了，早点回去休息吧。”安馨体贴地把云夏初送到门口，叫了出租车，看着她坐上车才放心地挥挥手。

令云夏初意外的是，她到家的时候，景晨已经坐在客厅里，捧着斟满了红酒的高脚杯，音响里放了一首《A Perfect Indian》，细腻干净的女声，带着清冷的忧伤。云夏初忽然想起，那时学校广播电台的音乐主持人曾特意做了一期西尼德·奥康娜的专题，介绍了那个美丽叛逆的女子，主持人特意选了《A Perfect Indian》做全程的背景音乐。

那时云夏初独自坐在校园里，午后时光，有柔软的云彩，樱花盛极将衰，风过处落花似雨。她坐在一树樱花下面，听歌声寂寞悠远地回荡在校园的上空。夏初想，那个外表叛逆冷漠内心却有如烈火般的歌者，她用雨后晴空一样干净的歌声，用生发于心的深情，向世人描述的远不是一个完美的印地安人，那一定是在赞美她内心深处，一个真正的印度王子。

那个时候，是她在学校里做助教的第二年，生活里出现了一个跟王子完全不搭边的男人，卢大伟，是系里刚刚分来的一个年轻的矿石鉴定老师，才华横溢，谈吐幽默，人长得一般，走路时左脚有些轻微地跛着。平日里与云夏初私交甚好，好吃的好玩的总是惦记着给云夏初留一份。云夏初就暗自想，大伟是个合适的可以拿来谈婚论嫁的男人，嫁给他，一定会安心踏实地幸福一辈子。于是她心安理得地收着他隔三差五送来的小吃食、小玩意儿，就等着卢大伟来表白。

谁知等来的却是，卢大伟带了请帖和喜糖，在系办公室里欢欢喜喜地发了一圈，说下月初八举行婚礼，请大家喝喜酒。云夏初想不通，找了机会去问他。卢大伟面对眼前这个清秀温婉的姑娘微红着眼眶的质问，一脸错愕，半天才诺诺地说：“夏初，我怎么配得上你？我一直都把你当妹妹。”

云夏初想着，忍不住自嘲地笑笑。

看见云夏初站在玄关里，神情少有的恍惚，景晨举着酒瓶子招呼她：“82年的拉菲，用你们公司支付给我的佣金买的，过来，可以让你喝一小杯。”

或许是因为这首《A Perfect Indian》，云夏初拒绝景晨的邀请时，带着微微的笑。

回到卧室，散开头发，换上舒服的家居服，走到阳台上的工作台，忽然发现那个不太舒服的坐垫不知什么时候被换成了带靠背的蛋糕垫，海蓝的色调看起来非常舒心，云夏初心里微微一热。这个时候她听见外面客厅里传来一阵女声的喧闹，下意识地走出去。

苏以萱看见从主卧走出来的云夏初，头发散开在肩上，穿着随意的家居服，一时诧异地瞪大了眼睛：“景晨哥，夏初姐，你们?”

云夏初也愣住了。

景晨把挂在他胳膊上，章鱼一样的苏以萱扒拉下来，拉着她的手就往外走。

“干吗赶我走？你们有什么见不得人的……”

门被从外面关上了，隔断了苏以萱的质问。云夏初尴尬地站在原地。她算怎么回事。被逮个正着的小三？背着正主儿怀孕且“同居”的小三，这罪名可真不小，她自嘲地想！

听见钥匙开门的声音，坐在沙发上有一搭没一搭地看电视的云夏初连忙起身，景晨一脸倦色地进来，换好鞋走到沙发边坐下，默默地倒满酒。

云夏初看着他把82年的拉菲当成可乐一样猛灌，有些于心不忍：“我可以去跟她解释。”

“解释什么？跟我领了结婚证还是怀了我的孩子?”景晨冷冷地回答。

“你明知道不是这样的啊！孩子生下来我们就离婚，而且这婚姻本就是有名无实的，你可以给她看咱们签的合同。”

“如果是你的男人跟别人了有了孩子，你怎么办?”景晨把即将见底的红酒一股脑倒进杯子，表情沉重。

云夏初无以反驳，肚子里的孩子是她目前最重要的心里支撑，她全身心地想要生下来。于是她咬着下唇，狠了狠心，没再说话。去厨房倒了杯温水，放了两勺蜂蜜，搅拌匀了，端给景晨：“等会儿把这个喝了，红酒喝多了也会

头疼。”

景晨默默地接过杯子，云夏初发现他竟然掉了两滴眼泪。这下子她站在旁边手足无措，不知是应该当没看见默默走开，还是坐下来安慰他一下。所谓男儿有泪不轻弹，那他现在一定很伤心，看来这个男人对苏以萱倒是真心实意的。云夏初正左右为难之际，景晨却抬起头看着呆呆地站在一边的云夏初，他说：“你抱抱我，行吗？”他说这话的时候，仰着头，眼眶微红，嘴角耷拉着，像个无助的孩子，云夏初心一软，遂俯身轻轻抱住他。

景晨把耳朵贴在云夏初的肚皮上，喃喃自语，半天，云夏初才听清他在说：“宝宝，你听见了吗？爸爸为了你，受了多少委屈。”

云夏初哭笑不得，她很想提醒眼前这位，孩子生出来以后就跟他没有什么关系了，但是眼前的情景，这男人的不幸很大程度上毕竟拜她所赐。所以她生生把到了嘴边的话吞了回去，且让他在遭此不幸的时候抓根稻草倾诉一阵子吧，反正还有合同呢，到时候再说也不迟。

# 第七章　西风与东风的战争

一想起昨天晚上景晨的眼泪和无助的样子，云夏初就坐立难安。于是她决定鸡婆一次，问安馨要来了苏以萱的电话，约了她在公司附近的上岛见面。

见面之前，云夏初在心里反复组织话语，琢磨如何把这件事解释得清楚明白，说明自己的立场，求得苏以萱的理解，消除他们之间的误会。

但是，苏以萱压根没有给她开口的机会，她说："夏初姐，您不用解释了，我什么都不想听。孩子是无辜的，您好好保重，祝您和景晨哥过得幸福，他是个好男人。"

于是，看着苏以萱默默离开的背影，云夏初觉得自己彻底沦为为人不齿的小三了。

景晨连着几天心情不爽，脸上挂着沮丧。云夏初觉得错在自己，当时考虑欠妥，不应该草率地跟他签了合同假结婚，因此心存许多歉意，也就尽量保持和颜悦色，有求必应。

"能不能帮我榨杯橙汁？"

"好的。"

"你熨衣服？顺便帮我把裤子熨了吧。"

"好的。"

"你去超市？帮我买筒原味的品客。"

"好的。"

……

诸如此类，云夏初发觉，自己对这人的容忍度越来越高，谁让她有愧于

人呢？

下午，安馨拉着夏初偷偷溜出公司直奔琉璃厂，说为纪念结婚100天，要给齐大扬买件礼物。

进了一家玉器店，安馨指着一枚翡翠观音，说：“我来看了好几次了，就这个，你帮我看看真的假的，值不值这价。”

夏初扫了一眼标价，笑着地问：“安姐姐，照这种送法，你们家搞不好哪天就破产啦。”

安馨叹气：“唉！我就是不放心他老飞来飞去的，送个玉观音给他当护身符吧。”

齐大扬是个飞机技师，工作经常在三万英尺以上的高空进行。

安馨有一次从深圳回北京，邻座正好是从深圳出差回京的齐大扬。飞机在途中遇上了强气流，颠簸得厉害，安馨吓得不管不顾地抓着齐大扬的手，拼命地又掐又捏。齐大扬非常绅士地拍着安馨的手安慰她：“不要紧张，马上就过去了，气流而已，经常遇见就会习惯的，就跟你去游乐场玩个蹦蹦床一样，要放松！来，深呼吸！”

“你是干什么的？”安馨闭着眼，问得咬牙切齿。

“我叫齐大扬，飞机技师，认识你很高兴。”齐大扬说着，竟然把他正在看的画报递到了安馨眼前：“你看，这风景不错。”

安馨拼了命地把眼睛露出一条缝，看见他递到她面前的风景画，画面上是美丽的薰衣草田，像是紫色的地毯一望无垠地铺开，远处是湛蓝的天空，大片的云朵……

飞机穿过强气流，进入平稳的飞行状态，安馨松了口气，发现邻座的齐大扬被她掐得手背上有大块的青紫，当即尴尬地表示歉意。齐大扬毫不介意地笑笑。安馨在那一刻忽然发现，她这个女强人要是有这样一个男人来保护，没准会更强。

于是，安馨二话不说要了齐大扬的电话，很快就以感谢他为名义请齐大扬吃饭，然后一来二去就顺利勾搭上手了，同时普罗旺斯的薰衣草田也顺理成章地成为了他们的蜜月地。

每次说到这个，安馨不无得意地提醒云夏初：“夏初，你要像我这样，爱情这种事情，该主动时就主动，一把年纪了，别老想守株待兔，哪有那么多傻兔啊!”

云夏初笑着，客气地让店员把翡翠观音请出来，放在一方白色长毛软垫子上，仔细地研究。

“小姐，这是上好的冰种翡翠，百分百 A 货，底子净，水头足。您再看，这绿得多清透，做工也非常精细。”店员极力游说。

夏初没出声，放在垫子上的翡翠观音，眉眼端庄，神态慈祥，莲花座和裙摆处翠绿欲滴，衬托着湖绿色的地张，光泽流转，质地温润。

夏初拿起玉观音放在手心里握了握，感觉手底冰凉润滑。

安馨小声地问：“夏初，你觉得呢？我看着还行，翠色挺正的。”

夏初一脸谨慎，举起翡翠观音，对着灯光仔细地看了又看，然后让服务员拿了一枚玉镯子出来，两相轻轻地敲了敲，回音清脆中略有混沌。夏初有些遗憾地摇了摇头：“算不上非常出众的 A 货，不过原料翡翠应该算上中上等，应该经过程度较轻的酸洗拔出了原本里面的杂质，但是没有人工注胶着色。这样算是对原料翡翠进行了优化，当然结晶质地没有天然 A 货那样紧密细致了。”

安馨皱起眉头：“那怎么办，我看来看去还觉得这个最好呢，这标价还这么贵。”

“其实现在百分百的 A 货，要像这尊观音的水头这么足的，很难遇到了，而且应该高于这个标价。目前缅甸政府已经封矿，允许开采的只有两个矿，所以这观音的质地整体来说还算不错的，三折差不多可以考虑。”夏初下了结论。

店员知道遇上行家了，连忙说：“您二位等等，我问问我们老板看看能给您打几折。”

一翻讨价还价后，翡翠观音最终以标价的三点五折拿下。安馨美得屁颠屁颠的：“走吧，咱俩去西单逛逛，买几件衣裳。今天省了一大笔。还真是黄金有价玉无价啊，这要不找一懂行的，我真就被忽悠了。”

景晨的电话突然打来，夏初刚从试衣间里出来，从安馨手里拿过包，接通电话：“您好，有事吗？”

“你在哪儿？怎么还不回家？”景晨过于熟稔的口气让夏初有些无所适从，

她背过身小声地说：“我在西单呢，晚点儿回去，你不用等我。”

“啊哦！逛街哪，和谁？”景晨貌似正在电话那头儿啃苹果，话筒里不时传来“咔嚓咔嚓”的清脆声响。

夏初撇撇嘴，回到：“安馨，不过跟你有什么关系啊。”

“哦！对了，想起来一件事，既然你在西单，麻烦顺便帮我去阿迪买一条泳裤，要今年的最新款，平角的。我比较保守，呵呵！别忘了啊，我明天等着穿。”

“我为什么要帮你买泳裤？”夏初急了。

“唉！我不是失恋了吗？我一好哥们儿打算请我去北戴河游泳散心。我想穿新泳裤心情一定更好。夏初啊，那就拜托你了。”

夏初气愤地挂断电话，安馨好奇地看着她：“谁让你帮忙买泳裤啊？”

“哦？”夏初脸一红，连忙说：“吴，吴沫，他看上阿迪一条新款泳裤，让我帮忙代买。”

“好啊，走吧，我顺便给我们家大扬也买一条。”

过了十分钟，手机又响起来了，夏初扫了一眼，窝着火接了起来：“您又怎么啦？”

“嘿嘿！我忘了告诉你，号码要两个 X 的，你都不问我，难道你对我的尺码很了解？”

“滚！”夏初恼羞成怒。

安馨看着夏初选了 XXL 的尺码，连忙好意地提醒：“你们家那小帅哥穿不了两个 X 的吧，他那小身材。”

夏初窘迫地回答：“哦！他说最近长胖了，所以让买大一号。”

“嗯！”安馨应声，有些纳闷地看着云夏初极其不自然的表情。

“咱走吧，我请你吃饭。”夏初付了钱，提着泳裤袋子，拽着安馨以最快的速度离开了商场。

“干吗那么着急。”

“饿了！”

回家把装着泳裤的袋子甩给景晨，夏初疾言厉色地警告：“请以后不要让我帮你买这种私人物品。”

“啊哦！为什么？泳裤而已，又不是大象内裤，嘿嘿。”景晨窃笑。

夏初拿起靠垫砸了过去，怒气冲冲地回屋了。

半小时后，夏初准备睡觉，景晨敲开门，把脑袋伸了进来，一脸贱兮兮的笑：“我试好了，非常合适，你要看一下吗？”

夏初从床上跳了起来，拽过捶背用的小猪，冲到门口照着景晨的脑袋砰砰地捶，嘴上怒喝：“不要脸，快滚。”

景晨抱着脑袋逃回了自己屋，听见夏初重重地甩上了门，遂看看自己的背心、沙滩裤以及正摆在床上的新泳裤，忍不住哈哈大笑。

新品上市，云夏初去专柜查访销售情况。

经过福泽的专柜时，云夏初停住了脚步，她意外地发现，那条戴在苏以萱手腕上的彩色水晶手链，正炫目地躺在展示柜里，同时还有配套的项链和耳环，以及与此套类似的系列。导购小姐热情地介绍：“小姐，这是我们主打的新品，浪漫水晶缘系列，热销的款式。”

云夏初气愤地拨通了景晨的电话：“如果我没记错的话，那套饰品设计，你说是要拿去送给你最爱的女人的，请问为什么我在福泽的专柜看到它们？”

“哦！是吗？你看到了？他们动作挺快。”景晨的漫不经心成功地惹火了云夏初。

“你应该清楚，没有经过我的允许你不能出售那套设计，尤其是卖给恩侬的竞争对手。”云夏初隔着电话严词质问。

景晨全当没听出云夏初的火药味儿：“你当时没有说不能卖啊，给我了我就有权利处理，我爱给谁是我的自由吧。”

“你！”云夏初气结。

“这也不能全怪我，那天我最爱的女人得知我跟你结婚了，孩子都快生出来了，她很伤心，就把我甩了。我在她身上花了不少钱，总不能到头来人财两空吧，所以我就找熟人把设计稿卖给福泽了。”景晨说完，还应景地叹了一口气。

“那，那你也应该跟我商量一下啊。”云夏初无奈，可是说到底，毕竟是她的出现导致景晨痛失所爱。所谓我不杀伯仁，伯仁却因我而死，事到如今，她

虽然一肚子愤懑，却也只好作罢。

安馨把福泽网站上down下来的实物图片扔给云夏初，“福泽这次的新品设计感觉不错啊，加上福泽用的材质一向不错，所以卖得也够贵，那套主打的浪漫水晶缘四千多，我们推出的童话系列最贵的一套不过定价两千多，却还是人家卖得好。对了，夏初，你说他们是不是换设计师了？请了何方高人啊？一改以前一味追求庄重大气的风格，看来，我们要加油了。”

云夏初有苦难言。

接下来几天，她对景晨采取视若无睹，大夫说孕妇切忌心情不好，所以她自动忽略了此类有碍心情的人物。就连景晨有意无意地浇死了她的仙人掌，打碎了她最喜欢的水晶摆件，还一不小心把咖啡泼在了新买的桌布上，她也没动怒。

每次，云夏初微微抬抬眼皮，目光淡淡地扫过事发现场，以及旁边那个一脸找抽的人，然后不动声色地回自己卧室了，关上门就彻底眼不见心不烦了。

陶陶说：“吴沫搬走了，你就搬回来住吧，主卧还给你，我一个人住着怪瘆的。”

云夏初立即同意，于是回到706准备跟景晨谈判。

景晨刚刚洗完澡，从卫生间出来，随便地挂着浴袍，头发耷拉在额前，嘀嗒着水滴，相当sexy。夏初忽然觉得喉头发紧，接着脸就呼呼地烧起来。她强自镇定地坐在沙发上，喝了一口冰水，清清嗓子，然后对着坐在沙发另一头跷着二郎腿的景晨开口：“我想跟你谈谈。”

“哦！”景晨扬起眉毛，有些诧异，夏初已经连着四天当他是隐形人了，“你说，你说。”

“我想搬回806去。”夏初直奔主题。

“不行。”景晨断然拒绝。

“为什么不行？”

“你为什么要搬？”

“我搬回我家，需要为什么吗？你放心，房租我照付给你。”云夏初说着就起身回屋准备去收拾东西。

景晨也起身回屋。

片刻后，一张纸递到云夏初的面前。

“要我念出来吗？五，合同期间，云夏初（甲方）必须居住在景晨（乙方）的房子706室，并付租金2000元/月。”

“可是，你当时说是因为不能容忍吴沫，现在他已经搬回宿舍去住了。”夏初据理力争。

“是吗？我当时这么说吗？我忘了，反正合同上写了，怀孕期间你必须住706，你要是违约，就不能怪我到时候不配合你给宝宝办准生证。”景晨说完，收起合同得意洋洋地回屋了。

夏初一屁股坐在床上，极其郁闷。

“对了，补充一下，以后你去806串门，请于九点前回来，不要影响我睡觉。”

景晨推开门，探出脑袋，补充上述内容。

云夏初起身走到门口，郑重其事地说：“我建议你睡前一定要把头发吹干了，不然睡着了脑袋会进更多水。”

景晨纳闷间，下意识地摸下仍旧湿漉漉的头发。

云夏初二话不说关门落锁。

就在夏初悲哀806已经咫尺天涯时，陶陶送来一缕曙光：“夏初，你今天下班早点回来。我妈今天晚上要过来，今晚你最好住回来，不然你有的解释了。”

陶陶那头电话刚挂断，夏初立即给景晨打电话：“我今天晚上必须住回806，陶陶妈要过来。”

“好的，我知道了，你自己当心。”

景晨的通情达理让云夏初分外感激，她真诚地说了声：“谢谢你！”

下班回到806，就看见陶陶妈正在厨房里忙得不亦乐乎，看见夏初，笑着招呼：“夏初回来啦，快洗手准备吃饭了，阿姨给你们做了好吃的锅塌豆腐，炸小黄鱼……”

夏初高兴地说：“谢谢阿姨，我这就去洗手。”

陶陶看见夏初，使了个眼色，小声地说：“你小心点，要是被我妈知道了，很快咱们胡同里就都知道了。”

夏初慎重地点头。

饭菜端上了桌，陶陶妈一边给夏初的碗里夹菜，一边说：“夏初啊，多吃点，你看又瘦了，你大舅妈说你跟那个姓赵的小伙子分手啦，听阿姨的，阿姨和你大舅妈都觉得那小伙子人不行，你就别难过了，阿姨帮你找个更好的。”

“妈！您少啰嗦两句行不？”陶陶忍不住抱怨。

夏初尴尬地开口：“没，我没难过，阿姨您别担心。”

陶陶妈点头：“嗯，还是我们夏初懂事。陶陶，你就气死我算了。”

“妈！您还让不让人好好吃饭？”陶陶搁下碗筷，嘟起了嘴。

母女俩一说起找男朋友结婚这事，就针尖对上了麦芒，夏初硬着头皮打圆场。

这时，门铃响了起来，三人面面相觑，谁啊?!

陶陶起身去开门，就见景晨拎着水果，抱着鲜花，站在门口，笑容得体地打招呼：“夏初，我过来了。”

云夏初捧着碗，被眼前这个突发状况搞懵了，他来干吗？

“夏初，这小伙子是谁啊？”陶陶妈好奇地问。

陶陶只好侧身把景晨让进门，冲着夏初无奈地摇摇头。

“这是，这是我……”夏初支支吾吾，恨不得把这个没事净添乱的主儿给拍飞了。

“阿姨，您好，我是夏初的男朋友。”添乱的主儿在夏初身边坐下，一脸微笑地自我介绍。

夏初在桌子下面狠狠地踢了他一脚，景晨不动声色地继续保持微笑。

“呦，夏初你这孩子，什么时候交了这么俊的一个男朋友，也不跟你大舅妈说，害我们还瞎操心。”陶陶妈嗔怪着，笑眯眯地看着景晨，“我明天回家就跟你大舅妈说去，你哪天有空把他带回家让你大舅妈瞧瞧，越快越好！”

夏初一身冷汗。

景晨唯恐天下不乱地补充：“阿姨，明天我们就有时间。”

夏初真想把桌上的热汤浇到他脑袋上去。

第二天下午，夏初被迫带着景晨回家了。

在陶陶妈的宣传下，半个胡同的邻居们都出来看夏初的新男朋友。景晨摇下车窗，对站在各家门口的大爷大妈们热情地打招呼。夏初挤出笑脸，打心眼里想找个没人的地方把景晨狠抽一顿。她招惹的这是个什么主儿啊！

大舅妈高兴地站在门口接他们，二舅妈撇了一眼从丰田越野上下来的夏初和景晨，正从后备箱里搬出大大小小的礼物盒子，于是也笑着迎了上来。

夏初扫了一眼后备箱里的手机盒子、MP4 盒子、护肤品……愣了片刻，忍不住低声地问景晨："谁让你买这么多?"

"这样你多有面子啊，你不用过意不去，回头我会拿着发票跟你要钱的，不过你们胡同里的大爷大妈都好热情啊，下回来我也给他们买点礼物。"景晨笑笑地回答，转身冲着大舅妈和二舅妈彬彬有礼地打招呼去了。

夏初愤愤地攥紧了拳头。

这顿晚饭全家吃得其乐融融，大舅和二舅每人得到了最新款的手机一部。大舅妈和二舅妈的礼物是一人一套兰蔻的护肤品还有一条上好的真丝披肩。两个表妹一人得到一个最新款的苹果 MP4。末了，景晨还非常体贴地背着大家给了大舅妈一张慈济的白金体检卡，嘱咐她把身体保护好。

夏初忍不住暗想，这厮简直是个人精。

二舅妈不无嫉妒地说："夏初啊，你可找了个金龟婿啊，可看好了，别跟上次一样，都快结婚了又掰了。"

夏初忍着火，没吭声。

景晨笑着说："二舅妈您放心，我和夏初已经把结婚证领了，有时间我们就把婚礼办了。"

家人惊叹，大舅妈高兴地抹着眼泪，一迭声地说："那就好那就好，夏初啊，你结婚的时候，一定记得把你妈留的金玉良缘带着，那样你外公和你妈妈都放心了！"

云夏初骑虎难下，只好把满腔郁闷和着饭咽进肚子里去了。

从家里出来，夏初松了口气，琢磨无论如何，算是过了这关了。景晨扫了一眼副驾上的夏初，若无其事地问了一句："你跟你们同事说你结婚怀孕的事情了吗?"

夏初一听这话，立刻紧张地坐直了身子，严肃地开口："我警告你，不，算我求你了，别再给我添乱了，我自己会看着办。"

"哦！好的，没问题，祝你好运！"景晨非常爽快地答应了。

# 第八章　将结婚公告天下

早晨夏初临出门，景晨特意跟上来嘱咐："我买了本孕妇食谱，从今天开始我负责给你做营养晚餐，要吃得清淡些，你早点回来。"

夏初回头看见他笑得殷勤，忍了忍，点了点头。

临下班却见安馨风风火火地冲进来，拽着刚刚关机收拾好东西准备下班的云夏初就走："夏初，走吧，我请你去吃日本料理。"

云夏初连拒绝的机会都没有，就被安馨一路拉到停车场，上了她的车，被拉到中粮广场的一家日本料理。云夏初偷空给景晨打电话，告知他有人请客晚上不回去吃饭了，电话那头景晨问清是去中粮吃日本料理了，立即说："你慢慢吃，我等会儿去接你。"

拒绝还没来得及出口，那边景晨已经挂了电话，关了火，手脚麻利地把正在准备的食材收拾进冰箱，下楼开车直奔中粮广场。

餐厅门口，安馨目光炯炯地审视了一番云夏初中规中矩的打扮，伸手把她簪在脑袋后面盘发上的发簪拿下来，一头柔顺的直发散落开来。云夏初在安馨的上下打量中极为窘迫地抗议："干吗拆人家头发啊？"

"行了吧，下班了就别收拾得那么正经。"安馨从自己的包里拿出一枚镶钻发卡，把云夏初额前的刘海一股脑别到一边，露出饱满光洁的额头，然后满意地点头："不错，这样年轻多了，很秀气。"

云夏初这厢还没弄清状况呢，人已经被安馨拉进包厢，一个高大英挺、皮肤微黑的男人从榻榻米上起身迎上来。安馨笑眯眯地介绍："夏初，这是郑源，我姨妈的大姑子的外甥，算是我远房表弟吧，在一家日资公司做人事主管。"

云夏初这才明白，敢情安馨是给她安排了一场相亲宴，而且简直是煞费苦心，不知道从哪个角落里发掘出这么个青年才俊。

“郑源，这是云夏初，我们公司的首席设计师，才女一枚。”

“你好，云小姐，初次见面，请多关照。”郑源微笑着伸出手。

云夏初不无尴尬地与他握手，相亲的男女估计天天有，相亲的孕妇一定少见吧。她心里开始琢磨之后如何跟安馨解释自己的现状，但是眼前的状况只能硬着头皮挨了。点完菜，要了一壶清酒，安馨开始喋喋不休地介绍男女双方的优点特长等等。云夏初坐立难安，几次想转移话题，却均被安馨视为害羞，还体贴地拍拍她的手说：“夏初，不是我说你，就是珍珠也要扔就蚌壳才能被别人发现啊，你这样让男人怎么发现你的好?”

云夏初的脸红成了番茄。

“来，云小姐，这里的清酒不错。”郑源殷勤地给云夏初斟酒。

“不，我不喝酒。”云夏初连忙拿起自己的酒盅谢绝。

安馨把她的酒盅拿过去递给郑源笑着说：“别听她的，她酒量好着呢。”

郑源把酒斟满酒盅，双手递给云夏初：“云小姐，少喝一点无妨，清酒的度数很低。”

“喝吧，喝吧，小酌怡情。”安馨起劲地劝酒。

云夏初骑虎难下，碰了碰杯壁上沿，如喝鸩酒，甜，辣，苦，涩，穿过喉咙，辣到胃里去了，下意识地捂上小腹部满心内疚！

“来，尝尝这儿的刺身，味道非常鲜美的。”安馨高兴地夹了一块三文鱼刺身，蘸了一点芥末放在云夏初的盘子里。

难以招架这表姐弟的热情，在二人热切的注视里，云夏初勉强地夹起刺身放在嘴里，一股夹杂着芥末味儿的凉意刺激得胃里又是一阵翻腾。

这时有一人在服务员的带领下拉开包厢的推拉门，看见夏初就皱起眉头来：“怎么了，脸色这么难看？怀孕怎么还喝酒?”

云夏初头疼地看见来人，迎着安馨的质疑硬着头皮介绍：“你认识，这是景晨，我，我，朋友。”

“我是她老公。”景晨唯恐天下不乱地补充。

云夏初狠狠地掐了他一把，脸上强自镇定：“这是郑源。”

郑源耷拉下脸，冷哼了一声起身穿鞋扬长而去。

“郑源，郑源！”安馨喊了两声，回头生气地对云夏初说：“你气死我了，什么时候偷摸结了婚连孩子都怀上了，也不跟我说，害我还张罗给你瞎介绍。我明天再找你，你结账。”说完连忙奔出去追郑源了。

留下云夏初尴尬地坐着，刚想责问景晨，却见他也脸色铁青地结了账，拉着她就走。

“你为什么说是我老公？”云夏初郁闷地问，一想明天跟安馨解释这件事就脑袋大，忍不住开口质问。

“被我捣乱了与男人相亲，你很郁闷啊！”

“跟你没关系。”景晨的语气惹恼了云夏初。

景晨冷笑着关了电视，走过来挨着她坐下：“那你这么生气干吗？怀孕了还去跟人相亲，难道有男人想带现成的绿帽子？”

“你这个混蛋！”云夏初气急败坏地扬起巴掌。

景晨及时抓住了她的手，看着她气得粉白的巴掌脸，忽然弯起唇角勾起笑容，俯身在云夏初瞬间的错愕里吻住了她的唇。一股温热的带着蛊惑的气息在唇齿间流荡，胸膛里升起一阵炫热。

云夏初在短暂的迷惑后挣扎着推开了景晨，疾言厉色也掩不住急促的呼吸：“请你自重，不然我报警了。”

“我有结婚证啊，嘿嘿，你觉得，警察会管别人亲自己老婆吗？”

云夏初气急败坏，却又无计可施，她站起来，冲着景晨的小腿狠狠地踹了一脚。

景晨抱着腿滚到沙发上哀号：“喂！你太狠了吧，等着，从明天开始，我天天去你们公司等你下班。”

让云夏初措手不及的是，景晨说到做到。

她费了半天口舌跟安馨解释她和景晨结婚只是为了合法顺利地生下孩子，他们只是一场意外。云夏初没好意思具体说明这场意外发生的前因后果，总之是他们没有爱情，彼此了解甚少，甚至看着就互相生厌，所以她不想让别人知道，她只想平静地把孩子生下来。

安馨震惊得在办公室里来回走，指着云夏初语无伦次：“天哪，你疯了，协议结婚，你干吗非要这个孩子？你想过以后自己带孩子多么辛苦吗？你还打不打算找个合适的男人把自己嫁出去啊！我崩溃了，你脑袋怎么长的啊？”

相比于安馨的激动，当事人云夏初非常平静，她说：“顺其自然吧，没有男人也能过得挺好，我就是想要个孩子。”

“那你以后准备怎么跟别人解释这个孩子的来历？你打算一辈子把他藏起来？你又怎么跟孩子解释他爸爸的去向？”

“生下来再说，我还没想好。”云夏初耸耸肩不以为然。

“疯了疯了！我先回办公室冷静一下。”

“请便！对了，先不要跟其他人提起，容我慢慢想想。”云夏初再次叮咛。

可是，到了快下班的时候，安馨推门进来报告：“喂！那个跟你协议结婚的景晨，他现在正抱着多得能淹死人的玫瑰在前台等你呢。要不听我的，反正已经结婚了，你就赖着他呗，捡了个百分百王子，多值啊！这样你有老公，孩子也有爸爸，多好啊！对了，我想起来了，是不是因为上次请他拍海报的事，导致了你们的意外？”安馨说着，一脸暧昧。

云夏初汗颜：“别乱说，不是那回事，我跟他也不可能。”

“什么不可能，婚都结了，孩子都快生了。要真是上次因为公司的事导致你献身，我一定要给你发奖金。”安馨嬉笑着，开始思考如何把这两人凑合成真。

“你快回办公室吧，我求你了。”云夏初急着送走这尊添堵的菩萨。

磨蹭了半个小时，估摸着公司的人走得差不多了，云夏初才慢吞吞地出了办公室。前台那尊更添堵的菩萨看见云夏初出来，立即撇开正聊得眉飞色舞的前台小姑娘，抱着玫瑰迎上来：“老婆，我来接你。”

老婆！众人震撼！

云夏初这才发现，全公司的人差不多都被景晨邀请留下来等着看这出好戏！

如果说当时她走错门上错床只是个意外，怀孕不过是这个意外的小概率后遗症，那么之后签约结婚就是个极大的错误。她难以理解，景晨到底想干什么？就算说他愿意为那次意外负责，但是目前他似乎做得太过了。

难道还有其他原因？

图财？她又没有万贯家产。

图色？更不可能。

那又为什么呢?

满脑袋疑问的云夏初在大家的欢呼里硬着头皮接过花，景晨顺势在她颊边轻轻落下一吻，然后搂着表情僵硬的云夏初与众人道别，拿捏得恰到好处的笑容倾倒众人。云夏初在心里暗骂：矫情!

“我郑重地警告你，如果你再来公司骚扰我，别怪我不客气!”出了写字楼，云夏初立即甩开景晨的手发飙了。

“哦!”景晨扬起眉毛，“我很好奇，你不客气会做什么?”

云夏初忍无可忍，她说：“我要离婚。”

景晨立即提醒：“哦！你别忘了合同！我记得第二条说如果一方要提前终止合同，需要赔偿另外一方五十万元整。”

云夏初琢磨，难道他意在这五十万的违约金，但是这条可是自己提出的。

难道?爱情?他对自己一见钟情!

夏初想到这种可能时，抬起眼皮偷偷描了一眼景晨的表情，他一脸占了上风的得意洋洋。

夏初自嘲，唉！想多了!

自知惹不起那个百分百无赖，接连几天，云夏初对其视若无睹，敬而远之，晚饭回806自己做，八点五十八分回到706就进了自己屋，反身锁门，每次景晨都在锁门声里很没面子地收起自己热情的笑脸，站在人家门前郁闷地扮鬼脸。

一个星期以后，云夏初准备参加一个业内的聚会，和安馨一起去试了几件心仪的礼服。安馨一边挑礼服一边说：“你婚纱选好了吗?最好选下面蓬松的，好把肚子遮住，不过，一个多月看不出来啥，瞧你还那么瘦，好好补补。”

云夏初纳闷地问道：“选婚纱做什么?”

“还能干什么?难道你穿T恤仔裤去教堂举行仪式啊!”安馨冲她翻了个白眼。

云夏初懵了：“你是说，我要去教堂举行仪式?谁说的?”

“哦，你不知道你要举行婚礼了吗?”安馨也诧异了，“应该是你去巡视专柜那天，景晨来公司派发请帖，人手一份，说是你们领了结婚证一直没来得及举行仪式，应你的要求，准备去教堂举行一个低调的仪式，请我们去观礼。我还以为这是你们商量出的顺利成章的解决办法呢。”

他想干什么?!去教堂，去上帝面前撒谎!

云夏初进门，就看见一袭婚纱正挂在客厅，象牙色缎面，直身裁剪，款式简洁优雅，像是一朵盛开的马蹄莲。

穿着礼服的景晨正在镜子前面左拧右扭地自我陶醉，虽然很鄙视，但是云夏初不得不承认，能把矫情的黑色燕尾服穿出那股子高贵范儿的男人，还真是不多见，眼前这位算是一枚。于是这回在景晨热情的笑脸里，她不得不开口："你又打什么主意?我为什么要和你去教堂举行仪式?我不想去骗上帝。”

“我们可以很虔诚啊，你就当是真的好了，上帝他老人家只管结婚，不管离婚。”

“你觉得有必要吗?”

“我觉得有必要。”景晨一本正经地说，“你想想，这样一来，在你们公司，你就可以当个名正言顺的已婚孕妇，没有人再会给你安排相亲，而且孩子生下来后，我们离婚，你也可以跟他们说，是我有外遇自动放弃孩子等等。总之我甘心背黑锅。这样大家又可以继续帮你和孩子张罗个老公兼继父，多完美啊!我呢，都是为了你着想。”

景晨的一番话说中了云夏初的痛处，的确，这么一来，她可以名正言顺地生下孩子，“可是，为什么一定要去教堂?随便去个酒店举行个仪式不也一样吗?为什么非要去神父面前撒谎?”

“哦!你说的有道理，但是我一直对在教堂举行婚礼很向往，所以没想那么多。现在已经跟教堂约好时间了，发出去的请帖也写了观礼地址了。”景晨一脸遗憾。

云夏初已经懒得反驳他，她想跟这个人住在同一个屋檐下最大的好处就是，你永远不知道他明天会干出什么出格的事情，为了防止被气坏了身子，就得慢慢练就出承受一切打击的本事。末了，云夏初问道：“那请问你这么辛苦地张罗，于你有什么好处?难道就为了过瘾?”

嘿嘿，景晨讪笑：“好处当然很多，我已经给大家定好了婚礼以后的酒宴。人不算多，一共五桌，每桌开两瓶94年的拉菲，餐厅经理跟我很熟，菜品的回扣也会返给我。”

无视云夏初的怒火，景晨伸出手："当然，钱由你付，另外，你还需要支付你的婚纱、我的西装、两枚戒指以及教堂的场地费共计七万六千元，给我支票就行。"

"如果我不答应呢？"云夏初冷冷地回答。

"啊！你不答应，那惨了！"景晨怪叫着，上前拉住云夏初的手，"那怎么办？酒店和教堂都是以你的名义定的，留了你的电话，而且那天我去你们公司派请帖，随口说要去定酒席钱好像没带够，安馨立刻让你们财务借给我三万现金，说先记在你账上。"

云夏初出奇地愤怒，怪不得星座运程说她今年一会招小人，二会破财。真是该死的准啊！两样全齐了！

这下，只能当破财消灾了！

婚礼按既定日程在教堂举行。

陶陶早早地来帮夏初梳妆打扮，妆按照夏初的要求化得淡而清透，头发簪着白色小苍兰编成辫子安静地垂在一侧，轻盈的绢网头纱上绣着精致的卷须状图案。陶陶把穿戴完毕后的云夏初推到镜子前面，笑着说："真漂亮啊，夏初，这婚纱很衬你，很优雅，像朵马蹄莲一样。"

夏初的脸上飞上薄薄的红晕，从镜子里仔细地端详了一番自己，还好，婚纱非常合身，马蹄莲的袖口，细腻的象牙白绸缎泛着温润的光泽。夏初想或许这辈子不会再有机会穿婚纱了，心里不由得涌起一阵哀伤，犹豫了片刻，终是没有戴着那套金玉良缘。

下了楼，上午的阳光清淡，带着微微的凉意，天空湛蓝。楼门外的栏杆上不知什么时候绑满了粉色和白色的气球。景晨的丰田车上，装饰了粉色的玫瑰花，车前方，一对憨态可掬的婚礼小熊站在粉色马蹄莲组成的桃心中，甜蜜相偎。

景晨靠着车门站着，黑色燕尾服，与夏初婚纱质地相同的象牙白缎质衬衣，看见夏初和陶陶出来，笑着迎了上来。

陶陶小声地说："景晨还挺用心的，怎么样，感动吧？"

夏初轻轻地摇头，提起裙角走下台阶，心里夹杂着说不清的落寞。

不过是演场戏罢了，何来感动。

上了车，景晨递过来一束马蹄莲做主材的手捧花，貌似随意地问了一句：“不是说，那套金玉良缘是你妈妈给你的嫁妆吗？为什么不带着?”

云夏初冷笑着白了他一眼：“你觉得我和你算是金玉良缘吗？我没说错的话，这婚礼应该是我花钱请你配合演场戏给大家看吧?”

景晨伸出食指：“嘘！小声点，要虔诚，上帝看着你呢。”

吴沫和安馨以及一帮恩依的同事早早地在教堂前面的广场上候着二位新人的到来。云夏初不无讽刺地问景晨：“你没有通知朋友来陪你过瘾吗?”

“没有，我可不能让我的朋友知道我跟一个女人结婚生孩子。”景晨回答得一本正经。

云夏初在景晨风度翩翩地打开副驾的车门，微微弯腰伸出手扶她下车时，将红色漆皮鞋的细高跟不偏不斜地踩在了景晨的脚背上。

大家看见二人下车，纷纷迎上来，景晨忍着剧痛扯出艰难的笑脸。云夏初也换上云淡风轻的笑容，挽上他的胳膊，心里却有些凄凉。

吴沫大步走过来，夏初发现，一个多月不见，他又晒黑了，以前脸颊上的婴儿肥也不见了，轮廓分明，五官更加突出。他走近了给了夏初一个大大的拥抱，在她耳边轻声地说：“夏初姐，祝你幸福。”

夏初心里一热，轻轻地拍了拍他的背，说：“吴沫，谢谢你!”

景晨牵着夏初跟众人打招呼，夏初这才惊异地发现，家人和胡同里的长辈们竟然也都被请到了，大家皆是一脸喜气洋洋，恭喜声不绝于耳。夏初违心地微笑着，一一谢过众人的热情。

大舅妈替夏初整理了婚纱，眼里泪花点点，她说：“夏初啊，你外公要能看见，一定很满意你选的人。”

夏初抱了抱大舅妈，忍着就要夺眶而出的眼泪。

二舅妈语气酸酸地说：“夏初啊，你说你命怎么那么好，虽说打小没爸没妈，但是有个好外公啊。外公没了，还给你留着大笔的遗产。现在又捡了个又帅又有钱的老公，过两天你回门的时候好好教教你表妹怎么钓金龟婿啊。”

夏初笑笑，不卑不亢地回敬：“舅妈您客气了，您一手调教出来的姑娘，谁家要不趁个千八百万的，怎么好意思上门去跟您提亲啊。”



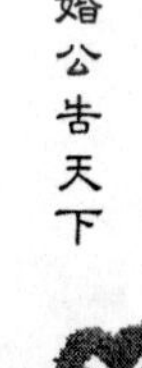

景晨低着头偷偷地乐了，二舅妈脸上红一阵白一阵。大舅妈连忙把他们俩往前推：“快走吧，神父等着呢。”

夏初挽着大舅的胳膊，在庄重的音乐声和亲戚朋友祝福的目光中穿过玫瑰花拱门，走向站在圣坛下面的景晨。那一霎那，她觉得鼻子酸酸的，眼泪差点掉出来，多么完美圣洁的仪式，可惜，一切无关爱情，更无关幸福。

好在整个过程都算顺利，神父问到云夏初是否愿意嫁给她面前这个男人时，她纠结了很久，直到神父再次重复这个问题，才回答，我——愿意。

明显地感觉到，神父轻轻地松了口气，在胸前划了个十字感谢上帝。

而景晨的回答干脆利落，声音洪亮，目光深情得差点让云夏初出现错觉。

双方互换戒指。夏初低头看着带上自己无名指的钻戒，戒托是一圈碎钻，众星拱月般地围着中间一颗硕大的亮晃晃的主钻。云夏初暗吸一口凉气，那钻石至少有一克拉，而且看颜色、净度应均属上乘。赞美诗唱起的时候，她忍不住小声地问身边站做玉树临风状的景晨：“你从哪儿弄来的这钻石，我不会付账的。”

景晨俯身过来在大家的掌声里掀起她的头纱亲吻她，顺带小声地说：“我从典当行淘来的，怎么样，眼光不错吧。”

云夏初在他的脸颊上蜻蜓点水：“你不用推销红酒了，眼光这么好，倒卖钻石赚得更多。”

“不，我是个有理想的青年人，我热爱红酒推销事业。”

“嗯，看得出来！极尽所能！”

仪式后的婚宴上，大家对红酒赞不绝口，景晨又趁机卖弄了一番他的品酒造诣，顺带发了一圈名片，号召大家以后买红酒都找他。

陶陶拉过云夏初的手，对那枚钻戒叹为观止，小声地说：“大手笔啊，是不是真的互生爱慕，准备假戏真做了？”

“没有，怎么会，我对他没兴趣。”

“我看他倒是兴趣多多，不然婚礼准备得那么用心，而且舍得花这么大笔银子买钻戒？”陶陶看着对面桌上，景晨正和安馨聊得起劲。

云夏初心里暗啐，他当然有兴趣，回头领了提成兴趣更多。她举起左手，看着钻石光芒璀璨，笑得漫不经心：“他是不会干赔本生意的，这据说是从典当行淘来的，不知几手货了，没准儿还带着怨气呢。”

“呸！怎么着也是结婚呢，别乱说话。”陶陶连忙捂上她的嘴。

云夏初低笑出声：“好啦，不说就不说，来，喝酒吧，94 年的拉菲。”

景晨不知什么时候凑过来，不动声色地拿走云夏初的酒杯，体贴入微地说：“你少喝点，对孩子不好。”

全场又一次震惊。

景晨随即宣布了云夏初已经怀孕的事实，拜托恩依各位同事以后多关照。

于是，一群人纷纷过来祝贺，云夏初赔着笑脸，一边有些懊恼处处被这厮算计到，一边又安慰自己这倒也算是放下一桩烦恼事，于是对众人的恭喜也发自内心地表示感谢。

# 第九章　如此可恶的真相

婚礼结束后，两人又进入了伪和平期。云夏初坐在客厅里，看着景晨忙进忙出地做饭煲汤，洗水果榨汁……偶尔，就会有恍惚的幸福感短暂地滑过心湖，紧接着是浅浅地自嘲：云夏初，这个男人跟你没有关系！

“以后，你不用麻烦了。我明天给家政公司打电话，让他们找个小时工来做饭。”云夏初冲着厨房里忙得不亦乐乎的景晨说。

景晨拿着汤勺跑出来：“不麻烦，你要是过意不去，就把请小时工的钱付给我好了，一小时五十，一天付一百就行。”

唉！还真是幸福啊！

不过话说回来，想想以后总算能在公司名正言顺地当孕妇了，且知足吧！

晚饭很丰盛，清蒸鲈鱼，糖醋小排，西芹百合，香菇油菜，外加一个蛋花汤。

景晨殷勤地给云夏初盛好饭递给她：“快点吃吧，大夫说孕妇要注意营养，以后我来做晚饭。”

云夏初半信半疑地举起筷子夹了一块糖醋小排尝了一口，味鲜肉嫩，酸甜可口，遂暗自惊艳地点点头：“嗯，挺好吃，你厨艺不错。”

得到肯定的景晨笑得跟个孩子似的：“那是当然，厨艺都是练出来的。以前在法国读书的时候，哪能天天吃中餐馆，馋了就得自己做。”

“哦！你还是海龟呢！在法国学什么，红酒?”

“MBA!”

“哦！学 MBA 的回来推销高档酒，也算学以致用了。最近业绩怎么样？”云夏初心情不错，难得地关心起景晨的工作了。

“挺好，卖得挺多。”景晨心情貌似也不错。

云夏初点头，心里又补充了一句，多亏顶着一副好皮相！

吃完饭，云夏初要去洗碗，景晨连忙把她推到沙发上坐好，端过切好的水果：“你不用管了，我洗就行。”

“那我把地拖拖。”

“不用，你乖乖地坐着，听话。”安顿好云夏初，景晨吹着口哨去厨房洗碗了。

云夏初坐在客厅里，浑身不自在，这来路不正的幸福让人心里一阵阵地发慌。

早晨起来，云夏初上完厕所，被马桶里怵目的血色吓得手脚冰凉，难道？流产了？

睡眼惺忪的景晨赶来，看着脸色惨白的云夏初，扶着门框揉了揉眼睛，半晌才优哉地开口：“切！别紧张，你好朋友来了！”

云夏初的脑袋有几十秒停止了思维，好朋友来了！意思就是：“我没有怀孕?!”她怔怔地开口，有些难以置信地询问景晨。

“当然！一次意外而已，哪儿那么巧就怀孕啊！”

听闻如此回答，云夏初攥紧了拳头，极力平抑内心的激动和愤怒，抬起头看着比她高了足足一个头的景晨，咬着牙问：“你存心骗我？那为什么我的好朋友晚了一个月才来。”

“嗯，那是因为那天你晕倒，我送你去的那家医院，那个大夫恰好是我同学，嘿嘿！我请他帮了点小忙，顺便要了点药。不过上星期我就想还是不要再给你吃了，据说女人月经不调会提前更年期，很可怕的。”景晨一脸找抽的表情。

“你每天给我喝的牛奶之所以放蜂蜜，就是为了遮住药味儿吧？”夏初的拳头放在身侧，她竭尽全力地让话题继续下去，“那请问你为什么这么做？跟我结婚有什么好处？”

景晨不答话，反而伸出手亲昵地抚平夏初紧皱的眉头，满意地看着夏初的

脸色越来越难看了，才不紧不慢地说：“我说我爱你，你信吗？”

夏初闻言，怒极反笑，遂轻握住他放在自己额头上的手，倾身凑近了，微嘟起唇，干净的单眼皮上隐约可见细小的青色血管，长长的睫毛轻轻拢下，在眼睑上投出婉约羞涩的影子。

景晨的笑僵在眉梢，微微愣住。

夏初抬腿，膝盖狠狠地顶在他的小腹上，同时使劲把他的手甩在门框上。

“啊！”景晨号叫着甩着手，俯下身顺着门框滑坐在地上，“喂！干吗那么大劲，心狠手辣。”

“哼！你知道就好，所以现在你老实说，为什么骗我？”夏初恶狠狠地瞪着坐在地板上表情痛苦的景晨。

那人纠结了半天，才在夏初濒临二次爆发的怒气里讷讷地开口：“因为上次意外，你很大方地给了我五百块，出手倍儿爽快，令我很心动啊！又赶上你们公司请我拍海报。我觉得你是个不错的高枝儿，于是就趁机骗你喝了我动了手脚的茶，然后把你送进那家医院。你，你别激动，我说我都说。”景晨在夏初居高临下的愤怒和鄙视里抱着脑袋继续交代：“你知道，我是个卖高档红酒的，当个伟大的红酒文化传播大师是我的理想。我想通过你可以认识很多有钱人，反正你那么大把年纪了还没嫁出去。我也顺便好心。”

“你的意思是，我还得谢谢你，解救了我这么一个嫁不出去的剩女。”

“嘿嘿，不用不用，各取所需，要不你能在你二舅妈面前那么有面子？”

“那苏以萱怎么解释？你至于为了卖红酒连你女朋友都不要了？”

“嘿嘿，苏以萱是我好朋友的妹妹，我只是顺便请她帮个小忙而已。”

夏初的拳头又一次攥了起来：“她为什么帮你骗人？”

景晨眼疾手快地握紧夏初的胳膊：“我告诉她其实我们已经同居了。我非常爱你，而且你都怀孕了，但是你嫌弃我是个卖红酒的，不愿意被别人知道我和你的事情，意外怀孕了还不想把孩子生下来。我很难过，所以请她配合，说刺激一下你，好让你正视我们的事情。”

“就为了借我的圈子卖红酒？你费这么大周折？还骗婚？”夏初愤怒之余，实在觉得匪夷所思。

“哦！还有一点，就是上个月我正好被一个很麻烦的女人逼婚，仅仅是买了我几瓶红酒，就想让我跟她结婚，差点被她逼疯了。我思前想后发现你才是我理想的结婚对象，你绝对不会因为我偶尔跟女客户关系密切，就哭哭啼啼，要死要活。而且娶了你简直一举多得，能认识更多有钱人，使我的红酒事业渐入佳境。”

夏初横眉冷对面前这个无赖，脖子上隐隐地鼓出了青筋：“我最后问一句！你还骗我什么了？”

“你让我想想，还有，就是去你家买东西的那些发票，哦，是假的！”

“滚！”云夏初暴怒，拼命地甩开景晨的手。

景晨连忙起身抱着肚子跑回自己屋去避难了。

冷静了片刻，夏初又追了上去隔着门喊：“喂！听好了，明天去离婚。”

半天，景晨才把门打开一缝，露出半张脸，笑意盈盈地说：“你要是主动提出毁约，要赔我五十万。你有吗？”

在愤怒的夏初冲过来时，景晨已眼疾手快地关上门，隔着门板嚷着：“你别激动，没办法，合同里也没说孩子流产了怎么解决，所以我们只能按合同字面来执行，坚持一年就可以离啦，或者，你帮我提前赚到五十万，我就同意离婚。”

“你这是诈骗，等着吧，我们法庭见。”夏初站在门外气急败坏地嚷。

“哦！那你想好怎么跟你同事、邻居以及你二舅妈解释了吗？难道你希望我去法庭上一五一十地说明白那场意外，然后……”

三十秒后，景晨听见玻璃制品砸中门的声音，清脆刺耳，然后是外面防盗门被重重地撞上了。

他小心翼翼地拉开卧室门，发现那个玻璃刻花冷水壶被无辜地碎尸一地，遂吐吐舌头浮起一脸笑意。

云夏初郁闷地冲进公司，碰上正在前台打卡的安馨，安馨看她脸色不太好，于是凑近了压低声音一脸暧昧：“喂！我提醒你，怀孕前三个月消停点，搞不好会流产的。”

忍了又忍，夏初咬牙切齿地点头。

“对了，童话仲夏夜销售还不错。昨天我去超市发现现在母婴用品卖得真

火，你说，我们要是也详细策划一下，从风格和选材上都特别设计一系列的幼儿饰品，怎么样？风格最好是有爱心，很可爱的那种，颜色要亮丽，材质要环保，充满母性关怀。到时候我们可以做个三维动画的广告片，增加亲和度。我回头好好想个推广方案，咱们也准备分享一下这块大蛋糕。”安馨鼓着大眼睛笑嘻嘻地盯紧云夏初平平的小腹部：“现在你应该很有感觉才对，觉得我的想法怎么样？”

夏初沉着脸点了点头，窝了一肚子火无处发泄，拨开安馨匆匆地走向办公室。

“夏初怎么了？好像心情不好。”钱助理从一边的会议室出来，纳闷地问站在一边的安馨。

“没事，可能孕妇的情绪都不太稳定吧，让着她点。”安馨耸耸肩。

夏初憋了一天的火，左思右想，也不知该如何解决这件让人难以启齿的乌龙事件，问题是都不知跟谁去商量。

熬到下班，一个人在外面吃了饭，去商场逛到打烊，才提着一堆有用没用的东西回家。进了电梯，她纠结了很久按7还是8，最终一咬牙按了7，因为她实在不知道要怎么跟陶陶诉苦。

客厅沙发上坐着她最不想看见的人，更郁闷的是，那人看见她进门，立即洋溢着热情的笑脸打招呼：“你回来啦。”

云夏初直当他是隐形人，换好了鞋就奔卧室走去。

隐形人在身后，语调愉悦地告知：“你明天不用去上班了。”

“你说什么？”夏初愣了一下，停住脚转过头，看见隐形人嘴巴咧得大大的，笑得眼睛快眯成了缝：“嘿嘿，我刚才已经替你向安馨请假了，我跟她说，你下班回家不小心摔了一跤，结果很不幸地流产了，刚从医院回来，情绪还不太稳定，大夫叮嘱要好好休息几天。”

“你，你有病啊？你为什么骗安馨？”夏初怒了。

“难道你有更好的理由，向大家解释孩子为什么又没了？嘿嘿！”景晨趴在沙发背上，托着下巴，笑得好生奸诈。

夏初心里恼怒，却又反驳不了，愤愤地抓起放在多宝格上的景晨的像框砸了过去。景晨眼疾手快地接住了，吹了个响亮地口哨意犹未尽地补充道：“对了，安馨说明天来看你，还有哦，我给大舅妈打电话了，她很担心你，说明天就过来亲自照顾你几天。她还说流产后一定要多加小心，不然以后会有后遗症也说不定。”

“请问，你还告诉谁了?”夏初平抑怒气，努力地缓和语气，以防自己真被气伤了身。

“呵呵，还有江陶陶，半小时前，我估计你快回来了，就给她打了电话。她正在酒吧呢，说马上回来，这会儿应该快到了。所以，我想你现在应该立即回屋在床上躺好，不然我怕你解释不清楚了。”

“景晨，你给我记住了，我跟你没完。”云夏初指着景晨恶狠狠地警告，一边立即冲进卧室以最快的速度换上睡衣洗漱完毕，回到床上躺好，然后闭上眼睛反复地深呼吸，告诉自己，云夏初，冷静！一定要冷静！来日方长，有的是时间和机会出这恶气。

景晨进来，巡视了一圈，若有所思地蹙起眉头：“夏初，你的表情好像不大对头，过于平静还有些戾气，这可不行，你想，流产对大龄女人的打击应该挺大的吧，想象一下，要悲伤，很悲伤才对。”

“滚出去，马上!”

云夏初怒喝，转身拉开空调被一股脑盖住脸，彻底的眼不见为净。

十分钟后，陶陶匆匆赶来，看见夏初蒙着被子躺着，遂走过去在床边坐下，小声地唤：“夏初，我来了，你还好吧?”

被子里正郁闷的夏初，吸吸鼻子，努力再努力，挂上一脸哀怨，才慢慢拉下被子，摇摇头：“我没事。”

“没事就好。吓我一跳，你先别想那么多了，好好休息几天。”陶陶拍着她的肩膀，眼眶一红，不知该安慰她什么。

“你早点回去睡吧。明天我大舅妈过来照顾我，你就别担心了。”夏初一边委婉地赶陶陶回家，一边在心里把景晨骂得死去活来。

“那你早点睡，我明天再来看你。”陶陶起身帮夏初掖好被子，然后把景晨拉到客厅，千叮咛万嘱咐后，才稍稍放心地上楼去了。

景晨送走陶陶，回来后不知道好歹地说：“你明早就多睡会儿，我去接大舅妈，顺便去郊区买两只土鸡。陶陶说你元气大损，要好好补补，对了，还说让

你多喝红糖水。我明天去给你买。”

“你是不是得了妄想症？”云夏初没好气地讽刺他。

景晨却不介意，他高兴得吹个飞吻，体贴地替夏初关了灯：“晚安，亲爱的。”

黑暗中，云夏初闭上眼，祈祷明天早上起来会发现，只是做了一场荒唐梦。

早晨醒来，发现已经快十点了。闹钟不知道什么时候被关掉了。外面客厅里传来大舅妈的声音，貌似正在安慰景晨。夏初躺在床上，无比抑郁地想，看来不是荒唐梦啊！

大舅妈看见她穿着短袖睡裙出来，立即过来，紧着责备她：“快回屋，找套厚的睡衣换上。这孩子，怎么这么不懂事？流产了也要坐个小月子的，不能见着风。景晨，快去给找。”

“哦！马上！”景晨领命立即奔夏初的衣柜去了。

夏初从景晨手里接过冬天的棉睡衣时，恨得咬牙切齿。大舅妈看着她穿好，帮她把边边角角都整理熨帖了，才拉过她的手走到沙发边上坐下，语重心长地宽慰她：“夏初啊，听舅妈的，别难过。你们都还年轻，养好身体有的是机会要孩子。”

夏初汗颜。

景晨坐在一边体贴地拿着纸巾帮夏初擦汗，偏偏还明知故问：“是不是穿得太热了？”

“没事，就要热点，你们俩聊，舅妈去看看鸡汤炖好了没。”

舅妈转身，夏初就在景晨的胳膊内侧狠狠地掐了一把。

景晨哀号出声，夏初眼疾手快地捂上他的嘴巴，对回过头来有些纳闷的舅妈笑着说：“没事，我们闹着玩。”

舅妈笑着去厨房了。

夏初弯起胳膊肘，照着景晨的胸部狠狠撞了一下。

景晨痛得直吸冷气，不过这回很自觉地自己抬手捂住了嘴巴。

夏初心里好笑，面子上没好气地白了他一眼。

“喂，你学过武术？”过了一会儿，景晨揉着胸腔，贱兮兮地凑近了问。

“我是不是下手太轻了？”夏初低声威胁。

这时，门铃响了。

景晨立即吩咐夏初：“靠着沙发做好，把小毯子盖上，应该是安馨来了。”

夏初愤愤地冲他扬扬了拳头。

安馨拎着大包小包的补品进门，看见夏初就眼泪汪汪地扑过来：“你说你怎么好好的就摔一跤呢？是不是最近工作把你累坏了？”

夏初汗流浃背：“没有没有，是我自己不小心。”

“你就别操心公司的事了，好好在家休息几天，昨天我说的那套方案设计就算了，想着怪难受的，唉！”安馨唉声叹气地拽过自己拎过来的袋子，“我给你买了阿胶鹿茸、人参、桂圆、黄芪、党参，还有当归和何首乌。唉！我也不知道该补啥，舅妈在我就放心了。你要好好养养。”

“我拿给舅妈看看。”景晨屁颠屁颠地拎着袋子奔厨房找舅妈去了，安馨继续唠叨，夏初如坐针毡。

陶陶下午也请了假过来，三个人围着夏初忙得团团转。

安馨去主卧帮夏初拿枕头，站在书房门口大为惊叹。陶陶好奇地跟了进去。景晨的唇角溢出一丝带着得意的笑。夏初瞧着碍眼也忍不住走过去，这才发现，隔壁的书房不知什时候已经被布置成了婴儿室，粉红色的 Kitty 猫窗帘，一张樱桃木的婴儿床，铺了同样粉色的小褥子，玩具熊躺在摇椅上，一辆苹果绿的学步车里有一只可爱的米老鼠……云夏初瞠目结舌。

景晨站在一边，揽上夏初的肩膀，幽幽地开口：“我和夏初都喜欢小女孩，本来……”他说到这儿有意地顿住了，语气带着感伤，低下了头。

屋子里的气氛有些伤感，陶陶和安馨小声叹气。

夏初暗自使劲，也没能挣脱他的胳膊，于是扭头压低声音问道：“你闲大了还是脑袋进水了，告诉你，我不付账。”

景晨一脸伤感地窝在她耳边，声音里却有七分愉悦：“不用你付账，我之前有个客户是做婴幼儿用品的，正好有旧款没结清，就用这些抵债了。我觉得这样子也挺好，不是更逼真吗？绝对不会有人怀疑你压根没怀孕了。看我多有心啊，你回头一定要给我多介绍几个有钱人。”

“嗯，你等着吧！”夏初恨恨地道。

送走安馨，已经晚上八点了，大舅妈看着夏初怏怏地窝在沙发里，关心地问到：“夏初，别乱想了，养好身体要紧，晚饭你也没吃多少，现在饿了吗？想吃点什么，舅妈去给你做。”

景晨也殷勤地凑了过来：“说吧说吧，想吃什么，我去给你买。”

夏初是热得实在没精神，再看看眼前这张俊脸，恨得牙根痒，只想把他拍扁了，但是转念一想，却挤出了阴郁的笑：“我也没什么胃口，就是有点想吃，嗯！想吃天福号的酱肘子、姚记的炒肝、地安门的蜜三刀、隆福寺小吃的艾窝窝和栗子凉糕，还有，嗯，一时半会儿也想不来了，先来这些吧。那麻烦你了，景晨。”

景晨和大舅妈都愣住了。

“你这孩子，吃得了这么多吗？怎么忽然想吃这些杂七杂八的？这大晚上的哪儿买得过来呀！”大舅妈嗔怪。

“不，我就是想吃这些，对了，还要两份三元梅园的奶酪。快去吧，景晨，晚了关门了。”夏初软语相向地催促着。

大舅妈有些于心不忍地看看景晨。

“那，那我这就去吧！”景晨自知棋输一招，认命地起身。

“不要偷懒啊，那些地方的包装可都是印着名号的。”夏初在背后认真地叮咛。

但是景晨刚出门五分钟，夏初就拽拽大舅妈：“舅妈，先给我煮碗鸡汤面吧，真饿了。”

大舅妈纳闷了：“那你派景晨买那么多，回头往哪儿吃啊。”

“刚才想吃，这会又不是很想吃了。”

可怜的景晨，奔波了半个北京城，大包小包地回来，殷勤地递给夏初。

夏初懒洋洋地接了过去，没忘了一一查看印在袋子上的字号，完了满意地把蜜三刀推给景晨：“这个是你最爱吃的，都给你了。”

景晨在大舅妈和夏初热切的注视里，硬着头皮吃了两块蜜三刀，甜得牙疼。

夏初有一搭没一搭地吃了几口奶酪，遂把堆满了茶几的东西推到一边，拍了拍手说：“太晚了，留着明天吃吧，我睡去了。”

景晨感觉胃里一阵甜腻返了上来，急忙冲向卫生间。

# 第十章　西风不识相　（上）

夏初在家休养了三天，在大舅妈的安排和景晨的监视下，天天穿着棉睡衣喝人参鸡汤、海参鸽蛋汤、芸豆炖蹄花等等，喝得三更半夜毫无睡意，早上起来发现口腔溃疡严重。

第三天晚上，大舅来接大舅妈，夏初偷偷地松了一口气。大舅妈临走的时候又炖了一锅人参桂圆当归乌鸡汤，吩咐夏初一定要继续喝，好好补血补元气，以后才好生个健康宝宝，临出门又拉着夏初和景晨的手，严肃地叮嘱："我走了你们俩也要把持住，继续分房睡，最近都不要同房，把身体养好再说，以后日子还长着呢。"

夏初的脸，几乎红成了煮虾子。

景晨把大舅和大舅妈送回家，返回来一开门，就看见夏初穿着吊带短裤坐在餐厅里，鸡汤被盛在砂锅里放在餐桌中间，正纳闷呢，就见夏初冷着脸把砂锅推到他的方向："过来，都喝了！"

"为什么，会上火的。"

"哦?！你也知道会上火啊？不好意思，我现在火很大，你快点喝，不然我不能保证我接下来会做什么。"

景晨心不甘情不愿地坐下来，在夏初的严格监视里，捏着鼻子喝完鸡汤，本想赶快喝罐冰镇可乐，却被夏初挡了回来："不许浪费，把人参桂圆当归鸡肉都吃掉。"

"不吃，疯了！"

"嘿嘿，你已经走了九十九步了，应该不会现在放弃吧，你还想不想让我给

你介绍有钱人了？最近正好有一个珠宝业内的聚会，邀请的可全是名流商贾。”夏初语气闲闲的，神情不急不迫，火候恰好。

景晨一咬牙，抱着砂锅，硬着头皮把剩下的大补之物统统地填进肚子里去了。

之后，喝了两罐冰镇可乐又去冲了半个小时的冷水澡，景晨依然觉得自己从内而外的，蒸腾着热气。

夏初的胳膊和腿上已经被捂出痱子，正坐在沙发上看着电视抹爽身粉。景晨识相地把纸巾盒递了过来。

眼神冷冷地扫过去，夏初一言不发，转身回主卧卫生间去洗手了。景晨讪笑着放下纸巾盒，却见夏初又拿着杯子和药瓶子出来，于是按捺不住好奇上前问道：“你吃什么药啊？”

“穿心莲胶囊，清火！”夏初恶声恶气地应着。

“哦！那我也吃点，我也上火了。”景晨连忙凑过去。

夏初看了看他，冷着脸点了点头：“好吧，你去倒水吧。”

景晨连忙拿着杯子去饮水机前接水了。夏初递给他一个四格的旅行装药盒，冷冷淡淡地说：“你要是觉得火上得厉害，就吃一格的量。”

“好，谢谢！”景晨高兴得接过药盒子，从一格中取出三粒胶囊，一古脑地塞进嘴巴里去了。

“你回头要是还觉得火气大，冰箱里有枸杞子，你泡水喝或者直接吃都行。”夏初说完，自行回屋了。

半小时后，景晨拉开冰箱，找出枸杞子，一边看电视一边把枸杞子当零食吃。

夏初也睡不着，索性拿着稿纸去婴儿房思考安馨提议的新品。

景晨端了杯热牛奶进来，坐在云夏初身边：“快一点了，你喝杯牛奶吧。”

云夏初看了看那杯冒着热气的牛奶，心想自己要不要找根银簪随身带着，她心有余悸地摆摆手。

“没事，我什么都没搁，就是纯牛奶，不信，我先喝一口。”景晨极力澄清。

“不喝，谢谢。”

“哦！那算了，你画的这是，奶瓶？”景晨也不介意，顺手拿起被扔在一边的草图，好奇地问。

“嗯，这是安馨提议的，为婴幼儿设计的爱心饰品。”云夏初的思维进入了瓶颈，皱着眉头，“但是我觉得光是婴幼儿，这个市场范围还是太小，毕竟饰品不是纸尿裤，每个宝宝都用，而且用什么样的环保材质比较合适呢？”

“哦！我倒觉得你们这思路不错！”景晨坐在摇椅上，举着草图，“虽然设计的初衷是出于婴幼儿用品，但是你看你画的这些奶瓶啊、摇椅啊，我觉得要是设计一些母子款、情侣款应该都有市场，尤其是小女孩，上幼儿园的，上小学的，她们一定很喜欢跟妈妈一起戴着情侣款饰品，而且这种风格年轻人也会喜欢的。你不要把思维框定在婴幼儿用品上，只是从那里得到灵感而已。”

云夏初有些意外，她扭头看见景晨正一边喝牛奶一边看着草图，忍不住开口提醒：“别喝牛奶了，更上火。”

景晨点头，眼睛没离开草图：“至于材质嘛，合金或者过硬的金属肯定不行，容易伤到小孩，黄金和宝石之类的过于贵重也不适合。我想想，好像有一种环保软陶，曾经有个客户提过，你们可以找找厂家。不过，我要是没记错的话，你们公司一向定位在中端客户，不喜欢用过于低廉的材质，对吗？”

“你很了解。”云夏初看着若有所思的景晨心里有些隐约的迟疑。

“对啊，以萱最喜欢你们的设计。为了让她答应帮我，我不得不出血给她买了全套童话仲夏夜。”

景晨的抱怨惹来云夏初一通白眼，活该！自作自受。

“什么材质最合适呢？”景晨继续他的思考。

“环保软陶？嗯，这是个好主意，色彩丰富又容易成型。最重要的是，是给小孩子准备的，健康环保是首选。”云夏初肯定了景晨的提议，“至于成本低廉，这个人群定位本来就是三岁以上的幼儿。他们用不上贵重物品。再说我们的定位本来就是中低档时尚客户群。明天去公司开会讨论一下，小公司销量好受欢迎是最重要的。”

“那今天就先到这儿吧，你赶快休息，明天不是要上班吗？”景晨站起来，顺口把杯子里的牛奶喝光了。

云夏初话到嘴边又忍了回去，没再提醒他，弯腰收拾满地的草稿。

“你别捡了，把你有用的拿走，剩下的我处理，反正也精神得睡不着。”

“嗯，那麻烦你了，晚安！”

夏初早晨起来，发现景晨鼻子里塞着棉球，无精打采地半躺在沙发上，看见夏初，怏怏地说：“早安！我买了早点，在餐桌上呢。”

“你没事吧？”夏初决定发挥一下人道主义精神，慰问了一下。

景晨有气无力地摇头：“没事，就是热。晚上吃了两格药也不管用，刚才我又吃了一格。”说着就有点委屈地指指自己的嘴角：“看，起了个大水泡。”

夏初没应声，吃完早点，临出门前取了另外一个药盒子放在茶几上，冲着景晨莞尔一笑：“实在不好意思，昨晚我搞错了，给你的是鹿胎妇科胶囊，补血调经的。”

景晨愣了一下，郁闷地叫了起来：“云夏初，你这个狠毒的女人。”

云夏初带上防盗门，大笑出声。

安馨看见夏初来上班，连忙把她搀扶到办公室，安排她坐好。看见夏初吃药，拿起旅行装的药盒子问道：“你吃的什么药啊，别乱吃。”

夏初笑笑，把药就水吞了下去：“补血的，大夫开的。”

“嗯，还是要多补补。”

夏初收起药盒子，把设计初稿递给安馨，暗想，多亏留了心眼，换了药盒子。

“你怎么还画了这么多手稿，不是说先不做了吗？我怕你心里不好受。”

夏初汗颜，半天才开口：“还好吧，就算纪念宝宝吧。”

安馨过来，理解地拍了拍她的肩膀。夏初低着头，又内疚又郁闷。

晚上，陶陶下来，看见景晨坐在沙发上大把大把地吃枸杞子，好奇地问：“你怎么了？也这么补，这么热的天，也不怕上火。”

景晨怔怔地停下来，有些纳闷地看着陶陶：“这个不是降火的吗？”

“降火，哈！谁告诉你的？这可是温性的。”陶陶好笑地摇头。

夏初在景晨怨怒的注视里，笑得肚子疼。

午饭时间，猎头公司的李经理忽然来找云夏初，约在公司对面的茶餐厅。李经理开门见山：“云小姐，不知您最近有没有新的打算。福泽打算成立一个分公司，计划专门做青春时尚饰品。相信以他们的背景和实力，会对恩依的主打市场造成不小的冲击。所以我强烈建议您，还是选择大树好乘凉。福泽方面依然期待您的加入，他们最新开出的条件是，如果您愿意跳槽过去，将聘请您做分公司的副总，不但支付您五十万的丰厚年薪，而且愿意在您签合约的时候首先支付您五十万的优秀人才奖金，而且如果您跳槽需要支付恩依违约金，福泽表示愿意替您出面搞定。我想，这些条件开得非常优越，请您务必慎重斟酌。”

云夏初听到五十万这个字眼时，心跳忽然漏掉一拍，那正好是她和景晨约定的违约金，只是，这个念头在脑海里稍纵即逝了。夏初淡然一笑，心想这个李经理还真是少有的执著。她缓缓地搅动着手里的白瓷勺子，看着杯子里的咖啡转出香浓的涡流，然后把小勺在杯沿轻轻地磕了一下，斟酌再三才郑重而诚挚地说：“李经理，我非常抱歉，又让您白跑一趟，我记得上次跟您实话说过，不是薪水的问题。我不会离开恩依，因为安馨是我的朋友，她在我最困难的时候，不计风险地帮助了我。我和恩依是一起成长起来的，除非安馨开口，我任何时候都不会背信弃义，主动离开恩依。我想，我已经说得很明白了，所以，非常抱歉，请您不要继续在我身上浪费时间了！”

李经理最终叹了口气表示放弃。他说：“云小姐，我个人很佩服您的重情重义，现在的职场，像您这样的人并不多见。既然如此，那我只能祝您工作顺利，前程似锦！”

李经理带着满腔遗憾走了。夏初目送着他离开。正午时分，餐厅窗外草坪里的喷灌系统被打开了，喷出的水龙在明晃晃的阳光里像是一串炫目的白水晶。

那年夏天，夏初从武汉一家大学的珠宝设计专业毕业，外公在电话里说：“夏初，外公年纪大了，撑不了几年了，你一个人在外面外公不放心，你回北京找个工作，顺便陪陪外公吧。”

夏初犹豫了很久，那时，她刚刚得到院里的通知，将聘请她留校当助教。那个机会对她而言像是从天而降。她不舍得拒绝，反复考虑后决定先留校当几年助教积累一些工作经验，再回京工作，但是，就是这个决定后来让夏初每次想起来都愧疚不已。

外公病重辞世，夏初辞职，跌跌撞撞地赶回来没能见上外公最后一面，却见大舅和二舅为了遗产大打出手。大舅妈把夏初叫到外公屋子里，背着所有人

拿出钥匙从外公的书柜下面拿出一个盒子郑重地递给夏初："夏初，这是你外公临终前嘱咐我一定要亲手交给你。你收好了，别让你大舅二舅看见。"

夏初认得那个黄花梨木的盒子，里面装了一套金镶玉的首饰，是当年妈妈的嫁妆。小时候，外公拿给夏初看过，他说："夏初啊，这是你外婆给你妈妈的嫁妆，叫做金玉良缘，等你出嫁的时候，外公给你带上。"

从大舅妈手里接过首饰盒子，夏初抱在怀里泪如雨下。她想起外公说那些话时，眼睛在老花镜后面笑得眯成了缝，似乎已经看见了夏初出嫁的情景。

二舅妈正在院子里洗头，撇见夏初从主屋出来，端起水盆"哗啦"一声泼向一边的下水道里。夏初躲避不及，被溅了一身，还没来得及发火，二舅妈就迎上来拿腔捏调地嚷："哎呦，夏初，你怎么跟那儿站着啊。我这没看见，溅着你了吧?"

大舅妈过来把脸色铁青的夏初拉开，沉下脸责怪二舅妈："你长那么大的眼出气使啊，那么大人没看见。"

二舅妈抿着薄薄的嘴唇，颧骨高且消瘦，她看看夏初，语气凉薄："对不住了啊，要不，我给买件新的。虽说你外公没舍得把他的宝贝留给我们，但是二舅妈给你赔件新衣裳的钱，总还是有。不过二舅妈知道你得了那么多宝贝，也不稀罕这点不是?"

夏初气得眼泪都快出来了，大舅妈见状忙把夏初拉回了屋。

外公的遗像摆在客厅中间的桌子上，眉目慈祥。他的骨灰盒还寄放在殡仪馆。

夏初的眼泪淌过脸颊。

尽管自小不知父爱母爱是何滋味，但是夏初从来没有觉得不幸福。她是外公最疼的小公主。那时，外公常带她去逛琉璃厂，逛潘家园旧货市场，教她认日光石，月光石，红珊瑚，绿松石……

外公的收藏经过文革的浩劫后，已经所剩无几，最值钱的，也就是一幅宋朝米芾的真迹，但是外公生前再三叮咛，这画许捐不许卖。

大舅和二舅最终协商，分了家。那幅字画两家一起去银行租了个保险柜存了起来，约定谁也不能擅自处理。

夏初在老宅子里住了一阵子，二舅妈铁了心认定外公把大笔遗产留给了夏初，天天对夏初冷嘲热讽。

大舅妈善良仁厚，从小待夏初如己出，每次看见夏初被二舅妈刁难时，就会出面维护夏初。外公生前也最认可大儿媳妇，才会在弥留之际托付遗物。

夏初从殡仪馆回来，找到大舅妈，幽幽地说：“舅妈，我想给外公买块墓地，让他早日入土为安。”

大舅妈叹气：“夏初啊，舅妈也想，可是你大舅不听我的，你二舅和二舅妈又觉得你外公把遗产给了你。那幅字画外公生前再三叮咛不许变卖，唉！你先别急，舅妈再想想办法。”

夏初点头，心里难受，于是轻轻地抱了抱大舅妈，小声地说：“舅妈，您受苦了。”

大舅妈眼眶一红，忙笑着说：“你这傻孩子，舅妈挺好的。”

夏初知道，这么多年，大舅在外面拈花惹草，大舅妈忍气吞声，实在伤心了，会背着人掉几滴眼泪，被夏初撞见，就会笑着说：“舅妈这眼睛，最近老见光流泪。”

夏初狠了狠心，找了一个在典当行上班的高中同学，托他把那套“金玉良缘”里最值钱的镯子以死当的方式高价转让给他人了。选了墓地择日把外公的骨灰盒从殡仪馆请出来，让他老人家入土为安了。

从墓园回来，二舅妈在院子不冷不热地嘲讽：“买那么贵的墓地，死都死了，骨灰搁哪儿不是搁，我说她不一定拿了多少遗产呢。她外公就是偏心眼，可怜我闺女的学费还没着落呢。”

夏初再也忍不住了，一拍桌子，就想冲出去撕了那张刻薄的嘴。

大舅妈挡住夏初，摇摇头：“算了，别上赶着跟她急，瑶瑶没考上重点高中，说要交两万的赞助费才能上，她心里也急。”

两个月后，夏初在导师的推荐下，进了刚刚起步的恩依。安馨一眼看中夏初充满灵气的设计风格，于是开出高薪聘她做首席设计。夏初感激于安馨的知遇之恩，踏踏实实地在恩依开始了修炼成为一名优秀的珠宝设计师的历程。

过了大半年，忽然有一天大舅妈偷偷地来公司找夏初，告诉她大舅和二舅商量要把外公那幅字画给卖了，有人给出六十万。

安馨得知后，把夏初叫到办公室，说要以八十万的价格买断她五年，之后

月薪八千，年底另有分红。

夏初怔住，随后感激得不知如何表达谢意。

安馨一挥手，大大咧咧地笑着说："你要是同意了，就把卖身契签了，以后，你就是姑娘我的人了。"

给了大舅和二舅六十五万，签了合同，拿回外公最珍爱的字画，又私下里偷偷地给了大舅妈五万，嘱咐她收好了自己留着用。

二舅妈撇着眼，冷嘲热讽："我说夏初啊，你外公到底给你留了多少遗产啊，这一出手就是好几十万。你就说说吧，不然二舅妈好奇啊，好奇得晚上都睡不着。"

夏初慢条斯理地卷起画轴，装进画筒，然后抿嘴轻笑："二舅妈，我说了怕您就更睡不着了，不说外公给我的玛瑙翡翠祖母绿了，就单说这幅画吧，这可是宋朝米芾的真迹，市价怎么说也在二百万以上吧。"

后来大舅妈为这话没少数落夏初，因为夏初前脚出门，后脚二舅妈就和二舅大闹离婚。

夏初笑得狡黠："大舅妈，您说，我要是说没有她信吗？所以我也就投她所好了。"

# 第十一章　西风不识相　（下）

晚餐的时候看见景晨，夏初不无遗憾地说："差点就有钱跟你解约了。唉！自由啊！差一点就获得了！"

"哦！真的假的？你有钱跟我解约？要不我给你打个九折。哇塞，一次拿到四十五万，好大一笔！"景晨举着筷子，嘴巴里塞满了米饭，口水差点淌进碗里。

夏初夹起一根清炒空心菜，面带微笑，不紧不慢地说："如果你是我，你选择给别人四十五万当大头，还是选择每月几千块跟个养眼外兼手艺不错的小时工合租一年呢！再者，按你的说法，我这刚结婚还没几天，就闹离婚，我怎么跟我们家邻居、同事以及我二舅妈解释呢?!"

景晨吸了吸口水，埋头吃饭，似乎相当郁闷，竟然比平时多吃了两碗白饭。

夏初的心情不是一星半点的好，破天荒地给小时工放假，自己收拾碗筷哼着歌去厨房洗碗了。

五分钟后，夏初把碗筷收进橱柜，脱下胶皮手套，却见景晨站在厨房门口，笑得匪夷所思，夏初有些纳闷："你怎么啦？想四十五万想疯了！"

"夏初，"景晨说着向前跨了两步，把夏初挤到紧靠着冰箱的小角落里，脸凑近了，再认真不过地问，"你是不是爱上我了？"

夏初把手里湿漉漉的胶皮手套拍向眼前那张招人烦的脸，狠狠地啐到："你以为我疯了?!"

景晨挡住夏初的去路，一边从冰箱上抽了张纸巾擦擦脸，一边眯起眼睛看着被堵在狭小空间里的夏初，忽然咧嘴微微一笑："夏初，你就承认吧，你最近

看我，经常一副花痴的表情。”

夏初郁闷地撇嘴，瞪向这个自我感觉过于良好的孔雀男，严肃地纠正：“不，你说错了，我其实是白痴。”

“哦?!”景晨诧异。

“不然我怎么能跟你顺利沟通。”

夏初说完狠狠地推开他，回屋收拾东西准备去游泳。

景晨连忙跟上，站在门口看着夏初把泳衣泳帽泳镜一一地塞进包里，忽然说：“等我一下，我也去。”说着，立刻回屋收拾去了。

夏初一听，拿起包就走：“别跟我一起，别说认识我!”

等夏初换好泳衣下水游了一个来回，才看见景晨穿着他的阿迪平角泳裤，站在游泳池一头冲她招手。夏初扭头，假装没看见。于是就听见景晨喊：“夏初，夏初，快点过来。”

游泳池是封闭空间，他这几声回音嗡嗡。泳池里有人循声望去皱紧眉头。夏初无奈，没进水里游了过去。景晨站在岸边，笑眯眯地弯腰伸腿。

“你叫我干吗？自己不会游啊!”夏初没好气。

“嘿嘿，你说对了，我不会游。”景晨讪笑。

“那请问，您上次去北戴河干吗了!”

“晒太阳看美女呗。”

夏初摘掉泳镜，仰起头看那人居高临下地站在岸边，宽肩长腿，肌理分明，此刻正看着她，一脸兴奋地展示他被太阳晒出的流行版性感肤色。从夏初的角度向上看去，关键部位不偏不斜地映入眼帘，不由得脸热心跳，忙低头闷闷地说：“那你秀完了就下来吧。”

“好，你别走，等等我。”景晨说着连忙跑到旁边的扶梯处。夏初抱着胳膊，鄙视地看着他顺着梯子小心翼翼地下来，站稳了，发现水刚没过大腿，于是冲着夏初笑得有些腼腆。

夏初走过去，看着这么个不会游泳的大个子，沉下脸拉起他往泳池中间走。

“我不去，那边水太深。”景晨连连摇头。

“我晕，这儿的水都浮不起你，快点。”

“哦!”景晨只好战战兢兢地被夏初拉着往前走，等水刚没到胸口，就说什么也不愿意往前去了。

夏初点头，原地站定，打算从潜水教起。

“那就在这儿吧，来，深呼吸，闭气，像我这样，慢慢下潜。”夏初说着，身体力行地做了一遍示范。

等她从水里出来，却看见景晨惊恐地瞪着大眼，连连摆手：“我不潜，我怕呛水。”

夏初无奈，一边安慰他，一边又做了一次示范，以示这是件相当安全的活动，但是景晨说什么也不愿意把头没进水里。夏初急了，按着他的脑袋就往水里压，景晨连忙反手抱着她的腰，把她的手反锁在背后。夏初被箍紧在他怀里动弹不了，紧接着就发现他和她，正密切地贴合在一起。他的腿纠缠上她，肌肤在水底厮磨，触感光滑水润，温度骤升。景晨的手有意无意地抚过夏初背上露在游泳衣外面的肌肤，附在她耳边轻声地说：“夏初，你的皮肤好滑啊。”

夏初感觉汗毛一下子全竖起来了，她挣扎着抻着脖子努力地向后仰，以求逃离景晨的禁制：“快点放开我。”

“不放，手感真好。”他说着，俯下身子，用嘴唇轻轻地摩挲夏初露出的脖颈。

夏初一个激灵，连忙低声怒喝：“我警告你，快点放开我！”

“不放，我怕淹死。”

夏初无语，挣扎无果，遂低下头避开他的唇，换上一副温软的表情：“你不放开我，我怎么教你啊。你不愿意潜水，咱们就先学学打水吧。”

“嗯，那好吧。”景晨想了想，依言放开了夏初。

夏初立即蹲下身体，迅速没入水里。拽着景晨的脚，使劲一扯，加之水的浮力，景晨重心失衡，“扑通”一声没入水里。夏初解气地想，让你不要脸，淹死你算了！

但是，景晨挣扎了两下就稳住了身体，在水底冲着夏初扮了个大大的鬼脸。

心里一惊，夏初反应过来，他奶奶的，又被骗了！连忙扭身，一蹬水，游开了！但是还没游出五米，就被身后的人追上了。他在水底顺势揽住夏初的腰，贴近了，扣紧她的后脑勺，不由分说地吻了下去。夏初愣住了，看着那人在眼前，大大的眼睛里，全是笑意。

他的身体，在水底游鱼一样纠缠着夏初，唇齿辗转着不肯放开她。夏初肺里的空气被挤压殆尽，耳朵里嗡嗡作响。她手脚并用，拼尽全力推开景晨，纵身踩水浮出水面，抚着胸口大口大口地换气。

始作俑者在三米之外的地方露出脑袋，笑嘻嘻地看着憋得脸颊通红的夏初。

夏初狠狠地白了他一眼，沉下脸游到岸边，攀着梯子离开了游泳池。

等夏初匆匆地冲完澡穿好衣服出来，却发现景晨已经坐在出口的沙发上等她了。夏初板着脸径直出了门，视他为无物。

景晨倒很自觉，立即起身追上，抬手想要搭上夏初的肩膀。

夏初肩膀一缩，景晨的手落了空，随即顺着背部下滑，停在夏初的腰侧，面带微笑，目视前方。

“你干什么，把手拿开。”

“既然你愿意继续当我老婆，我个人认为我们应该享受一下婚姻生活。”景晨说着伸手到夏初的眉心，温柔地抚平她紧皱的眉头。

夏初心念一转，随后轻轻地拨开他的手，镇静地开口：“我想如果遵照合同，我们之间，应该谈不上婚姻生活吧。你这么做是不是想逼着我主动毁约，好坐收五十万?”夏初说着，启齿轻笑：“我建议你不用费这个心了，如果你继续打歪主意，那我就请人在706装上摄像头。别忘了，合同第三条，双方结合有名无实，所以均不可要求对方履行作为妻子（丈夫）的义务。我想，你也不希望被拍到违约的证据吧，到时候，谁来支付五十万可就不一定了!”

景晨听完这席话，先是愣了一下，扬起手拍了拍自己脑门，然后竟是面带喜色地冲夏初伸出手：“夏初，合作愉快!”

夏初没甩他，转身却悄悄地弯起唇角。

身后，景晨吹了个欢快的口哨。

福泽忽然出面组织了一个酒会，邀请了一些二三线饰品公司参加。恩依作为近年来主营青春时尚饰品的一匹黑马，被列在受邀请名单的首位。

夏初想起猎头公司李经理言语间透漏出的关于福泽打算成立分公司，开拓中低档的青春时尚饰品市场，于是连忙向安馨转达了这一信息。安馨拿着福泽方面递来的邀请函，仔细地翻看了一遍才说：“看来，福泽上次推出的那套浪漫水晶缘是投石问路之作，发现效果不错，就打算正式开发这块市场了。他们一直着力于高端市场，这次的举动对咱们的市场冲击是不言而喻的。不过，目前也看不出来他们摆这鸿门宴是什么意思，我们只能兵来将挡水来土掩了。”

夏初点点头说：“无论如何，我们坚持自己的风格和经营理念，团结一心，把自己的产品做到最好。这样不管福泽的来势如何，相信我们都能守住自己的蛋糕。”

安馨起身绕过办公桌，走到夏初身边，伸出双臂轻轻地拥抱了一下夏初，认真地说：“夏初，谢谢你，没有你这几年来全身心地付出，单靠我不会有恩侬的今天。”

夏初的眼眶微微湿润，她轻笑着：“跟我客气什么，我们是好朋友。”

嗯！安馨重重地点头，两人相视而笑。

福泽的酒会，这场让安馨和夏初备感紧张的鸿门宴却更像是一场业内联谊会，现场欢声笑语，觥筹交错。福泽的高管们满脸带笑地游走于场内，与众人谈天说地，却只字未提福泽打算成立分公司以及进军中低端青春时尚饰品的事情。

夏初和安馨面面相觑，不知道福泽的葫芦里到底卖的什么药。

等从酒会现场出来，安馨略作沉思，说：“夏初，现在不管福泽如何出牌，我们不能乱了阵脚，反而要保持冷静，先尽快推出可爱宝贝，至于之后怎么应对，就等福泽的牌打出来再说。”

新品设计稿经过持续两周的再三开会讨论修改后基本定稿，材质选定为软陶，已经顺利地联系到厂家。安馨对目标人群的定位相当满意，她笑着说：“夏初，你再厉害点，我就不用干活了，营销推广也交给你做了。怎么样，快下班了，我请你吃饭吧。”

云夏初想起她幕后那个狗头军师，笑着说：“不用，这还没成绩呢，我可不敢吃。”

出了会议室，就见钱助理迎面过来：“夏初，那个赵致晗又来找你，在会客室坐了一下午了，说什么都不走。”

“哦！”云夏初备感诧异，“他有什么事？杂志社要借什么？”

"不是，我已经打电话问了，杂志社说他辞职有两个月了，现在非要见你。"

"夏初。"看见云夏初，坐在会客室沙发上的赵致晗站起来，喜出望外。

"你找我有事吗?"云夏初客气而生分地问道。

会客室是由一堵屏风隔出来的。赵致晗为难地看了看旁边格子间里忙碌的员工："咱们去下面坐会儿，行吗?"

云夏初略微迟疑。

"半个小时就好，就在下面茶室吧。"赵致晗眼巴巴地看着夏初的脸色。

夏初知道他是无事不登三宝殿，但是又觉得怎么说也算是普通朋友吧，太生硬地拒绝反而显得自己心里忌恨他似的，遂点点头："那好吧，你等我收拾一下，顺便下班了。"

要了杯绿茶，云夏初把夹着设计稿的文件夹放在一边，等待对面赵致晗开口。

"夏初，"赵致晗面带难色，支吾了一会儿，忽然伸手过来抓住云夏初握着茶杯的手，"你帮帮我!"

"你干什么?"云夏初一惊，连忙甩开他，"你有话好好说，要是这样，我就走了。"

"夏初，求你这次一定要帮我。"赵致晗悻悻地缩回手。

"你先说吧。"云夏初冷冷淡淡地开口。

"还是那套金玉良缘的事情，"赵致晗沮丧地搓着手，"两个月前在裴玲的鼓动下，我从杂志社辞职，开了一个婚纱影楼。我负责管理策划，裴玲负责婚纱、化妆等等。本来一切都挺好的，有一天接待了一对年轻情侣，女孩子直夸裴玲手上带的那只镯子好看。裴玲就炫耀说是独一无二的，那姑娘就想花钱跟她买。裴玲本来不愿意，但是没过几天，那个姑娘又带来他们经理登门，说他们公司是做饰品的，非常看好那镯子，开价两万。那是我去定做的，玉用的是一般的和田玉，加起来成本一共不到六千，这下子能卖两万，裴玲立即就答应了。后来她说让我来跟你买下整套，一定可以赚得更多，我也没多想就来找你，就是上次，我骗你说要求婚用。"赵致晗看着面前茶水的热气氤氲，面有愧色。

云夏初听着，心里对此人更加鄙视，但是出于个人修养，脸上并没有过多表现。于是赵致晗只好自行说了下去："那天你没答应，我也没好死乞白赖。回去裴玲不高兴，我就骗她说你出差了，电话里已经答应了。我想先拖着，兴许她过段时间就忘了。谁知她就自作主张去跟人家签了合同，还收了三万的定金，如果违约就要赔人三十万。”赵致晗说着苦恼地揪着头发，“夏初，我真的赔不起，积蓄都投到影楼去了。你救救我们，不然裴玲就要去坐牢了。”

赵致晗极其沮丧，就差没声泪俱下。云夏初看着那张脸，忽然打心里就觉得厌烦，继而庆幸地想，当时多亏没嫁给这个人，不然真有的后悔。

“夏初，算我求你。我知道那是你母亲的遗物。你把设计稿给他们就行。合同上签的是八万，我们不要了，都给你。”赵致晗看着对面云夏初脸上微微的不耐烦，一迭声地央求。

“让我想想，过两天给你答复。”云夏初说完，抬腿要走。

赵致晗急忙起身，因为太着急，胳膊撞翻了茶杯，热茶泼洒在手臂上，刺痛立即袭上心头，但是他已顾不上，仍匆匆地追上夏初拦住她的去路：“夏初，我求求你，你不能见死不救啊！”

夏初看他捂着被烫伤的手臂，神情狼狈而迫切，遂生出一丝不忍，不由得暗自感慨妈妈的金玉良缘到她这里却成了理不清的孽缘，末了一狠心咬牙道：“算了，我答应，明天你来拿吧。”

回到家，云夏初才发现夹着设计稿的文件夹丢在茶室了，连忙要去找回来。

景晨问清楚了，解下围裙，不由分说地上前拉着云夏初就走：“我陪你去。”

“不用，我自己去就行。”

云夏初的反驳没有生效，只好被他拉着手出了门。

但是茶室的服务员均摇头表示没有看见云夏初所说的文件夹。

“你和谁一起的喝的茶啊？问问他。”景晨提议。

云夏初这才想起来给赵致晗打个电话，电话那头，赵致晗正在开车，他说：“在我这儿在我这儿，我怕丢了就替你收着了，等明天我给你送过去。”

还好，有惊无险。

吃完饭，云夏初找出外公留给她的那个黄花梨木的首饰盒，放到工作台上，把金玉良缘从首饰盒里小心翼翼地取出来，然后铺开稿纸，打算把草图画出来，拿给赵致晗。

景晨端了杯新榨的果汁进来，看见云夏初正对着一条镶了一金一玉两朵并

蒂莲的金项圈神情专注。

“这就是那套金玉良缘吧，真不错，很大气，现在看也很时尚很别致，而且不失浓厚的古典韵味。”

听见景晨的赞叹，云夏初抬起头，弯起唇角微微地笑笑：“是啊，金玉良缘，不过世事往往不遂人愿。”

听出云夏初话语里的伤感，景晨没有做声，在她身边坐下，看她在白纸上画草图，顺便拿起一对耳环把玩，一只是纯金的莲花坠，一只玉雕镶了金边的莲花坠，栩栩如生，各有妩媚。

“还应该有只镯子吧。”

“嗯，本来有，这都看出来了？”云夏初应声。

“呵呵，我觉得一般都是配套的嘛。”

景晨等了半天，发现她没有打算说明为什么现在没有了，于是悻悻地转身出去了，不再打扰专心画图的云夏初。

晚风拂过窗台上的晚香玉，暗香宜人。云夏初轻轻地叹气，放下笔看着窗外夜色渐沉，她想，“金玉良缘”这四个字这辈子注定是跟自己没什么关系了！

# 第十二章 设计稿被抄袭

下午，赵致晗来取了金玉良缘的草图，并把云夏初拉在茶室的文件夹还给她，千恩万谢地走了。

一周后，云夏初收到一张八万的支票。

她举着支票，对着阳光看了很久，她说：“外公，妈妈，原谅我辜负了你们的心意，可能金玉良缘很快就会在首饰店里看见了。我没能带着它幸福地出嫁，就让别的姑娘替我幸福吧。”

但是，出乎云夏初的意料，金玉良缘一直没有上市。

而是，那套以可爱宝贝为主题的设计，竟然由福泽抢先推出了。安馨把福泽的前期预热海报摔在云夏初面前，气愤地说：“你看看，太过分了，不知道是谁把设计思路漏出去的。瞧瞧，设计风格和材质都基本雷同，没想到他们第一张牌这么出，竟然偷咱们的设计。为什么呢？以福泽的实力，没有必要这么做。上一次的那套浪漫水晶缘很有市场啊。再说，就算找个二流设计师，以他们的品牌来推动新品，也不至于要出这种损招啊。”

海报上，云夏初看见恩依已经上了生产线的新品，打着醒目的福泽的LOGO。

“怎么办，停止推广？我已经约了杂志的档期和广告片拍摄了，定金都付了。还有，停止生产？这些损失谁负责？”安馨在不大的办公室里走来走去，云夏初感觉一阵寒气从背后升起。她沉默着在心里一一地回想，除了她和公司的几个高层，其余接触过设计稿的人就是：景晨和赵致晗。

那么，是他们谁呢？现在想来，两人都算是有前科的，都有嫌疑，景晨卖

了那套彩晶之恋给福泽，赵致晗刚刚讨走金玉良缘。

会后，云夏初洗了把脸才回到办公室，看见手机上有个未接来电，是景晨打的。她拿起手机想着要不要打回去问问，犹豫间那边已经打过来了：“夏初，我晚上有事，晚些回家。你先自己随便弄点吃的垫垫。”

电话那头，景晨的声音如常，带着懒懒的愉悦。

“嗯，好的。”

挂了电话，云夏初发现，手心竟然全是汗。

从小区附近的超市买了些半成品菜，云夏初一边走路回家，一边纠结到底是景晨还是赵致晗，等看见吴沫正站在小区门口等她时，一时有些喜出望外：“吴沫，你怎么在这儿?”

吴沫走近了，双手揣在牛仔裤兜里，脸颊微红：“夏初姐，陶陶姐说你不小心流产了，你身体还好吧。”

“哦！没事，挺好的。”云夏初说着，有些尴尬地低下头假装整理购物袋，这时发现吴沫的胳膊肘上擦破了一大块皮，血迹隐隐的，连忙问，“你胳膊怎么受伤了，也不处理一下伤口。”

吴沫扭头毫不在意地看了一眼，摇摇头说：“没事，下午巡查工地，不小心蹭到水泥板上了。”

夏初拽过他，说：“快走吧，回家我帮你把伤口消消毒，这么热的天容易感染。”

吴沫坐在706的客厅里，云夏初正仔细地给他的伤口涂双氧水，棉签碰触伤口，灼痛袭上神经，但是吴沫咬紧了嘴唇，没有出声。他不舍得破坏这一刻从心里生出的浅浅的幸福感。夏初在面前很近的地方，低垂着粉颈，头发散发出淡淡的花香味儿。吴沫记得那天，他们坐在操场边的看台上，晒着秋天午后的阳光，足球场上两队人马追着一只皮球抢得不亦乐乎。校园广播里，主持人发起的讨论话题是：谁的暗恋，暗恋谁?

那天，天空是全然的蔚蓝色，风里有清澈的芬芳。吴沫看着云夏初坐在自己身边，托着腮帮子，听得出神。她的侧脸拢在阳光里，睫毛上似乎有光芒在轻轻地跳跃。

“夏初姐，如果我说，我暗恋你，你会答应等我毕业吗?”吴沫忽然开口，语气听来如常，但是只有他自己知道，那是他这辈子最紧张的时刻。那几句话，他在心里反复演练了上万遍，全身的血液似乎都停滞了，安静地沉着，等待着夏初的回答。

夏初却愣住了，半天才缓过神，抿着嘴笑了，说："算了吧，我可不想一辈子当人家奶妈。"

吴沫起身把操场上踢过来的球狠狠地踢了出去。

夏初也随着起身，抬手搭上他的肩膀，轻声地安慰他："沫帅哥，你还是个孩子呢，还不清楚什么才是真正的爱情。现在你对我，只是习惯性的依恋罢了，不要乱想了。等有一天真正让你心动的姑娘出现了，你就会明白了。我要去开会了，回头给你打电话吧。"

夏初说完，跳下看台挥了挥手，踱着步子离开了。

吴沫看着她的背影渐渐地远去，心里的期望渐渐地黯淡了下去，眼眶里不争气地聚起了水汽。

直到晚上十点钟，吴沫也没有接到夏初的电话。他忍不住去教职工宿舍找她，她的宿舍黑着灯。他在她楼下等到十二点，却见她和一群老师刚刚聚会回来，正和卢大伟老师聊得兴起，压根不曾注意到坐在楼下长椅里的吴沫。

那时，云夏初满以为卢大伟会跟自己表白，然后就顺理成章地嫁给他。

后来得知卢大伟的婚讯，云夏初心有不甘地去喝了喜酒，却见卢大伟携着瘦小文静的妻子来敬酒，两个人脸上堆满了踏实甜蜜的笑。云夏初梗着脖子喝光了杯子里的白酒，回到宿舍赶上吴沫来看她。她又哭又吐，闹得一塌糊涂，之后在办公室再碰见卢大伟时，却多了几分道不明的尴尬。

两个月后，夏初得知外公病逝的消息，她万念俱灰的从学校辞职，跌跌撞撞地回了北京。

送她上飞机的那天，吴沫告诉自己，总有一天，他会以一个成熟男人的身份向她表白。

但是当那一天来临时，她却要嫁给别人了。

"夏初，你还好吗？"

诧异地发现，吴沫的手正抚着自己的脸颊，手心的温度微微发烫，云夏初愣了一下，遂不着痕迹地起身，收拾好药箱，招呼吴沫："饿了吧，我去做饭，

等会儿就好。”

“我去吧，你休息。”吴沫收拾好失落的情绪，把云夏初按在沙发上，自己进厨房去了。

景晨兴冲冲地拎着一大袋子蔬菜水果回到家，就看见吴沫和云夏初面对面地坐着，边吃边聊，貌似正聊到开心处。云夏初喜笑颜开，那毫无芥蒂的大笑是他从未见过的，心里忽然就生出恼怒。

云夏初本想招呼景晨一起吃饭，却见他沉着脸话也不说，把拎在手里的袋子扔在地上，转身回自己屋了，还顺带重重地关上了门。云夏初耸耸肩，对吴沫说：“不知道受什么刺激了。别管他，咱们继续，说到哪儿了？刘副校长的假发被吹跑，对，哈哈哈！逗死了！”

隔着门，云夏初的笑声一阵阵地传到耳边。景晨愤愤地把手里的文件夹摔在桌子上，拉开卧室门，在云夏初和吴沫莫名的注视里一脸愤怒地穿过客厅出门去了。

云夏初纳闷地看着被撞上的大门，忍不住唠叨：“脑袋坏掉了。”

“他好像心情不好，因为我吗？”吴沫若有所思。

“不是，跟你没关系。他那人就那样，一阵一阵地抽风，别管他。”云夏初没好气地抱怨，眉梢眼角带着微微的嗔怪。那表情和口气在吴沫听来，满是柴米油盐味儿的亲密气息。以前的云夏初，更像是朵隔岸的茉莉花，看着柔软芬芳，却总像是隔着岸，隔着水，难以亲近。

吴沫在心里缓缓地叹气，这就是爱情，或许是吧，爱情才会让他心里如隔岸花一样的夏初，生出那样温暖的烟火气息。

他说：“夏初姐，我想搬回楼上住。”

云夏初一怔，继而点点头：“好啊，你搬回来住也好，有个照应。”

吴沫微微一笑，他想，至少能经常看见她。

送走吴沫，云夏初发现景晨的房间里开着灯，一个文件夹摔在桌子上，碰翻了水杯子，水洒了一地。云夏初皱皱眉头，拿了拖把打算帮他收拾一下。水已经浸湿文件夹。夏初拎起文件夹使劲甩甩水，几张白纸随之飘落在地板上。云夏初弯下腰捡了起来随意地撇了一眼，这一眼却让她之前的不安统统变成了现实，那些稿纸，正是恩依新品的草图。

云夏初拿着那些被水浸湿的草图，愤怒里更多的是难以名状的失望。

景晨回来时，看着愤怒的云夏初把文件夹摔到自己面前，片刻后，他面无表情地开口："你怀疑我？"

"还用怀疑吗？"云夏初冷笑。

两人冷冷地对峙了半天，景晨忽然咧嘴笑了，他一屁股坐进沙发里，扬起眉毛，一脸痞子相："既然这样，人赃并获，我建议你起诉我吧。"

"你这个无赖。"云夏初恨恨地啐到。

"不要那么激动，女人年纪大了火气太大容易月经不调！"

景晨做一片好心状地提醒，忽然猝不及防地就被迎面飞来的苹果不偏不斜地砸中了鼻梁，"哎呦！"他惨叫出声，摸着鼻子冲着云夏初的背影喊，"不用下手这么狠吧，简直是家庭暴力，惨了，我要破相了！"

"呸"！

"喂！你发泄完了就别生闷气啊，不然容易得抑郁症。"景晨在背后不死心地补充，接着眼疾手快地躲开了又一不明飞行物。

夏初把自己关在书房里，来回地踱着步子，反复纠结于要不要将真相上报给公司，起诉福泽和景晨。她确实非常愤怒，但是真要把景晨告上公堂，不知为什么，她就觉得心里堵得慌，而这种患得患失更让她脑袋里一片慌乱，情急之中，拨通了安馨的电话。夏初小心翼翼地旁敲侧击："如果能找出盗走新品设计稿的元凶，打算如何处理？"

电话那头，安馨二话不说，拍案而起："夏初，你发现什么线索了？是谁？我们一定要将其绳之以法，坚决不能手软。"

"没，还没发现什么，你先别着急，我就是想起来，顺便问问。"夏初强作镇定地掩饰着，匆匆地挂断了电话，发现额头上全是冷汗。

夏初咬了咬牙，从包里摸出一块硬币，狠狠心默念，如果是字的话，就不管了，明天上班就说出真相，启动法律程序。如果是花，那样，就算是上帝给他一个机会吧。

硬币抛出去，在空中完成一道华丽的抛物线后，坠落在地板上，滴溜溜地转了几圈后才停住了。夏初犹豫着俯下身子，当看见花面朝上时，她竟然暗暗地松了一口气，继而又不禁为自己这种反应觉得懊恼。

外面客厅里，景晨正在看一部喜剧片，坐在地板上，鼻梁上贴了一块创可贴，乐得前仰后合。

看见云夏初，他收起笑得太过的嘴脸："想好怎么告我了吗？"

怎么就那么犯贱呢！云夏初拿出一罐酸奶，重重地关上冰箱门，懒得搭理他。她正满脑子琢磨如何把公司的损失减到最小，绕过景晨单独起诉福泽的话，显然胜算很小，怎么办？

"我可以帮你想办法。"景晨凑过来，一张笑脸在云夏初眼前放得大大的。

云夏初连忙后退两步。"你干什么？"

"我猜你一定很矛盾，不舍得把我供出去，可是不供出去问题又不好解决，是吧？"

"您想多了哎，等着法院的传票吧！"云夏初愤愤地推开他，心想上帝一定是忙糊涂了，竟然给这种流氓机会。

"我想，你们要是跟福泽闹上法庭，无论谁胜谁负，对双方的品牌都是一个不小的损害，倒不如想个办法，不动干戈地解决。你想听听我的良好建议吗？"景晨的声音在云夏初身后不紧不慢地响起。

云夏初停住了脚步，冷冷地开口："你说吧。"

嘿嘿！景晨笑得像只偷了鱼吃的猫，他走过去把云夏初按到沙发上坐下："你先坐下来，听我慢慢跟你说。"

"你少说废话。"云夏初没好气地应声。

"OK，"景晨跷起二郎腿，胳膊顺带搭上了夏初的肩膀，"你想想，此事你们就算告赢了，费时费力，损失也不小，既然这样，你们不如找人去跟福泽谈，把已经生产出来的成品卖给他们，由他们推向市场，你们分享盈利，这样不但解决了成品的损失，还省了推广费，总之是把损失降到最低。"

"福泽凭什么要买我们的成品，还跟我们分盈利？"云夏初把他的咸猪手拨开，看着这个自以为是的男人，一脸不耐烦。

景晨的笑意更浓："如果你们是福泽，自己心知肚明，抄袭了别家的设计抢先上市，那你是愿意和和气气地跟人分享一部分盈利还是愿意被人告上法庭？"

云夏初无语，看着景晨碍眼的笑，心里一阵子恼怒："你还笑得出来，都是拜你所赐，把你的盈利交出来，我要还给公司。"

“就算我把赏银交给你，你以什么理由上交给你们公司呢？”

“你真他妈无赖。”云夏初狠狠地骂了句脏话。

景晨毫不介意地大笑。

“您这步棋琢磨了很久吧，对双方的情况考虑得这么周详？简直万无一失，真难为您了。”夏初冷嘲热讽。

景晨收起笑，安静地看着夏初：“不是万无一失，我只是赌一把，你会不会把我供出去。”

夏初有些不自在地扭头，躲开他的目光。

“原来你真的不舍得啊？”旁边，景晨的语调带着轻松的调侃。

夏初恨恨地咬了咬嘴唇，冷冷地说：“我只是不想把你跟我的关系弄得更复杂，让我的亲戚朋友为我担心。至于你本人，抱歉，是坐牢是游街，与我何干?!”

一上班，安馨就来找夏初：“夏初，看福泽的广告预热情况，大概过一周，新品就该上市了。我们不能拖得太久了，要考虑后期的制作工艺，至少不能做童话仲夏夜那样的产品了，尽量设计简单大方又能让人眼前一亮的款式。我们可以在推广上做文章。”

夏初托着下巴，手中的笔在纸上随意地勾画着没有章法的线条，片刻后，忽然起身，拿起包说：“安馨，咱们去趟2号仓库。”

安馨一头雾水地问：“怎么啦？去工厂吗？2号仓库里可都是些搁置的物料，去那儿看什么？”

夏初挽上安馨的胳膊，神秘地笑笑：“你记不记得，咱们之前曾经低价买进过一批5毫米左右淡水圆珠，因为太小难以做辅材，就一直搁置着。”

“嗯，我记得，怎么，你想用它们做什么？那些珍珠品质倒不错，就是小了点，当时我一时图便宜了，那么小买回来一直也没用上。我说我们再着急也不能不顾品质啊！”安馨急忙阻止夏初的冲动。

“放心吧，我心里有数。”夏初眨眨眼，拉着忐忑不安的安馨就走。

仓库管理员按要求把存放的珍珠拿了一部分到办公室。夏初首先从其中挑出一些品相完好的珍珠，然后将其用纯银九针穿起来，又挑出一些大小均等的

珍珠贝，每四个拼成一朵花，然后用纯银的圆球T针把小珍珠和一颗浅绿色水晶穿成一簇，放在珠贝花里做漂亮的花蕊，如此炮制了几多珠贝花，随意地点缀在珍珠串上，又最后调整了一下珠串的整体造型，大概一刻钟的时间，就做出了一条别致的珍珠贝花项链。

围在周围的工人们纷纷鼓掌，安馨赞叹不已之余，又摇摇头："夏初，这个虽然工艺简单，也很别致，但是还是不够精致，档次低了些，这个不符合我们一向追求上层品位、高端品质的主旨。"

夏初胸有成竹地拍了拍安馨的肩膀，然后清了清嗓子对众人说："现在我们面临着一项紧迫的挑战。这次没有充足的时间像以往那样遵照从设计到打样再修改再制作的严格流程，而是要设计和制作并进。我刚才做的这串项链虽然不够精致，但是我想以此向大家说明一件事情，那就是，珠宝设计是一件需要想象力的工作。这次，珠串我不再给大家提供严格准确的设计稿，这批珍珠的形状均一，虽然个头比较小，但是这样却能更好地烘托主材。大家接下来的首要工作，是先要筛选出品相上等的珠子。"

"可是，夏初，这样一来，我们不就做成路边摊的货色了?"安馨忧心忡忡地说。

"放心，这回我们不但不会忽略品质，更要反其道而行，把这个系列做成中高端的，花色品种少，但贵在精。因此对于戒面、耳坠以及项坠等等，我和设计部将竭尽全力，争取赶在明天出一套能打动高端消费者的设计稿，配合选购一批上好的正圆珠，不过就要麻烦师傅们加加班了。"夏初说完，向众人深深地鞠了一躬。

安馨接过话茬大声地说："大家辛苦了，我决定，拿这期产品的盈利给大家多发一个月的工资。"

"好!"众人兴奋地鼓掌叫好。

安馨看看夏初，郑重地说："夏初，那就拜托你了。"

# 第十三章　女人都是珍珠

夏初和设计部加了一个通宵的班，八点钟，她把设计稿交给了匆匆赶来的安馨："看看，有没有什么建议，现在改还来得及。"

安馨接过一沓设计稿，一一翻看："珠花以珍珠做主材，以18K玫瑰金小花做点缀！嗯，设计感相当不错，很有大牌的感觉。"安馨指着一簇漂亮而有质感的珠花，感叹道，"哦！这戒面真漂亮，回头我得收藏几套，而且这样，整体看起来就一改珍珠做主材温润有余、时尚不足的缺点。我立刻去采购一批上好的珍珠来做这主要的珠花，加上玫瑰金的辅材，这样整体品质也尊贵起来了，而且这样统一的玫瑰金小花其制作工艺也整体划一了。真是不错！夏初，真难为你了。这么短的时间，能做出这么优秀的设计方案。"

"其实这个我很久之前就大概构思过，不过因为我们向来不做高端产品。我曾经试着用纯银替代玫瑰金，但是时间久了，在不损伤珍珠的前提下，银质的小花氧化变黑以后就很难打理了，而且品质好光泽好的正圆珠成本也不低。这次，因为诸多因素，我想我们索性就争取少而精，做回高端产品。"

安馨高兴地拍着手："对，我们也尝试一下进军高端市场。我这就让钱助理先把这设计稿送到工厂去，让他们着手制作辅材。算了，我看我还是亲自跑一趟，万一再出点差错，我们就死定了。送过去我就去联系采购一批上好的珍珠。"安馨一时激动得语无伦次，等思考清楚了回头发现夏初一脸倦色，连忙说："夏初，你快回家睡觉吧。这通宵熬得太辛苦了，我让小钱把你送回去。"

夏初看着安馨的兴奋劲儿，心里也踏实了，她点点头说："好吧，剩下的工作交给你了，我回家睡觉去。"

回到家，景晨刚刚起床，看见她进门，立即迎上来："喂！你通宵加班？还

关机，都想不起来给我打个电话。”

夏初凉凉地瞟了他一眼说：“我手机没电了，不是让安馨告诉你了吗？”

“你为什么不自己打给我。”景晨的表情，竟是一脸哀怨状。

夏初有些莫名其妙，于是耐着性子回答：“对不起，我记不清你电话号码！睡觉去了，别吵我了。”

景晨脸上的哀怨更甚。

夏初懒得再跟他解释，遂推开他，走向卧室，心里暗想：要不是拜你所赐，我哪用拖着整个设计部的人通宵加班？再磨叽就把你供出去！哼！

“你们忙什么？”景晨不死心地追问。

夏初回头，严肃地警告：“嘘！你有严重前科，不要乱问！对了，我准备在书房和客厅装上摄像头，下午有人上门来安装，提前跟你告知一声。以后要是再出现我的草图被偷的话，别怪我对你不客气，还有，警告你最好不要搞破坏。”

“我不同意。你这是严重侵犯别人隐私。”景晨激动地抗议。

“不好意思，是你侵犯我们的商业机密在前。如果你坚决不同意，那我只好选择搬走或者对你提起诉讼。”相对于景晨的激动，夏初显得从容不迫。

摄像头安装好后，夏初在书房里，偶尔打开客厅的摄像头看看，就见景晨穿着件长T恤，背后用水彩笔写着‘抗议偷窥’几个血红大字，还不时对着天花板角落上的摄像头扮个鬼脸，久了发现夏初并无反应，就径直敲开书房门，抱怨道：“夏初，这不公平，谁知道你在书房里是工作，还是在偷看我。”

夏初不屑地瞄了他一眼：“我偷看你？放心，我宁愿花钱去动物园看。”

“我要求把客厅的拆掉，我现在没有安全感。你在暗，我在明，严重侵犯隐私。”景晨据理力争。

“不行。”夏初简短有力地拒绝，顺带把景晨推了出去，关上了门。

十分钟后，夏初按捺不住好奇，又点开了客厅的摄像头，这一看惊得夏初手忙脚乱地去点击小红叉。原来景晨正对着摄像头，甩掉了长T恤，目前身上就剩下三角内裤。

夏初怒气冲冲地拽开门，冲着客厅喊：“你有病啊，暴露狂！”

景晨趴在沙发后面，露出脑袋：“你不是说没偷看我吗？”

“你！”夏初语塞，摔上门，二话不说地卸载了客厅里的监控程序。

片刻后，景晨站在门外，有些迟疑地问：“夏初，你要是没意见，我就把客厅的摄像头拆了啊。你也知道，客厅其实没必要被监控嘛，这样很影响我们的正常生活秩序。夏初，你不回答我就当你默认了啊。”

又等了片刻，夏初没出声。景晨随之屁颠屁颠地搬着梯子踩上去把摄像头拆了下来。

夏初在书房里，面红耳赤，半天才平静下来，心想，算了，书房里装一个就够了，以后尽量不把重要文件保存在家里就行了。

陶陶对于去而复返的吴沫，竟然没有表示异议，反而高兴地说：“太好啦，以后又有司机啦。”

吴沫嘟着嘴，进行无效抗议。

云夏初一向夹在中间做老好人，拍拍吴沫说：“乖，有陶陶姐照顾你，我就放心了。”

“是我照顾她好不好，不要跟我说‘乖’这个词。”吴沫恼羞成怒，粉脸通红。

“好好好，乖。”云夏初说着，和陶陶相视大笑出声。

“夏初，你最近怎么总加班啊？要注意身体。对了，那家伙没欺负你吧？你们俩还对门住着吗？”陶陶凑近夏初，关心地问道。

本来已经沉下脸要回屋的吴沫停住脚步问：“你们俩，分房睡？”

云夏初大窘，不知该是该否。

陶陶白了吴沫一眼：“你懂什么，刚流产不久，要好好休养，所以最好要分房睡，不然把持不住对身体伤害很大。”

吴沫咬着下唇说：“反正我讨厌他。”说完扭头回屋去了。

留下云夏初和陶陶两人相视，无奈地笑笑。

晚上，景晨回来抱怨道：“不知道谁那么无聊，在我的车后玻璃上用油彩画了一只乌龟。”

云夏初透过窗户，看见楼下并排停放的丰田霸道和小QQ，想想吴沫的孩子气觉得好笑，她说：“不知道是谁家孩子恶作剧，谁让你长的一副不招人待见的样子。”

景晨无语，自己生闷气去了。

新品顺利地上了生产线，推广主题定为：珍珠传奇。

夏初拿过印刷精美的宣传彩页笑着说：“不错！想起小时候看的电视剧了，沈珍珠，狂追啊！安同学真有才，这样一来推广都顺风顺水了。”

安馨认真地纠正：“不，不是沈珍珠，是关于一粒沙子的成长传奇。她在母贝里忍受着黑暗和孤寂，贝的眼泪层层地把她包裹起来，日复一日，年复一年，直到有一天，母贝被开启，世人会看见她，饱满圆润，芳华灼灼。这就像是一个女人的自我修炼过程。所以一个真女人，拥有一件上好的珍珠饰品，是对自我的一种奖赏。”

夏初瞠目，轻轻地击掌：“安馨，你太有才了，对产品的内在把握和创意延伸，简直绝了。”

“哈哈！我再能吹，也得有您天才的设计让我吹不是？So，假以时日，我们姐俩将成为国内饰品发展史上的珍珠传奇。”安馨大言不惭。

“对了，还有件事，差点忘了。”夏初悄悄地擦了把汗，忽然想起跟福泽的官司。这几天也没想出更妥帖的解决办法，于是一咬牙把景晨的办法转述给安馨。安馨招集主管开会研讨了半天，谁也没有更好的方案，而这其中的关键是安馨和主管们并不知道始作俑者是谁。无奈，安馨午间亲自去了福泽集团。

然而，事情进展得比安馨和云夏初料想的要顺利得多。福泽方面正如景晨所言，他们自知抄袭了恩侬的设计抢先上市，所以顺利地答应了恩侬的条件，以成本价购进恩侬已经生产出来的成品，并且福泽答应，这部分成品的盈利与恩侬五五分成。

安馨一激动，带着总部全体员工直奔海鲜城，以每人三百的标准请大家大吃了一顿。

云夏初长长地出了一口气，心里的一块石头落了地，但是仔细想想，总觉得有什么环节不对劲，福泽答应得也太快了，倒像是等着恩侬上门似的，利落得让人觉得蹊跷。

对于夏初的质疑，景晨挨着她坐下，笑嘻嘻地解释：“我给你出主意的时候，也顺便跟福泽沟通了一下，创造三赢局面，嘿嘿。”

“你跟福泽很熟？”夏初冷着脸问。

“还好，他们是我的大客户，每年跟我订购大量的高档红酒，算是业务往来吧。”

夏初讽刺他：“你还为大客户提供这种高附加值的服务啊！拿来吧。”

“要什么?”景晨敛起笑，揣着明白装糊涂。

“快点儿，废话少说，你收了福泽多少钱?”夏初说着，冲景晨伸出手，不耐地催促着。

景晨抵抗再三，最终在夏初色厉内荏的逼供里承认他收了福泽一万块。尽管云夏初表示极度怀疑这数字的真实性，但是景晨拿出一张一万的盖了福泽财务章的现金支票，一脸哀怨地递给她：“真是郁闷，昨天才收到。这下白辛苦了一场，给你。”

云夏初恨得想抽他：“你什么意思，你偷我的设计去卖，我没去告你，你还好意思喊白辛苦。”

景晨的脸快耷拉到地板上去了。

“还卖得这么便宜，笨!”夏初最后的补充让哀怨的景晨心情立即拨云见日，他站起来嚷着：“一万块，不少了。我容易吗？你记得给我多介绍几个有钱人。”

“滚，擦地板去!”夏初不耐烦了。

景晨领命，立即屁颠屁颠地干活去了。

他们或许没发现，这一幕，就像平常人家拌嘴的小夫妻，充满温暖家常的烟火气息。

“云夏初，我去接你下班，你想要我送你鸢尾还是天堂鸟，好像都是很浪漫的花。女人收到一定很有面子。”景晨打来电话的时候，云夏初正和安馨坐在茶水间里喝茶聊天。

听着电话那头景晨有些吊儿郎当的语调，云夏初轻皱眉头拒绝道：“不用了，我自己回去，喂！喂!”

但是，那头儿电话已经挂断了，云夏初看着手机，心里升起怒气：那头自以为是的猪！扭头对上安馨好奇地询问：“谁啊，你老公?”

云夏初脸一热，摇头：“不是，是陶陶，找我有点小事。”

谁知五点不到，吴沫却出现在前台，看见云夏初，他有点不好意思地挠挠头，说：“夏初姐，今天下班早，顺道来接你。你去忙吧，我坐这儿等你。”

云夏初立即返回办公室拿了包，心想就让那头猪继续自以为是吧，惹不起躲之，于是她跟安馨打了个招呼，然后回到前台，对正坐在沙发上看报纸的吴沫说：“我下班了，走吧。”

下楼上了吴沫的小 QQ，云夏初说：“先不回家，咱们去簋街吃烤鱼吧，就去上次陶陶推荐的那家，这个点去不用等位子。”

“夏初姐，我没耽误你工作吧？”对于云夏初早退的异常反应，吴沫有些不安。

“没有，今天没什么事，你不来我也准备下班了，来了正好一起去吃饭。”云夏初关了手机，不以为然地解释。

吃完饭，云夏初又拽着吴沫去喝了一会儿茶，等回到家，已经十点半了。

丰田停在楼下。

打开门，客厅却一片黑暗，屋里很安静，景晨貌似还没有回来。

云夏初有些纳闷，那头自以为是的猪今天没开车？

回屋的时候，却发现对面景晨的卧室关着门。灯光穿过门缝透了出来，仔细听听，电脑音响里正传出低沉的游戏厮杀声。

犹豫了片刻，云夏初抬手敲了敲门，想要提醒他没事不要去公司找她，更别提送什么浪漫的花。她宁愿私下里把买花的钱付给他。

里面游戏似乎停了，但是等了半天，也不见人来开门。

无奈，云夏初自行回屋进了卫生间洗澡睡觉去了。

景晨站在阳台上，看见小 QQ 停进车位，云夏初和吴沫有说有笑地下来。他沉下脸冷哼一声，甩手回到自己卧室，关上门打开电脑，一边上网找人打网游，一边忍不住竖起耳朵听。他听见云夏初开门进来，收拾了片刻后，脚步停在自己门前，之后是有点迟疑的敲门声。他皱着眉头，发现屏幕上自己不知道什么时候已经阵亡了。

他心里一怒，索性关机上床。

敲门声已经停了，门外没有动静了。他忽然从床上跳起来冲过去打开门，却见对面门已经关上了，卫生间里传来哗哗的水声。他走过去，犹豫了很久，手扶在门上三番五次，最终没有敲响。

早晨，云夏初起床，看见景晨正在餐厅里悠闲地吃早点，犹豫了一下走了过去。景晨抬起头看见站在面前的云夏初，露出大大的笑脸：“早啊！”

云夏初一怔，回道：“早，早安！”

“你吃包子还是蛋糕？”景晨的表情如常，似乎昨晚什么都没有发生。

“蛋糕吧。”云夏初有些纳闷，忍不住说，“昨天你找我有事吗？我，临时有安排，出去了。”说完，又觉得自己解释得有点多余，于是努力板平了脸接过景晨递过来的蛋糕和牛奶。

“没什么事啊，哦！你是说我说去接你的事情吧？我忘跟你说了，昨天我临时有事，所以没去。”景晨笑笑说道，脸上云淡风轻。

云夏初的心里涌起一股无名的火气。她三下五除二地吃完蛋糕，喝完牛奶，抹抹嘴起身出门。

“今天正好有空，我顺路送你吧。”景晨的请求，再热情不过。

云夏初头都没回，冷冷地拒绝：“不用，谢了！”

上午，在公司洗手间里，云夏初发现，清洁工大姐用一个剪开的大饮料瓶装了清水，正在把一束开得优雅炫目的天堂鸟一枝一枝地插进去。看见云夏初，大姐有些腼腆地笑笑说：“不知道谁把这么漂亮的花扔在门口垃圾桶里了。我看开得挺好的，没舍得扔，捡回来插这儿。你看，怪好看的吧？”

“嗯，好看。”云夏初应着，想起昨天景晨在电话里吊儿郎当地说，“你想要我送你鸢尾还是天堂鸟，好像都是很浪漫的花呢。”

难道，他真的来过？

安馨看见她，笑眯眯地问：“昨天怎么给你王子老公庆祝生日的？”

“生日？你说昨天景晨过生日？”夏初有些吃惊。

“哦？你不知道？那你昨天那么早下班干吗去了？”安馨纳闷了。

“我有点事先走了。你怎么知道他生日？”

“切，我这么一个有心的人，保存所有重要往来人物的资料，并且设了提醒。你以为老板好当啊！”安馨撇撇嘴，“倒是你，就算是合同制的，可好赖也是名义上的老婆吧，连生日都不知道，估计景王子一定很伤心。”

“哦！那倒没有，他心情挺好，有人陪他过。”夏初说着，心里有点发虚。

晚上回家，夏初路过好利来，停住脚步踌躇了半天，咬咬牙推门进去买了一个九寸的草莓轻乳酪蛋糕。等上楼到了家门口，低头看看手里提的蛋糕盒子又是一阵犹豫，心里觉得还是假装不知道算了，多一事不如少一事，这么想着，就打算把蛋糕送回 806 去，刚转身，706 的门打开了。景晨探出脑袋来，看见拎着蛋糕盒子的夏初，两人目光相遇，一时都有些尴尬。

“哦！我听见你的脚步声了，还以为你没带钥匙。”景晨靠着门站着，略带不好意思地耸耸肩。

夏初低头侧身进了门，把蛋糕放在餐桌上，然后假装不在意地说了一句：“路过好利来，刚好想吃蛋糕，你来一起吃吧。”

“嗯！我去拿刀和碟子。”景晨转身去厨房，背朝着夏初笑得眉飞色舞。

恩依的“珍珠传奇”顺利上市，仅比福泽推出的“宝宝也时尚”晚了一周。夏初去了趟专柜，发现尽管新品定价偏向高端，但是相当热销。

安馨不无激动地说：“看来我们因祸得福嘛。被盗的产品损失挽回了百分之七十，还处理了一批积压的淡水珠。最重要的是，“珍珠传奇”成功跻身中高端产品行列。这么看来，干脆我们也开个分公司，跟福泽争高端市场好了，哈哈。”

夏初汗颜。

景晨说：“夏初，我看见你们新出的珍珠传奇了，那么贵竟然还有那么多人买。这下恨不得全北京城的女人都围着你们专柜，争先恐后地要证明自己是颗珍珠。说实话，你和安馨真够天才的，广告公司都不用请，全程自行搞定。”

“那是，用你说:”夏初正躺在沙发上敷面膜，嘴上不屑地回应景晨的崇拜。

“夏初，既然你那么厉害，没事多画几套，我拿去帮你高价卖给别的公司，利润你七我三，不，你八我二。”景晨说着，眼里直冒贼光。

“嗯，主意不错，回头我画好了给你。”夏初应着。

“真的，你答应啦!”景晨喜出望外。

睡觉前，夏初甩了几张纸给景晨：“记得卖个好价钱，别忘了，你二。”说完，笑嘻嘻地径自回屋了。

“这么快!”景晨诧异地接了过来。

纸上画着形状各异的大便，均做热气腾腾状。

一想景晨吃瘪的表情，云夏初趴在床上笑得肚子疼。

# 第十四章　谁盗走的设计稿

二舅妈忽然来找夏初，一见面就拉着夏初的手，先说："夏初啊，你怎么那么不小心，怎么就流产了呢？心疼死我了。你年纪不小了，一定要小心再小心。舅妈一直说过来看你，这也忙得没空，自打在超市找了个收银的工作，实在抽不出时间来。"

夏初受宠若惊，连忙说："没事没事，二舅妈，都挺好的，您别担心。"

二舅妈眼眶一红，拍拍夏初的手，长吁短叹："唉！夏初啊，你舅妈我命苦啊，嫁给你二舅没享一天福，这把年纪了，还要起早摸黑地去超市上班。这不，你二舅昨天还被通知下岗了。你说这化工厂也真是，都干了半辈子了，怎么着也是个主任了，竟然说裁就给裁了。他也没别的技术，又没学历，你说他这工作没了，怎么办哪？瑶瑶明年就毕业了，她没你那么命好，在学校里谈了个对象家里条件也不好，实在不行我们还要给她买房子结婚，这可真是要命啊。"

二舅妈的抱怨让夏初心里有些不好受，却也不知该怎么安慰她。

沉默了片刻，二舅妈忽然开口："夏初啊，舅妈求求你，能不能让景晨帮个忙，想办法给你二舅找个工作。你也知道，他年纪大了也没啥技术，体力活又干不了。你看，我这也是没办法才来求你的。我看景晨挺能耐的，随便给找个工作应该不在话下吧。"

"舅妈，这个？"夏初为难地看着满怀期望的二舅妈，实在没忍心拒绝，咬了咬牙说："我晚上跟景晨说说吧，看他有办法没。"

"哎，好，夏初，舅妈谢谢你了，舅妈就知道你是个好姑娘，指望得住。"

送走了千恩万谢的二舅妈，夏初有些郁闷地寻思，要不要找安馨帮忙，刚拿起来电话，就见景晨回来了。他说："我刚在楼下碰见二舅妈了，她说你二舅下岗了，问我能不能帮忙给找份工作。"

"哦！我舅妈跟你提了？"夏初觉得不好意思，不自觉地绞着双手说，"要是难办你就不用管了，我自己想办法。"

"哦！没事，这个简单，小菜一碟。你说说，想要什么样的，按费用区别对应不同的工作机会。"

"哦？你说的什么意思？"夏初不解。

景晨换好鞋子，打开冰箱取出一听冰可乐，一边打开一边走过来在沙发上坐下。夏初的目光追随着他的身影，眼巴巴地等着他的解释。

灌了一大口可乐，景晨慢条斯理地开口："这么说吧，你给我五百块我能帮忙找个超市、商场的搬运工之类的。"

"这个用你找？"夏初算是搞明白了什么叫费用对应工作机会了，愤愤地开口。

"所以只要五百块嘛。"景晨也不生气，"你给我十万，我能给你二舅在上市公司找个名誉顾问当。"

夏初气得甩手就走。

"喂喂喂！你别急嘛，我就是给你打个比方而已。"景晨急忙起身拦住夏初的去路，嬉皮笑脸地说，"我认识的人可海了去了，有的是门路，放心，我准保给你二舅找个体面又悠闲的工作。"

夏初抬头，半信半疑地看着眼前这个不太贴谱的主儿。

"你给我八千块就行。"景晨笑得谄媚。

夏初狠狠地推开他，往屋里走。

"五千好了。"

夏初没回头。

"三千，再低我就不干了。这年头找工作也不是容易的事情。"景晨在背后嚷嚷着。

夏初停住了脚步，扔下一句："成交！你尽快，搞定了我就付账。"

"OK！我办事您放心。"

“我呸”！

推广部安馨的得力助手孙蔚忽然要跳槽去福泽新成立的分公司。安馨挽留无果，于是面色平静地在他的辞职报告上签了字，亲自送他出了门。

孙蔚有些尴尬地与安馨握手告别，又极力地感谢安馨对他的栽培，说选择福泽只是他个人希望得到更广阔的成长平台。

安馨笑得不卑不亢，客客气气地祝他前途无量。

送走孙蔚，有些郁闷的安馨来找夏初发牢骚：“唉！谁让人家的树大呢，但凡翅膀硬点的谁不想捡个高枝啊？我也能理解。”

夏初笑着安慰她：“别郁闷，推广部只要有你，走了谁，恩依都照样风生水起。”

“唉！夏初啊，至少还有你。只要你在，我心里就是踏实的。”

“呵呵，原来我这么重要啊，简直就是定海神针嘛！那我是不是应该趁机要求涨工资啊？”夏初单手托着腮帮子，笑呵呵地看着一脸纠结的安馨。

“云夏初，连你也来趁我之危，苍天啊，您不要这样对我！”安馨就差声泪俱下了。

“哈哈，好了好了，放心吧，姑娘我不是已经卖身给您了嘛。您不发话，我哪儿敢换东家呀。”夏初连忙告饶。

“对，差点忘了，本小姐还握着你的卖身契呢。那从今天开始，你改为一周七天工作制，给我好好干活。”安馨起身，换上一副傲慢的资本家嘴脸，鼓着大眼珠子斜着夏初。

夏初忍不住“噗哧”笑出了声。

安馨迈着步子出了门，又退了回来，站在夏初的办公桌对面，清了清嗓子一本正经地开口：“云夏初，本小姐决定了，鉴于你的良好表现，给你涨工资，你等着。”

夏初还没来得及答话，安馨已经一阵风一样旋出去了。

一个小时后，安馨把一式两份的合同推到了夏初面前，忽闪着大眼睛说：“夏初，我们共事这么久了，互相都很了解。我知道你是个有情义的好姑娘，我不想说废话，你把这合同签了，以后你占恩依百分之二十的股份。”

夏初愣住了，半天才结结巴巴地回答："安馨，别，你别这样，你可没亏待过我，而且，我最困难的时候，是你不计风险地帮了我。"

"夏初，你别那么傻，那点小恩惠别老记着行吗？我爸把恩依交给我的时候，它基本就是个小作坊，要是没有你，就不会在短短四年里做出今天这样的成绩。恩依每年靠你挣多少钱，我心里最清楚。所以，我给你股份，并不是施恩，而是你应得的。这件事我已经考虑很久了，并不是一时心血来潮，而且这其中我也是存有私心的，嘿嘿，这样一来，就把你牢牢地拴在恩依啦。"

安馨的一番话，说得夏初心里暖热一片，却不知说什么好。

"行了，你什么废话都别说了，我还不知道你，快签字吧。"安馨抓起桌上的笔递给了夏初，不耐烦地催促着。

夏初拿起笔时，手忍不住颤抖，安馨这大礼让她左右觉得受之不起。她郑重又不安地看看安馨，再一次慎重地出言拒绝："安馨，你不给我股份我也不会走。我现在就可以跟你签十年的合同，而这股份我真的受不起。恩依是你们两代人的心血。"

"你别磨叽了，我又不是说要给你百分之八十，快签快签，签完请我吃饭。"

夏初明白安馨的心意和信任，于是不再说话，咬咬牙落笔签下了自己的名字。

过了两天，赶上周日，夏初正在家里打扫卫生，二舅妈欢天喜地地打来电话："夏初啊，景晨真有本事，这还没到一个星期呢，就给你二舅安排到一家物业公司去了，还当了个小领导，工作挺轻松的，工资也比以前高了挺多，一个月小三千块呢。真是好啊，替我们好好谢谢景晨。对了，明天你们有空的话回家来吃饭吧，舅妈给你们做好吃的。"

挂了电话，夏初一边替二舅高兴，一边有些纳闷，他怎么找到的，这么快！

景晨正在厨房里做午饭，对这个疑问，他非常得意地回答："我说过，我出马，小菜一碟。我卖的可是高档红酒，认识的当然也都是高层次的人。不就是给找个工作嘛，你只要出得起价，国家干部，大学教授，世界五百强，随便挑。"

夏初本想替二舅妈好好传达下谢意，但是看着景晨就快把塑钢窗户吹跑了，她脸一沉，淡淡地扔下一句：“那谢谢了。”

“谢什么，咱都是一家人。”景晨热情地挥挥手，还真不把自己当外人。

当云夏初已经快要忘记景晨偷卖设计这件事情时，安馨从福泽结账回来，义愤填膺地来找云夏初：“气死我了，你知道是谁偷了咱们的设计卖给福泽吗？”

云夏初心里一惊，开始盘算如何说服安馨不追究景晨其人。

“你知道吗？就是那个狼心狗肺的赵致晗，亏你对他那么仗义！”安馨气得直拍桌子。

云夏初极其诧异：“怎么会是他？”

“因为最近跟福泽设计部一个小姑娘的关系挺好，今天结完账，我就请她吃了顿饭，结果她告诉我，把那套设计卖给福泽的人叫做赵致晗。他本来是要卖给他们一套叫做‘金玉良缘’的设计稿，收了定金以后拖了一阵子，福泽都准备要起诉他诈骗了，结果他不但把‘金玉良缘’送去了，还复印了咱们的新品。我估计是他那天找你的时候偷印的。”

竟然是这样，云夏初愣住了，那，景晨为什么要承认是他做的？

安馨看着云夏初一脸的恍惚，愤愤地说：“听说他那个马上就要结婚的老婆又勾搭上福泽的一个中层，把他甩了。活该！自做孽不可活！不过据说那套金玉良缘相当不错，但是福泽目前也暂时将其搁置了，因为他们一高管坚持认为那设计来历不明，不能投放市场，以免又引起纠纷。哼！当初我就觉得那赵致晗不是好东西，太可恶了。多亏你没嫁给他，不然这会儿你哭都来不及！对了，我刚才已经给他打电话了，告诉他福泽已经与恩依达成一致，因为福泽表示并不知道这设计稿是从恩依盗出去的，因此出于对他们自身品牌形象的维护，他们表示，如果我们起诉他，福泽方面同意出面作证，估计赵致晗这会儿正火烧屁股呢！夏初，我提醒你，如果他再来求你，你千万别搭理他，这回我要好好治治他。”

云夏初点头，忍不住叹着气笑话自己，简直就是一现代版的东郭小姐。

“你为什么要承认是你做的？”云夏初吃完饭，放下碗，然后严肃地问坐在对面的景晨。

“哦！良心发现了，觉得我不像坏人！”

“你别贫，到底为什么？”

“不为什么啊，你说是就是呗，而且那天你那么肯定，让我很受伤，所以就认了。哼哼！我想，等你查出真相，知道我是冤枉的，就来跟我负荆请罪吧！”景晨一贯地嬉皮笑脸。

“你！”云夏初无奈，“安馨从福泽得知，我们的设计稿是赵致晗卖给他们的。嗯，那，对不起，错怪你了，真难为您把谎编得那么圆。”

“别，别真道歉啊，我不是之前也卖过吗？而且我把你的草稿收起来，也打算过卖掉来着。”景晨连连摇头，貌似很不习惯云夏初道歉这件事，顺带老实地供认出自己未遂的犯罪行为。

夏初白了他一眼：“那请问那张盖着福泽财务章的支票是怎么回事？”

“哦！那个啊，不是说了，他们是我的老客户嘛，混得挺熟，就拿了一万块让他们找财务帮忙开了张现金支票。”

“你跟福泽，未免也太熟了吧？”夏初看着景晨，出口质疑。

“嘿嘿，一般一般，我这种高档红酒的销售人员，最擅长跟人打交道了，尤其是有钱人。”景晨讪笑着解释。

“这是一万块，还你。”夏初撇撇嘴，递过一沓现金。

“不用，那是你应该拿的。你拿着好好清清火，上次补过头了不是？”

“滚！”云夏初把钱摔给他，气呼呼地回屋了。

景晨端着碗，扮了个大鬼脸。

外公的忌日到了，一大家子准备去墓园祭奠外公。按往年的惯例，大舅会租一辆金杯，先来接她。

夏初请了半天假，在公司楼下花店里买了一束白菊花，站在路边等待来接她的车。已是初秋的光景，阳光少了盛夏的喧闹，怀里的菊花散发着有些清苦的香味儿。夏初想起外公的音容，心有戚戚。

一刻钟后，一辆金杯在路边停下。夏初上了车，跟家人打完招呼，赫然发现，副驾上坐的竟然是景晨。他回过头，冲夏初庄严肃穆地点头，令夏初极其地意外。

大舅妈嗔怪："夏初，你怎么没跟景晨说呢，多亏我让你大舅给景晨打了个电话。你外公生前最疼你了，怎么说也该领着新姑爷去给你外公看看啊。"

"对啊，这么好的姑爷，你外公地下有知，也就放心了。"二舅妈附和着。

夏初在一大家人带着责备的目光里，窘得不知该往哪儿看。

等一家人到了外公的墓碑前，夏初更是紧张得连外公的照片都不敢正视。大舅跪下来，郑重其事地说："爸，我们都来看您了，今年还多了一个人，就是咱家的新姑爷，景晨，人品不错，待夏初也非常好，您就放心吧！"

夏初跪在一边，脑袋埋得低低的，直在心里念叨："外公，您要是地下有知，千万别生气啊。他其实也不是坏人，就是事情有点复杂。我一时也说不清楚，总之，您千万别生我的气！"

景晨跪在一侧，表情庄重，大舅把焚香递给他时，他恭恭敬敬地上了香，没有说话，俯身重重地磕了三个头。

夏初暗想，还好，至少他没把谎撒到在外公墓前。

祭奠完毕，一家子一起在外面吃饭。席间，二舅妈特意让上了一笼灌汤包推到夏初面前，说："夏初啊，这是你最爱吃的。你外公在的时候，你一说要吃灌汤包，他准早早地去市场上买最好的五花肉，连肉皮冻都是亲自熬出来的啊。"

夏初望着面前热气腾腾的灌汤包，鼻子酸酸的，眼泪差点就掉了出来。

景晨把餐巾纸递到夏初手里，默默地握了握她的手。夏初夹了一枚包子放到面前的碟子里，咬了一口，汤味远没有外公做的那样鲜美，皮厚且硬，遂轻轻地皱了皱眉头，但是抬头对上二舅妈殷切的目光，夏初硬着头皮说："嗯，挺好吃。"

"好吃，那我也尝尝。"景晨冲着夏初眨眨眼，笑脸温和可爱。

于是，在餐桌上一家人融洽的氛围里，景晨不着痕迹地吃完了夏初的灌汤包，在桌子下面冲她比划了一个 OK 的手势。

夏初心里一热，扭头报以浅笑。

饭后，金杯顺路把夏初和景晨放在了小区门口，跟大家道别后，两人肩并着肩，沿着小区的林荫道，慢慢地往家走。

"你外公是不是最疼你了？"景晨忽然开口问。

夏初被问得心里一阵酸楚，眼眶微微地红了。“嗯，我父母早逝，从小是跟着外公长大的。”夏初开口，唇齿生涩，“他走的时候，我没能见上最后一面。”

景晨扭头看着走在身侧的夏初，下午的阳光透过树阴在她的额头上筛下细密的光影，长长的睫毛上起了淡薄的水汽，像是强忍着伤心的孩子。景晨心里忽然就生出说不清楚的怜惜和痛，犹豫了片刻，才轻轻地抬起手臂揽上夏初的肩膀，安慰似的拍了拍她。

夏初微微迟疑了一下，继而抬头冲他笑了笑，轻声说：“今天还是要谢谢你。”

“呵呵，不用，你外公一定是个可爱的老头儿。我猜，他对玉石翡翠等一定很在行，才能教出你这样的才女。”

夏初笑着点头：“对啊，我小时候，外公经常会带我去逛潘家园旧货市场。周末的时候，凌晨三点就要起床。外公说，去得早才能看到好东西，呵呵！不过就算碰上好东西他也不买。他年轻时搜罗的玩意儿在文革的时候都被抄了毁了，所以伤心了。不过还是爱去，就教我认认字画，辨辨石头。据说我外公祖上是雕玉的手工匠，呵呵，说来我也算是继承家传了。”夏初想起小时候，心里暖暖的。

那时，外公牵着个子小小的夏初。冬天的早晨，她穿着笨笨的棉袄，手缩在厚厚的棉手套里亦步亦趋地紧跟着外公，挤在人群里，听别人对着那些看不出年代的玉碗瓷瓶侃侃而谈，偶尔出口评判一句，就算不着边际，稚嫩的语音仍让众人惊叹。外公会笑得一脸骄傲。

从市场出来，外公会给她买个香甜的烤地瓜，抱着她上了公交车，祖孙俩在光线暗淡的公交车里，吃着地瓜，为刚才那个碗是真是假小声地争吵。外公从棉袄口袋里拿出一块夏初最爱吃的豌豆黄，笑眯眯地说：“夏初，你要相信你外公我的眼光。你承认我说得对，豌豆黄就归你。”

夏初撇嘴，眼珠子一转，点点头把豌豆黄拿过来，三下五除二地吃光了，嘴巴一抹，仰起脑袋看着外公说：“外公，我仔细地看了，您说得不对。那碗不但品相不好，碗底的章一看就是假的。”

外公翘着胡子，笑得开心：“夏初啊，你这个小人精，自己心里有主意还把外公的豌豆黄骗走了。好你个机灵鬼！”

夏初想着，嘴角带着浅笑，心里却有些难过。

隔天，云夏初下班回家，进了门就闻到一阵让人食欲大开的香味儿。景晨笑呵呵地端着一盘子刚出锅的包子从厨房出来，他说：“今天顺便买了些五花肉回来，蒸了灌汤包。尝尝我的手艺如何，肉皮冻也是我自己做的哦！”

看着盘子里精巧可爱的小包子，云夏初的心里，忽然涌起一种说不清的微甜温软。

景晨把包子推到云夏初面前献宝似的张罗：“快尝尝，非常好吃。”

于是在对面那人的一脸期待里，云夏初笑着用筷子夹起一个放在面前的碟子里，皮薄得几乎透明的小包子顶上开了小小的口，凑上去，轻轻地吸出里面的汤汁，香气在唇齿间溢开。云夏初忍不住点头，称赞道：“嗯，手艺不错，算得上鲜美可口。”

景晨的嘴咧得大大的，微眯着眼睛，一脸得意：“我就知道好吃。我的手艺，不是吹的，要是我亲自开店卖灌汤包，估计要请警察来维护排队秩序。”

云夏初本想再表示一下感谢，见那人已经自我陶醉到爪哇国去了，遂低下头自顾自地吃饭，随他继续自我膨胀。

晚饭后，景晨勤快地去刷锅洗碗，陶陶来约云夏初去健身房。

两人下了楼，正好碰见一楼王大妈倒垃圾回来，看见她们，就一脸气愤地抱怨：“也不知道谁家的败家子，不会做灌汤包就别逞强！怎么就那么笨呢，满满两兜子都没蒸好，浪费！”

陶陶笑着应道：“大妈，那可不一定，没准谁家老公想给他老婆一个惊喜呢。”

云夏初一愣，想起景晨刚刚得意的笑，心里忍不住觉得有些好笑，以及隐约的那种应该被称为感动的东西。

于是回家经过超市，夏初鬼使神差地进去挑了瓶红酒，进了门发现景晨不在家，就不动声色地搁进了酒柜里。

# 第十五章 暗生情愫

过了两天，景晨发现了那瓶红酒，先是欣喜地问：“夏初，你买的红酒吗？02年的梅洛干红，这酒还可以。”

“嗯。”夏初背朝他，脸色微红。

“不过，你莫名其妙地买什么红酒啊？就算买，也应该跟我买啊！”景晨抱怨着肥水流了外人田。

夏初郁闷地转身，一把拽过酒瓶子：“我买来送人用的。再说这么便宜的酒，也不好意思找您买，提成也没多少钱不是？”

景晨委屈地瘪着嘴：“干吗那么大脾气，我顺口而已嘛。”

夏初窝了一肚子莫名的火气，气呼呼地仰起脸却见景晨脸色憔悴，顶着黑眼圈，无精打采，于是按下火气，不无好奇地问了句：“你怎么了？不舒服？”

景晨耷拉着脑袋走到冰箱前面，拿出一罐可乐恹恹地打开咕嘟咕嘟地灌下去。

“你是不是生病了？”云夏初发现他的脸色很不好。

“不是，这两天睡得不好。”景晨无精打采地挨着云夏初坐下：“这段时间经常是睡到半夜里就听见有奇怪的声音从楼上传下来。每次被吵醒后，仔细听听又没了，睡着一会儿又被吵醒，到最后睡意全无，它却不响了。”

夏初纳闷：“有奇怪的声音，我怎么没听见啊？你是不是工作压力太大，幻听了？”

景晨耸耸肩：“没准儿，过两天再不好，我就去找个心理医生瞧瞧。”

夏初点头表示赞同。

晚上，夏初去806找陶陶聊天，意外地发现吴沫也一脸倦色，于是就纳闷了："难道晚上真有什么奇怪的声音？怎么这俩人一个症状？"

陶陶听了，也表示奇怪："我没听见啊，吴沫，你是不是跟景晨一样，被那奇怪的声音吵的？啊！难道楼里闹鬼？"

吴沫正在看电影频道，头都没回地说："我什么都没听见，他幻听了吧？"

晚上睡觉前，云夏初建议景晨："你干脆睡客厅好了，没准儿换个地方就好了。"

这招儿效果不错，因为隔着间书房，晚间那奇怪的动静就小了很多。景晨索性搬到客厅地台上睡去了。

只是吴沫的气色一直不见好，夏初担心地询问再三，被问得急了，吴沫转而说："夏初姐，你别管我，你跟陶陶姐说说，让她别去迪厅领舞了。她又不缺钱花，为什么非去那种地方挣钱？什么人都有，我不想去接她了。"

陶陶撇了吴沫一眼随即抢辩："喂！不带这么栽赃我的，我身家再清白不过。"

夏初无奈地拍拍吴沫的肩膀："吴沫，陶陶已经在那里上班好几年了，老板是她好朋友，你不用担心她。"

"反正我不去接你了，你自己打车回来吧，我不想去那种地方。"吴沫愤愤地说。

陶陶气呼呼地过来，揪着吴沫的耳朵嚷："你什么意思，什么那种地方？那是我兼职上班的地方，怎么了？"

吴沫痛得直叫唤，夏初连忙上前把陶陶拽开："好啦好啦，别闹了，有话好好说。"

陶陶这才松手，坐回沙发上。夏初看着两人好气又好笑。

沉默了片刻，陶陶忽然挪着身子靠到吴沫身边，无视吴沫一脸警惕的表情，大大咧咧地搭上他的肩膀："吴沫小朋友，你为什么那么讨厌那个地方？你是不是在那儿被人占便宜了？嘿嘿，我知道，那儿的同性恋和有钱的富婆都不少，像你这样的，啧啧！"陶陶说着，一脸色相的拍拍吴沫吹弹可破的脸颊。

吴沫立即起身，甩开陶陶的手黑着脸回屋了。

"嘿嘿，我上班去了，你别忘了接我，再赶上有人骚扰你，你就报上我的大

名，说你是我的人就行啦，哈哈！”

陶陶一边冲着吴沫的背影嚷着，一边拽着一头黑线的夏初出了门。

十一点，云夏初洗完澡准备睡觉，吴沫打来电话，声音慌乱：“夏初姐，我们，我和陶陶姐出车祸了。”

云夏初立刻睡意全无：“你们现在在哪儿？”

“我们在三环上呢，已经打120了。车坏了，我没大问题，但是陶陶姐晕过去了。她脸上好多血。夏初姐，怎么办？”吴沫紧张得语无伦次。

云夏初吸了一口冷气，心脏瞬间提到了嗓子眼。她一边从床上爬起来穿衣服一边说：“你先别着急，不要动陶陶。警察和大夫很快就会到了。你要镇静，我很快就到。”

景晨站在客厅里，看云夏初惊慌失色地一边喊电话一边跑出来，连忙安慰她：“别着急别着急，我陪你去！”

两人到了医院，陶陶打了镇静睡着了。她只是头撞到了挡风玻璃上，所以流了好多血，吴沫却已经进了急救室。大夫说他被撞断了两根肋骨，正在手术中。云夏初腿一软，眼前金星一片。景晨眼疾手快扶住她，找大夫给她要了一间病房哄着她躺下：“你别着急，一定没事。你先休息一会儿，放心，有我呢。”

点了点头，云夏初欲言又止，景晨握着她的手，微笑着说：“闭上眼睛睡会儿，他醒了我就来叫你。”

云夏初顺从地闭上眼，景晨俯身在她光洁美好的额头轻轻落下一吻。他说：“乖，睡吧。”

他起身轻轻地带上门出去了。云夏初闭着眼睛，感觉额头上温暖一片。

这一觉睡得迷迷糊糊，极不安稳，再醒来时，天光微亮。景晨搬了把椅子坐在她床头，正托着腮帮子打瞌睡，觉察到云夏初的目光，睁开眼睛笑容疲倦。云夏初脸一红，两个人都有些不自在。

“吴沫他，”景晨打破了有些尴尬的气氛，“大夫说已经度过危险期了。我想跟你说一声，看你睡着了，就想等你醒来再说。”

云夏初松了一口气，冲着景晨感激地笑笑。

吴沫醒来时，已经下午三点了。他看见一脸焦急的云夏初，努力扯出笑脸：“夏初姐，放心，我没事。陶陶姐她怎么样？”

云夏初鼻子一酸。陶陶脑门上缠着纱布，在背后吧嗒吧嗒地掉眼泪，半天才哽咽着说：“我好着呢，吴沫，对不起，害你受苦了。”

吴沫笑着，缓缓摇头。

原来，昨晚吴沫去酒吧等陶陶下班。他坐在角落里，被一个香水味儿呛人的男人毛手毛脚地骚扰，正在努力摆托之际，又瞥见陶陶在舞池中央被一群男人的包围着，扭腰摆臀，卖弄风情。心里正窝着火，那个男人却不知死活地已经把整个身子贴了上来。吴沫忍无可忍地将其推倒在地上，冲进舞池，挤到陶陶身边，大声地喊：“喂！我要走了，你自己在这种鬼地方堕落吧，肤浅！”

舞池里的很多人停了下来，看热闹般地瞧着他们。陶陶气得当即跟老板请假，拽着他出门上车。两人一路上吵得不可开交。上了三环，吴沫看着陶陶的裙子短得不比没穿好到哪儿去，于是不解气地补充了一句：“不知廉耻！”

陶陶火冒三丈，立即拳脚相加，于是争执间，二人在三环主路上华丽丽地撞到了护栏上，上演了一场惊心动魄的车祸。

无奈地看着正哭得伤心的陶陶，夏初没好气地拍拍她：“好了，都这么大了比小孩子还毛躁。别哭了，回病房躺着去，小心感染了留疤。”

云夏初回到806，帮陶陶和吴沫去取住院的换洗衣物。打开吴沫的衣柜后，不小心撞翻了一个盒子，结果满满一盒子的彩色玻璃球“哗啦啦”地掉出来，“咕噜噜”地滚满一地，声音清脆，半天才渐渐平息了。她一怔，遂反应过来，景晨说的半夜的声音原来就是这个。她哭笑不得地感叹：“还真是个小孩子啊！”

她悄悄地把盒子带回706收起来，然后不动声色地告诉景晨：“我问了物业，说楼上有一家前几天装修不太注意，可能吵着你了，不过已经装完了，你可以搬回卧室住了。”

景晨依言搬了回去，果然睡得踏实了。他心里虽然纳闷怎么有人半夜装修，但是声音没了，也懒得追究了。

吴沫住院，陶陶辞了酒吧的领舞工作，下了班就去陪床，因为怀着满心内疚，对吴沫照顾得更是无微不至，几乎有求必应。

“明天星期六，你不用做我的饭，我有事要出去。”

正在帮云夏初盛汤的景晨警觉地问："你去哪儿？"

云夏初把汤接过来，回答："珠宝协会每年都会举办一些酒会，业内交流一下，其实也不是什么重要场合。"

景晨忽然来了兴趣，他说："酒会？我可以去吗？"

"不好意思，要出示邀请函的。"夏初表示歉意。

"既然你觉得不重要，那干脆我替你去好了。"景晨凑进了，笑得谄媚又委屈，"我最近业绩不好。"

云夏初被他打败了，这么有激情的推销员，真让人难以拒绝，但是她板平了脸："不行，我们只有两张邀请函，安馨和我约好了一起去的。"

景晨不死心："应酬那种场合多累啊，你还是在家休息吧，女人不应该老抛头露面。"

"不用你操心了，有安馨呢，我必须去，恩依目前需要跟业界大鳄们多交流，OK？"对于能如此耐着性子跟眼前这个伟大的推销员动之以理地解释，云夏初觉得也够为难自己的。

"那算了。"景晨悻悻地坐下，低下头扒拉自己碗里的饭去了。

酒会定在上午十点开始。云夏初早早起床，换了米色的礼服，盘起头发，一切整理好后，换了双高跟凉鞋，拿了包准备出门。这时景晨打开卧室门，睡眼惺忪地看着已经收拾停当的云夏初："这么早，你等会儿，我送你去吧。"

"不用，你睡吧，我自己打车去。"云夏初说着出了门。

昨晚下了一场雨，地面湿滑。云夏初下了出租车，小心翼翼地提着裙角，迈过浅浅的水洼，结果脚下一滑，身体就向后仰去。这时背后一人伸手及时扶住她，才避免滑到。云夏初惊魂未定地站定了，看清眼前的人是个年轻的漂亮姑娘，短发，尖翘的下巴，及膝的金色低胸礼服高贵大方。云夏初连忙道谢："太谢谢了！"

"没关系。"短发姑娘微微一笑，露出整齐的牙齿。

云夏初心存感激地报以微笑，看看背后的水洼忍不住再次庆幸。

"喂，夏初，你怎么才来？"安馨站在入口处，远远地看见云夏初，连忙迎上来，"都等你好半天了，你这个磨叽鬼。"

"呵呵，路上堵车。"云夏初好脾气地笑笑。

“快进去吧。”安馨不由分说地挽起她。

入口的签到处，云夏初把拎包里里外外翻了好几遍：“奇怪，昨天明明放进去了，怎么没了？”于是有些尴尬地看着正在等待检查的工作人员，不好意思地解释：“抱歉，我好像忘了带邀请函了。”

工作人员一脸遗憾：“小姐，对不起，按规定必须要有邀请函。”

“我们是恩依的，收到邀请函了。你看这是我的，这是我们首席设计云夏初小姐，她确实忘记带了。”安馨凑过来解释。

“实在不好意思。”工作人员表示爱莫能助。

“算了，那我就不进去了。”云夏初无奈地耸耸肩。

“我认识这位云小姐，她是我朋友，请让她进去。”

一直站在她身后的短发姑娘忽然开口，把一份邀请函递了过去。

“好的，宋小姐。”工作人员彬彬有礼地回答，“云小姐，请您在这儿签个名。”

短发姑娘冲着云夏初和安馨笑笑，转身进去了。

“你认识她?!”安馨诧异。

云夏初摇头：“不认识，不过刚才在门口差点摔了一跤坐到水坑里去，多亏她扶住我。”

安馨凑近了，压低声音：“宋晗，谢氏的下一任掌门人，目前任谢氏的销售总监。据说为人很亲和，而且有魄力，在业内的口碑很好。近年来，谢氏的势头也越来越旺了，大有向福泽看齐之势。”

“是吗？不是亲眼见过，还真难以置信，这么年轻呢！”云夏初感叹。

珠宝协会的杨理事是云夏初大学时的珠宝鉴定老师，看见云夏初进来，远远地打招呼：“夏初，好久不见。”

云夏初连忙过去：“您好！杨老师，师母近来可好?”

“杨理事，您也来了！”背后传来一个熟悉得过分的声音，云夏初诧异地扭头，看见西装革履、打了黑色领结的景晨笑容满面地走过来。她终于明白自己的邀请函为什么不翼而飞了。

“你来做什么?”云夏初小声地问道。

景晨也小声地回答：“卖酒啊，这里非富即贵，嘿嘿，我发财了！”

他说着，把她颊边散落的一缕头发自然地拨到耳后去。

杨理事看着二人，略感奇怪，却见景晨已上前，挽起杨理事的胳膊：“您不记得我了，上次您跟我买过一瓶红颜容，怎么样，品质相当不错吧?”

这下轮到云夏初备感诧异，这个伟大的红酒推销员还真是无孔不入啊。她眼睁睁地看着二人扔下她相携走到一边去相聊甚欢。

“您好，云小姐，那位先生是?”宋晗不知什么时候走到云夏初身边，与夏初随意地碰了碰酒杯，指着站在不远处的景晨问。

云夏初有些窘迫，总不能说那人偷了自己的邀请函进来卖酒吧，正迟疑着，却见景晨已经作别杨理事，朝着她们大踏步地走来。

宋晗把目光移到云夏初的脸上，看见她的神色里闪过一丝慌乱，遂不着痕迹地莞尔一笑：“云小姐，我很喜欢你的设计风格，回头有时间我们单独坐坐吧。”

“非常荣幸。”夏初这边心不在焉地回答着，那边景晨走近了，径直绕过夏初冲着宋晗微笑：“宋小姐，很高兴能在这儿看见你，可否借一步说话?”

宋晗微笑着颔首，夏初有些意外地看着二人撇下她走到角落里谈笑风生去了。

等酒会结束的时候，云夏初远远地看见，宋晗挽着景晨，双双离去了。

安馨发现云夏初的表情全是不屑，于是压低了声音说：“怎么回事，那两人认识？还挺暧昧。”

“哦！可能有生意来往吧。”云夏初表面云淡风轻，心里却暗啐：“勾搭得还挺顺手，看来这个月业绩有着落了!”

景晨迟迟未归。云夏初十二点多才迷迷糊糊地睡下，夜里惊醒了几次，下意识地顺起耳朵倾听外面是否有动静，中途忍不住出去看了一次。对面卧室开着门，一屋子空荡荡的黑暗。云夏初有些说不上来的失望，愣愣地在过道里站着。

“怕吵到你，所以睡客厅了。”

有个声音，从阳台的榻榻米上传来，在黑暗的光线里带着一向的随意。

云夏初的心跳漏掉一拍，伸手按亮了走廊的夜灯。

景晨半躺在榻榻米上，撑起脑袋，被子滑到了腰间。阳台上泻满了清澈的月光。他的眼睛在月光里黑黑亮亮的，笑意渐浓。

“嗯！我出来倒杯水。”云夏初大窘，在景晨低低的笑声里，连忙低头走向饮水机。

“你在等我?”

景晨的语气里带着不容置疑的笃定，让云夏初生出一股无名火。她回头，瞪着那个皮相好的造孽的男人，一字一句地说：“您卖酒都卖到人家床上去了，我怎么敢拖您后腿。”

哈哈哈！景晨看着一脸别扭的夏初，得意地咧着嘴笑出了声，半晌才收起笑得太过的嘴脸一本正经地说：“夏初，你不要吃醋嘛，我卖红酒向来靠的是真才实学。其实我这人思想很保守的，一向守身如玉。”

“我呸！我吃饱了撑的，犯得上吃你的醋? 你靠什么卖酒，与我何干?”夏初狠狠地啐道，重重地把水杯搁回玻璃茶几上，穿过客厅，甩上门，把那个碍眼的男人隔在门外。

躺在床上，夏初心底却忽然就踏实了，久了，竟有微笑爬上唇角。

# 第十六章　爱情初始很微妙

周四赶上高中同学聚会，夏初提前下班回家，换下套装，挑了一件款式偏保守的黑色长裙，搭一条淡银色的围巾和同色调的凉鞋，化了淡妆。刚刚收拾妥当，陶陶就下来了，一看她的打扮，就嘟起嘴巴："换件衣服。你干吗呀？又不是去参加葬礼。"

夏初汗颜，上下看看自己的裙子："我觉得还行吧，人家明星走红地毯不也经常穿黑色的吗？"

"切！"陶陶不屑，"人家穿黑色是没错，但是人家能露的地方都露着呢。你这款式，跟修女的长袍似的。"

话音未落，就见景晨开门进来，看着客厅里的两人就问："你们在哪儿聚会？我去送你们吧。"

"好啊好啊！"陶陶应着，一边推着夏初进屋，"快去换一件，不然我坚决不跟你一起出门。"

夏初不情不愿地被陶陶推着进卧室去了，陶陶在夏初衣柜里一番搜罗，找出一件高腰线的白色抹胸裙，递给夏初："这件吧。鞋子，就那双银色小羊皮船鞋吧。"

夏初有些为难地把裙子接了过去，在身上稍作比划就摆着手连连否定："别了别了，这件太露了，同学聚会而已，用不着这么打扮。"

"打住！"陶陶说着，不耐烦地亲自动手，解下夏初的围巾，"快点儿换，女人什么时候都要打扮仔细了。"

夏初无奈，只好去衣帽间里磨磨蹭蹭地换上抹胸裙，束腰，平顺光感的质地，只在裙摆上装饰了简单的银灰色花边，于是，整个人看上去就清爽年轻了一大截。陶陶满意地点头，顺手拿过梳子把夏初的头发束起来梳成盘发。镜子里的夏初凭添了一种优雅简洁的气质。

“好了，我们走吧。”陶陶拍拍手，拽着扭扭捏捏的夏初出门。

景晨正在喝水，看见胸部以上全部露在外面的夏初，立即放下杯子皱起眉头：“喂！你不是去参加同学聚会吗？干吗穿得那么暴露？”

陶陶冲他翻了个大白眼：“你瞎说什么？真没品位，这样露哪儿了？多优雅多干净啊！你不知道，当年我们班上，有个帅哥一往情深地暗恋夏初啊，还给夏初写了一首诗。我记得有一句是这么说的，穿着白裙子的你啊，就像一朵小茉莉……”

夏初红了脸，急忙打断陶陶：“等我找件贝壳衫套上，晚上没准儿有点冷。”说完，也不管陶陶的阻拦，跑回卧室从衣柜里找出一件淡银色的贝壳衫套在抹胸裙上，这才稍微自在地出来：“陶陶，咱们走吧。”

景晨沉着脸拿起车钥匙就走，夏初和陶陶紧随其后。上了车，陶陶从包里拿出她的5号给夏初的手腕和耳后喷了点儿，一脸神秘地说：“你知道吗？这次聚会，秦东也参加。他好像刚从美国读完博士，打算回来创业。据准确消息，目前还单身。没准儿啊，还对你旧情未忘呢，嘿嘿！要不你好好考虑考虑，我和班长再出面给你们撮合一下。”

夏初想了想，有些尴尬地问：“秦东是哪个啊？我记不清了。”

陶陶一怔，没好气地撇了夏初一眼：“你这个没良心的，连秦东都不记得。就那个，咱班女生心目中的钢琴王子啊。每次学校演出都有他。你啊，真是缺心少肺，亏得人家把你当成心目中纯洁美好的小茉莉。”

“哦！”夏初在脑海里仔细回想，似乎是有那么一个朦胧的影子，坐在钢琴边上，十指纤长，身姿俊雅。不过上高中的时候，她的世界里除了学习就是石头、玉器、古玩……班里没几个同学聊得熟，所以这会儿认真回想了半天，也没搜罗出具体影像，遗憾地摇了摇头说：“我真想不起来他长什么样了。”

“云夏初，”陶陶伸手在夏初脑袋上一记暴栗：“等会儿见了面，你看仔细了，机会要好好把握。你要不好意思说就包在我身上啦，嘿嘿！”

一直沉默着开车的景晨终于忍不住开口提醒：“别忘了云夏初已经结婚了。”

“哦?”陶陶有些意外地扬起声调，“结婚?你们俩不是合同到期就拜拜了吗?”

景晨噎了半天，甩出一句：“那合同期间不许搞外遇。”

云夏初和陶陶面面相觑，对景晨的这出有些难以理解。

在聚会的饭店门口下了车，夏初好心地提醒景晨：“我也不知道聚会几点结束。你早点睡，不用等我。”

景晨没应声，看都没看夏初，径直发动车子走了。

夏初无奈，回头看见陶陶正一脸坏笑，她说：“夏初啊，我看你们家景晨吃醋了吧。”

“哪有，别胡说。”夏初连忙打断她。

聚会跟以往几年一样，大家的话题围绕着当年的糗事，现今的工作，老婆老公……氛围热闹温馨。

饭到中途，旁边桌上过来一个穿耐克短袖、身材微胖的男人，坐到夏初和陶陶身边，笑着说：“两位美女好。”

夏初迟疑了一下，陶陶已经伸出手去笑着与那人握手：“你好，大博士，听说要回国创业了。”

“还没谱呢，还正在筹备中。”秦东笑得谦虚。

夏初不着痕迹地打量了一下这个陶陶口中当年的钢琴王子，戴着一副无框眼镜，因为有些发福，脸上的五官也被挤得平庸了许多。

三个人聊了一会儿，始终有些拘束和生分。秦东要了陶陶和夏初的电话就回桌了。陶陶小声地叹气：“唉！好好一王子，怎么长抽了。”

夏初抿嘴暗笑。

聚会结束时已经过了午夜。

秦东极为绅士地把陶陶和夏初送回了家，三人在楼下聊了几句才告别回家。

夏初轻手轻脚地进了门，按亮了灯，被斜倚在阳台榻榻米上的景晨吓了一跳：“你怎么又睡这儿?”

“怎么没请你的钢琴王子上来坐会儿?”景晨答非所问，语气里带着淡淡的嘲弄。

“你别胡说，懒得搭理你，我睡觉去了。”夏初觉得莫名其妙。

“如果你的钢琴王子愿意给我五十万，我可以配合你去离婚。”景晨看着穿白色抹胸裙的夏初，神色比平日里多出些许俏皮，脸颊上还泛着浅浅的红晕，心里就觉得有说不出的别扭。

夏初回头，看着似乎是存心要找茬的景晨，心念一转，冲着他莞尔一笑：“我的钢琴王子还得留着钱娶我不是？我再坚持几个月就大功告成了。五十万可以办一个盛大的、童话一样的婚礼啊，干吗要给你！”

说完，夏初转身回屋关上门，洗完澡躺到床上，想起那个找别扭的景晨就忍不住弯起了嘴角。这时，她听见走廊里响起轻轻的有些迟疑的脚步声，片刻后，似乎在她的房门外停住了。夏初下意识地屏住了呼吸，心里有些说不出的紧张和期待。只是，等了许久，并没有敲门声响起，门外的脚步声又踌躇着离开了。夏初侧身冲着门的方向，几不可闻地叹了口气，竟隐隐地生出了失落感，连忙闭上眼睛，喃喃地告诫自己：“快睡吧，别乱想了。”

半夜里下起一场阵雨，窗户没有关上，雨点砸落在窗外空调上的声音吵醒了本就睡得绵浅的云夏初。初秋的雨夜，冷风阵阵。

夏初起床关好窗户，忽然想起客厅阳台上的窗户也没有关上，景晨睡在地台上，雨可能会漂进来。她想起那人一脸别扭的孩子气，心就硬不下去，犹豫了一下遂打开卧室门，蹑手蹑脚地走到地台边上，脱掉鞋子光脚踩上地台。景晨似乎已睡得沉沉的，夏初小心翼翼地跨过他，轻轻地关上窗户，把满院萧条的雨声隔在窗外。

外面是一片茫茫的雨雾，渐渐地在玻璃上起了薄薄的雾气。凌晨光景，风冷冷的，夜色沉沉。站了片刻，夏初悄悄地转身，准备回屋去睡觉。她绕过景晨，探着脚在黑暗的地台边上摸索了半天，纳闷地俯身去找，才发现原本放在那里的拖鞋已不见了踪影。夏初一愣，转而看向貌似睡得很熟的景晨，光线黯淡，却仍见他闭着眼睛扬起眉毛。

“把拖鞋给我。”夏初恼羞成怒。

景晨不说话，于是夏初愤愤地抬脚踹他。

“喂！你轻点儿，谋杀亲夫啊！”景晨哀号。

“快点儿给我。”

“好吧，自己来拿。”景晨不情不愿地指指脑袋上方的窗帘下面。

夏初没好气地凑近了，俯下身子隔着景晨去拿拖鞋。

暗夜中，两人的身体离得很近，景晨的手忽然毫无征兆地抚上夏初的脸，指尖带着微微暖热的温度。他平躺着，面如暖玉，眸如墨玉，定定地看着夏初："夏初，我睡不着，我想你。"

夏初的身体僵住，有种陌生的蜜糖一样的甜暖从心底汩汩地流淌出来。在这样一个大雨之夜，听见他说想她，夏初的耳边忽然就有了嗡嗡的回音绕之不去，思维在一片混沌中理不出一丝清明，天地在雨雾里白茫茫一片。在夏初的错愕中，景晨已撑起身子，拥住她的腰，缓缓地印上她的唇，温柔辗转，唇齿微甜，他的睫毛上挂着潮湿的水汽，微微颤抖。

外面，雨下得越来越大，窗户上已经聚起细细的水流，顺着光滑的玻璃面淌下，滴在阳台外面的空调上，发出此起彼伏的叮咚声。夏初的视线里水汽氤氲。景晨的手，不知什么时候，已穿过睡衣抚上她光洁美好的背，顺着光滑的肌理缓缓地滑向胸口。手掌过处，肌肤上似乎开出了桃花朵朵，暗香扑来，温度骤升，空气热得令人窒息。夏初一个激灵，想要推开眼前这人，但是景晨却不肯松手。他腾出一只手扣紧她的后脑勺，热吻一路沿着脖颈向下，点燃了夏初的心火。

雨越下越小，夜色渐渐恢复沉静，路灯在雨后的夜里寂寥地矗立着。

屋内渐渐地渗进了雨后的凉意，空气里仍有残存的激情气息。景晨目光专注地看着夏初的脸。那里，晕红还未褪尽，掩在半明半暗的光线里，像朵开在夜色里的海棠花，芬芳寂静。头发顺着肩膀垂下，像是茂盛的海藻般柔软地刷过他的手背，心，也随之柔软成一汪清水。

夏初从最初混沌的激情中清醒过来，对上景晨黑亮的眼睛，又窘迫地移开，像是受了惊的小兽。

"夏初，其实，你走错门的那天晚上，我什么都没做。"景晨闷闷地开口，声音不大，却惊得夏初迅即抬头，怔怔地看着他。随后她慌乱地起身，裹上凌乱的睡衣，鞋子也没顾得上穿，就光着脚急急忙忙地穿过客厅跑回自己卧室去了。

心里更是火烧火燎般难以平静！

那就是说，这是他和她的第一次！

她是清醒的，却无法拒绝。尽管心里不愿意承认，但是刚才那一刻，也许她是用身体以及真心接纳了他！

景晨看着夏初落荒而逃的背影，张开口，却没有喊出声，心里忽然也生出一片说不清的焦灼和不安。

窗外，树影摇曳，空气凉薄，他披衣起身，坐在地台边上，看着夏初紧闭的卧室门，许多怜惜和不舍，就在血液里纠结着抓紧胸口，不肯离去。

他想起最初见她，是在恩依的春季新品发布会上，他还记得那季系列叫做春天的圆舞曲。优雅的小提琴、黑白键的钢琴……似乎有欢快的乐音正从那些小巧精致的乐器饰品里流淌出来。

那时他坐在主席台左侧的贵宾席上，手里拿着进场领的新品宣传册，一眼就被封面上的限量版银笛吸引住了。笛子长约三公分，笛身的祥云状图案里，压入了精致的玫瑰色彩金，顶端镶有细小的碎钻，低调而不失潮流品质。他想，恩依的设计师估计是个 PRADA 一样的人物，对时尚的要求完美到苛刻。

但是当安馨介绍完新品，隆重地请出了恩依的首席设计云夏初时，他看见前排有个穿米白色连身裙的姑娘站了起来，戴着一个同样米白色镶钻的发卡，头发顺直地垂在肩上，像是水族馆里的水草，柔软旖旎。全身上下，唯一亮色的装饰物就是手腕上，一串鹅黄色小苍兰做的腕花，整个人，淡然精致。

他忽然想起那句，所谓伊人，在水一方。

但是，那仅是转瞬即逝的感觉，他在那一刻想得更多的却是，那就从这个云夏初入手吧。资料表明，她单身待嫁，性情温和，却是恩依的顶梁柱之一，与雷厉风行的安馨形成互补的格局。两人私交甚好，近年来，云夏初已经拒绝了众多珠宝公司的高薪挖角。对于这点，他颇为自负地认为，那是因为没有他出手。

他想，如果顺利的话，云夏初将成为他实现梦想的重要棋子。

他搬到706，带着云夏初的个人全套资料，年龄、身高、血型、喜好脾性、家庭状况、教育背景等等，准备寻找最合适的切入点。他曾经设想过多种角色，儿时朋友？父母故交之子？慕名而来的粉丝……他绞尽脑汁以求万无一失。那天，他在楼道里碰见独自哭得伤心的夏初，把纸巾递给她，心想，这个貌似性情淡漠的姑娘竟然也能背着人哭成这样，估计是被她那个不入流的男朋友甩了，不过他发现这或许是个好的切入点，正好趁虚而入！只是还没等到他出手，却见醉酒的云夏初意外地走错了门，径直爬上了他的床倒头就睡。诧异的他关了

灯，和衣躺下，听见她迷迷糊糊地说：“外公啊，哪有什么金玉良缘？”呓语间，眼泪就趟过脸颊，渐渐地浸湿了枕头，梦里碰到他的手臂，遂把脸凑近了，抱紧他的胳膊，眉头微蹙，像是受尽委屈的孩子。

他的心里有种陌生的道不明的触动，她把脸枕在他的手臂上，残留的泪痕湿热。黑暗中他怎么也理不清自己的思路，有一刻他想，既然如此，不如当了亲密的陌生人再说，关系越乱机会越多！他摆出痞子劲儿挑逗醉得一塌糊涂的她，却终究僵着身体没有越雷池半步。他说不清怕什么，只是直觉上觉得不应该，不能真的伤害到她。

他不曾料到，他处心积虑而来，甚至利用机会制造亲密的假相，努力把所有的事情都纳入计划之内，但是却说不清什么时候就丢了自己的心。也许最初那惊鸿一瞥，他的世界里就忽然绽开了一朵盛开在初夏的野姜花，清雅寂静，连芬芳都淡到极致，却在不知不觉中填满了他的心。之后，他似乎越来越习惯了同一个屋檐下的生活，看着她成日里一副云淡风轻的表情，被欺负得紧了，会爆发出积攒的怒气，紧咬着嘴唇冲他挥着拳头，偶尔在两人的战斗中占了上风，会转身偷偷地抿着嘴偷笑，明明动了心，却死死地躲在壳里……他知道不应该，却又管不住自己，纠结反复，却越陷越深。

赵致晗把金玉良缘拿到福泽后，他在金玉良缘的推广方案讨论会上极力游说诸位放弃那套方案，私心里期望能留住夏初独一无二的嫁妆，也算是给自己还不确定的心留一条后路。他怕终有一天要竭尽全力来弥补最初的欺骗，那么这套金玉良缘，就当做是攥住了一个打动夏初的筹码！也许到最后，他会不顾一切，想要给她一生的金玉良缘！那天会议结束时，他兴冲冲地开车回家，却看见夏初和吴沫在客厅里聊得正高兴，那一刻他蓦然发现，也许他计划了所有，却单单漏了计划自己的心。

这个大雨夜，他知道已经舍不下，只是不知道还能瞒夏初多久。他想，也许接下来他该想个万全之策，渐渐地攥紧夏初的心，同时曲线推进他的理想。

早晨的例会结束，安馨看着正在收拾文件的夏初，有些好奇地问：“怎么啦，今天腮红抹多了？”

夏初连忙摇头，手不自觉地摸上脸颊：“还好吧，很红吗？”

“嗯!”安馨点头,“跟朵花似的,粉扑扑的。我说,刚流产有三个月了吗?建议你们最好消停点。”安馨说着,一脸暧昧地用胳膊肘撞撞她的腰。

“哪有?别胡说。”夏初连忙否认,脸却更红得一塌糊涂。

安馨笑出了声:“走吧,去我办公室偷摸聊点私房话,嘿嘿!”

“安馨啊!”夏初努力了半天,鼓起勇气,“你说不在安全期那啥,又没带那啥,是不是很容易怀孕啊?”

“那——啥?”安馨坏笑着拐了个升调。

云夏初尴尬地白了她一眼。

“哈!不就是那啥嘛。您都年纪一把了,怎么跟小姑娘似的?有啥不好意思的。”

安馨的嗓门一向不小,有人经过会议室,目光就有意无意飘了过来。

夏初愤愤地抱起文件夹,转身往外走。

“爱卿!你别生气,听我说嘛。”安馨追上了,搭上夏初的肩膀,嘿嘿笑着,压低了声音凑到夏初耳边,“哎,为了安全起见,你去药店买盒毓婷吧,事后避孕。不过,建议以后那啥别那么激情,记得戴那啥,哈哈!”

云夏初依言,下了班偷偷摸摸地去药店买了药藏在包里,临睡前在卧室里撕开包装,把药片放进旅行装的药盒子里,才拿着杯子去客厅倒水。

景晨正在给饮水机换水,两人目光相遇,一时都有些难为情。看见夏初一手拿着药盒子,一手拿着杯子,景晨没话找话:“你吃药啊。”

“嗯。”

“怎么了?不舒服!”

“没,没事,维生素。”

“哦!”

“水还要烧一会儿,你坐沙发上等会儿吧。”

“嗯,好!”夏初把药盒子和杯子放在饮水机边的柜子上,去沙发上看电视了。

过了五分钟,景晨提醒:“水开了,我帮你接好了,我先去睡了,晚安。”

夏初脸微红,头也没回地回答:“嗯,晚安。”心跳得像是揣了兔子,吃完药,又连连提醒自己,别多想,就当另一场意外吧,都是成年人!

# 第十七章　类似爱情

一大早，夏初推开办公室的门，却意外地看见安馨正坐在她的椅子上，表情严肃，似乎有什么大事要说。

夏初放下包，对正好进来送报纸的钱悦说：“钱悦，麻烦帮我冲杯咖啡。”

安馨举手：“也给我来一杯，糖放多点。”

“哦！怎么改口味了，你一向不是不要糖的吗?”夏初笑着问。

安馨放下手里的报纸，看着笑得眼睛弯弯的夏初，长长地叹了一口气：“唉！夏初，你还没看见今天的报纸吧?”

“哦！没呢，怎么啦?”

“嗯，看看吧。”安馨说着，把手里的报纸递给了夏初。

娱乐版上，一张韩国某青春当红偶像的大幅靓照登在最醒目的位置。下面的报道里宣称，这位红遍亚洲的美女即将代言福泽集团旗下一青春系列，双方已初步达成合作协议。

“看来，福泽准备大手笔地开拓中低端产品了，估计对我们的冲击不小。毕竟主打这块市场的公司还不曾有哪家有这么大的实力如此张扬。”安馨忧心忡忡地说。

夏初把那篇五百多字的报道反复看了好几遍，才说：“现在还看不出太多端倪，我们也先别太紧张了，没准福泽就是先炒作造势。我想我们现在能做的，首要还是保证自己的产品品质，加强恩侬的品牌塑造。设计部最近在构思几套新品，还是在品质和创意上做文章吧。”

“唉！看来我们这棵小树苗要在这种暴风雨中继续茁壮成长，还是要靠自己啊，不过我们也要适时地给自己寻找机会。”安馨说着，左手轻敲桌面皱起了眉头，“作为推广总监，我要想办法在品牌推广上做文章，不过鉴于我们经费有限，请不起那样的大牌明星做代言，那我要找些花钱少效果又好的渠道。嗯！我去招集推广部研究一下，你先忙。对了，让钱悦把我的咖啡送到会议室。”

安馨说完，风风火火地出去了，外间随之传来她招呼开会的声音。夏初坐下来，拿过桌上的报纸，开始浏览。

在那个热情的雨夜之后，云夏初和景晨，进入了一个极为微妙的相处时期。两人在公共空间碰面，必定堆满一脸微笑，相互客气地打招呼，睡前互道晚安后各自回屋。睡着前，夏初发现自己还保持着微笑的表情，急忙绷平了脸，暗暗告诉自己：“不要乱想，云夏初，你和他只是协议结婚。等明年合同一到期，就可以友好地离婚了！都是成年男女，那晚就算做你情我愿吧，仅此而已。皮相好成那样的男人，哪能拿来安心平稳地过一辈子。”

夏初这么想着，就有隐隐的落寞。身体上的亲密接触，却让心里那些坚持渐渐地模糊了边际。

梦里，竟然见景晨来道别。他挥挥手，像平日里那样笑得不像好人。他说：“夏初，我走了，你好好保重。”

夏初心里一急，想伸手去抓他。这一伸手碰倒了床头的闹钟，就被闹钟砸在地毯上的闷响惊醒了。想起刚才梦里的惊慌，她不由得愣愣地坐起身子，看着外面天已经亮了，心里竟有些空荡荡的。

早餐时分，两人在餐桌上见了面。夏初看着坐在对面的景晨，正在给面包片涂花生酱。他微低着头，拿着餐刀一层一层地把花生酱细致地抹在面包片上，又一下一下地把边边角角都无比仔细地抹匀了。从夏初的方向看过去，面包片上抹开的花生酱平均厚度误差不超过十分之一毫米，但是，景晨似乎还没有停手的意思。他好像打算把今天的时间就奉献给为面包片涂花生酱这件貌似渺小、实际伟大的事情了。

夏初忍不住清清嗓子，引起景晨的注意。

这下，对面的景晨总算暂停了伟大的涂花生酱工程，看着夏初，笑得温良有佳：“哦？夏初，怎么了？”

“嗯！”夏初习惯性地咬咬嘴唇，“下午吴沫要出院了，能不能麻烦你接他？”

“好啊，等我看看，安排下时间。”景晨说着，伸手去拿手机看日程，一激动，把搁着完美面包片的碟子打翻了。夏初看着那个艺术杰作以自由落体的方式掉落在地上，涂了花生酱的一面恰好冲下，死相哀艳。

夏初忍了又忍，终是没忍住，哈哈地乐出了眼泪。

景晨难得一脸腼腆地摸摸头发，也跟着嘿嘿地傻笑一回。

夏初放下杯子，擦了擦嘴，心情不错地笑着说：“我上班去了，晚上见。”

“哦！好的。”景晨连忙把剩下的半个面包片塞进嘴巴里，口齿不清地说：“我，我送你吧。”

夏初本想拒绝，却见景晨手忙脚乱地把花生酱的盖子盖进了牛奶杯子，溅起奶花无数，他窘迫地把牛奶连同杯子放进厨房水槽里，一脸歉意地说：“等一下，我拿车钥匙。”

夏初忍着笑答应：“那好吧，你别急，时间还早。”

上了车，一时找不到话题，两人尴尬地沉默着。电台里正在推荐一首歌，主持人的声音里带着愉悦，她说：“下面这首歌叫做《小夫妻》，送给现在正通过电台收听节目的所有甜蜜小夫妻，祝愿你们幸福比花儿还灿烂。”

……

喔～小夫妻我的福气

这辈子可以让我爱上了你

这一路

有时晴

有时雨

都没有关系

我们的真心超过钻石对爱的定义

……

十字路口，两人听着歌，不苟言笑地正襟危坐，目视前方等着绿灯亮起，车里开着冷气，夏初却觉得空气越来越闷热。

远远地看见公司大厦，她想不能这样下去了，最近两人之间的气氛让她心神不宁，越来越不安！于是她狠狠心，深呼吸打破沉默：“景晨，那天晚上，就是那天，我想说我们都是成年人，不必太当真，等合同到期了，我们就友好地离婚。我们之间也没有感情可言，所以你不用觉得欠我什么，你明白我的意思吗?”

景晨没有说话，车子已经停在大厦前面，语无伦次了一番的夏初看也没看沉下脸的景晨，立即开门下车，几不可闻地说了声再见。

景晨扭头目送云夏初匆匆逃离的背影，心里生出重重叠叠的失落。他沮丧地趴在方向盘上，直到后面的车子再三地按响喇叭催促，才愤愤不平地发动了车子。好吧，就这样吧，她说不欠就当不欠吧！末了，又冲着后视镜里的自己咧嘴一笑，算了！不跟那只厚壳乌龟计较了，景晨，加油！

安馨招集各部门主管紧急开会，宣布了一件令人激动的事情，她噙着热泪，激情澎湃地宣布：“接下来，我们要全力以赴，迎接恩依发展史上最宏伟辉煌最激动人心的里程碑的到来。这次的机会可谓是千载难逢，而且不是请明星、砸银子就能求得来的!”

这一段拗口的话，生被她说得相当顺溜，会议室里掌声雷动。

夏初坐直了身子，严肃地等着迎接里程碑。

安馨挥挥手，示意大家安静：“昨天，我得到一条可靠信息，著名服饰品牌芬萝打算在国内挑选一家饰品合作商，为他们的秋季新品设计专属配饰。我已经托人把咱们的资料提交给了芬萝中国区一位负责人，接下来，请研发部马上着手收集以往芬萝的产品资料，整理提交给设计部。大家要抓紧，我们要在两周之内，为芬萝打造一套符合他们服饰风格的样品。尽管目前还无从得知芬萝秋季新品的具体内容，芬萝方面现在还不能透漏，但是我们要尽全力做出能打动他们的设计！因为，对恩依来说，这是千载难逢的机会！当然，竞争这笔单子的还有福泽等一线大品牌。”

听到最后这当然的部分，坐在旁边的钱助理扭头看看夏初。两人目光相遇，忍俊不禁。

“但是，我们要对自己有信心，虽然现在我们的竞争力还稍显逊色，但是如果能拿下这笔单子，借芬萝的品牌号召力，恩依就有机会跻身二线甚至一线品牌。大家要上下齐心，拿出恩依的精神，迎接恩依的里程碑。”安馨激情有力地

收了尾，挥挥手，示意散会。

大家鱼贯而出，夏初跟在安馨身后，小声地说：“刚才看您那激动劲儿，我还以为里程碑已经送到门口了呢，敢情碑刻没刻都还没谱呢。”

安馨一愣，遂举着文件夹拍拍夏初的脑袋，嚷嚷着：“云夏初，你被你老公宠坏了，幸福过头了吧？竟然越来越爱耍贫嘴了。”

“晕！跟他没关系。”夏初抢辩。

“不过夏初，我刚才没说，其实芬萝是慕名直接联系的福泽，而这消息就是从福泽透漏出来的。”

“哦！这么机密的信息，福泽怎么会如此大意?”

“我开始也怀疑其真实性，但是我朋友说消息是福泽一个高层那里走漏的，而且我已经极力托人向芬萝推荐了咱们。从芬萝方面的回应看，确实属实。”

“那咱们要好好努力，一旦成功了，要去谢谢福泽，嘿嘿!”

“夏初，唉！你这孩子，看来真被宠坏了!”安馨打趣。

下了班，景晨如约来接夏初，微笑着打招呼，似乎心情挺好。夏初坐上副驾偷偷地松了口气，卸掉了压在心里的石头，却不知为什么连带着心脏里似乎也缺失了一块，有点轻飘飘、无处寄托似的。

去医院里接了陶陶和吴沫，一行四人在外面吃了饭回到家，下了车，就见一人坐在楼门口的台阶上。陶陶正在和夏初聊天，转脸看见那人，当即愣住了！而那人缓缓地从台阶上站起来，喜出望外：“陶陶，你回来了！我，我问了咱班同学，她们告诉我你家地址。”

夏初也愣住了，那人是，张禾。

陶陶回过神，走过去冷冷地问：“你找我有何贵干?”

“陶陶，”张禾为难地看了看站在后面的夏初和景晨，支吾着说：“我能单独跟你说会儿话吗?”“用不着，我们有什么可单独聊的？你就在这儿说吧!”陶陶厌恶地催促。

张禾涨红了脸，一咬牙目光直直地看着陶陶：“陶陶，这几年来，我想得最多的人还是你。我发现我爱的女人其实是你。陶陶，请你原谅我那时的鬼迷心窍。”

陶陶意外又惊奇地瞪大了眼睛，看着面前这个曾经差点成了自己老公的男人，临结婚前说发现爱的是别人，时隔三年后，又跑来一往情深地说发现爱的还是你。

“喂！我说你是不是精神不正常啊？怎么总有新发现？”陶陶先是错愕，继而凉薄地挖苦着。

“陶陶，你给我个机会吧。你们宿舍人说你还没有结婚，你是不是还在等我？”

“我呸！您还真好意思把自己当个人看。”陶陶恼羞成怒，指着张禾的鼻子叱责：“您那时过了河把桥都拆了，这会儿又想过桥回来。哼！您省省心算了吧，我认你哪根葱啊？你还是在河那边凉快着吧。”

张禾的脸羞成了猪肝色，小区巡逻保安闻讯正走了过来，夏初连忙拽了拽陶陶：“别生气，陶陶，先回去再说，别在这儿吵。”

陶陶一跺脚，怒气冲天地刷开电子门。夏初瞟了一眼张禾，此人受了辱却压根没有要走的意思，反而紧跟着进了楼门。

一行人沉默着进了806，张禾自行坐在沙发上。夏初无奈地看看沉着脸的陶陶和一脸谦卑的张禾，转身去厨房泡茶了。景晨和吴沫立即跟了进去：“怎么了，怎么了，夏初，那人是谁？”

夏初一头黑线，扫了眼客厅里，压低声音说：“不关你们俩的事。那人是陶陶以前的男朋友，当年差点结了婚，也不知道为什么这会儿又找回来。先让他们好好谈谈吧，毕竟曾经也算是患难之交。”

这时，却听陶陶在外面喊：“吴沫，吴沫你过来。”

“哦！叫我？来了。”

陶陶拍拍沙发，示意他坐到自己身边。吴沫纳闷地看看她。陶陶伸出胳膊亲昵地揽上吴沫，脑袋一歪靠着吴沫的肩膀，冲着张禾微微一笑：“忘了介绍，这是我男朋友，吴沫。我们已经同居了，很快就要结婚了，到时候请你来喝喜酒。”

吴沫吃惊地扭头看着陶陶，正想要澄清，却被陶陶暗暗地掐了一把，随着递过来一个狠狠的眼色。吴沫只好冲着惊异的张禾微微点头，非常不自然地笑了笑，说：“您好！”

张禾看着眼前这个比陶陶还水灵的小男人，一时有些搞不清状况。

陶陶却已经起身送客："对不起，张先生，我男朋友大病初愈，还需要静养，就不留您了，再见。"

"陶陶，"张禾支支吾吾，"我能不能借住两天，我没有地方住。"

"什么，要住我家，不可能！"陶陶嚷着，甩开吴沫上前把张禾往出推，"外面酒店多的是，别跟我这儿添堵。姑娘我不客气地说，我这辈子再也不想看见你。"

张禾被推到门口，他抓着门框回头大声地说："江陶陶，我本来想过来跟你叙叙旧，慢慢商量。既然你这么绝情，那我也就实话实说了吧，请你把当年卖房子的钱给我一半，那是我应得的。"

张禾换掉了刚才可怜兮兮的嘴脸，理直气壮。

陶陶闻言，禁不住冷笑出声："哼！原来您就是想要卖房子的钱啊，您想要您就直说呗，绕那么大弯子，也不嫌恶心。"

张禾的脸红一阵白一阵，他梗着脖子撕破了脸皮叫嚣："对，我就是要拿回应该属于我的那份钱，你不给，我就住这儿不走了。"

屋子里三个人看着忽然翻了脸的张禾，一时目瞪口呆。

陶陶一个巴掌甩了上去，张禾被打得愣在原地。眼见着陶陶的巴掌又甩了过来，景晨和吴沫连忙过去挡住盛怒的陶陶。夏初把陶陶安置到沙发上坐好："先别上火，不是当年都签了合同了吗？他没道理来要。"

陶陶一听这话，立即奔回屋，片刻后拿出两张纸摔在张禾面前："看好了！这是我们签的协议，房子的那一半产权你已经赠予我了，这张是公证过的委托出售协议。"

张禾瞪着两张纸，忽然抓过那张赠予协议迅速地揉成一团塞进嘴巴里去了。屋子里其他四个人难以置信地看着他。最先反应过来的景晨冲过去，把他按在茶几上，怒喝："吐出来，快点！"

但是已经来不及了，张禾翻着白眼生把那张纸给咽下去了。

他抓过茶几上的水杯，一边喝水一边叫嚣："我已经问过律师了，赠予协议没有公证。现在我撤销了它，你就应该把我应得的给我。"

站在旁边的景晨，忽然一个直拳上去把一脸无赖相的张禾打翻在地，鼻血汩汩地流了出来。吴沫过去狠狠地补了一脚，陶陶连忙过去拦住他，唯恐他弄坏了伤口。

被打懵了的张禾半天才从地上爬起来，不无惊恐地看着景晨和吴沫，气焰消了大半，只是仍旧不死心地嘟囔：“我要告你们殴打我。”

景晨过去，拽着张禾的衣领：“反正你也要告一次，不如我再打重些，否则法医不好取证。”

“别，别打！”张禾连忙抱着头躲开。

“那快滚！”

景晨一松手，张禾立即连滚带爬地出了门，然后又不死心地回头扔下一张便笺纸：“江陶陶，三天内想好了给我打电话，不然咱们法庭见。”

张禾骂骂咧咧地走了，陶陶气得直跺脚。景晨捡起那张写了电话号码的便笺纸，看着同样焦急的夏初，说：“别急，我问问律师。”

片刻后，景晨了收起电话，从阳台上走回来，轻轻摇了摇头说：“我朋友说，这种情况下，他毁了证据，到法庭上要是一口咬定没有赠予这回事，我们胜算不大。”

“我绝对不会把钱给那个王八蛋！”陶陶怒火中烧，吴沫搭上她的肩膀，安慰着：“别急，一定有办法。”

景晨低下头略作沉思后，说：“大家先不要担心了，这电话我收着，你们不用管了，这无赖就交给我吧。”

屋里另外三人诧异地看着他，异口同声：“你有办法？”

“嘿嘿，瞧好吧。”景晨走过去揽过夏初，笑得高深莫测：“本人自有高招，夏初，咱们回家吧，让吴沫好好休息！”

# 第十八章　其实都是好孩子

被半强制地揽着出了806，顺着楼梯往下走，夏初有些不放心地仰起脸问：“你到底有什么办法，律师不是说胜算不大吗?”

“哈，说了让你不要管了嘛！来，香一个。”说着，竟然凑过来没正经地在夏初脸颊上“吧唧”亲了一口。夏初潜意识里做出反应然后抬起胳膊肘撞了过去。景晨弯腰后撤，笑得嘴巴咧得快没边了：“嘿嘿！进攻得当，防守成功。”

夏初不动声色，甚至回头笑了笑说：“功夫见长啊，快点回家吧。”

景晨错愕地收起笑，想起刚才夏初的笑，竟然带着云里月亮一样的明媚羞涩，他有些出乎意料地抬脚跟上夏初的步子。

站在706门口，夏初翻了翻包，扭头冲着景晨又是浅浅一笑，伸出手说：“我好像把钥匙落在公司了，你的给我。”

“嗯，好。”景晨二话不说，从裤兜里掏出钥匙递了过去。

夏初把钥匙捅进去打开门，忽然说：“你看看电表，咱家还有多少字，好像快没了。”

景晨领命，立即勤快地回头奔楼梯口的电表箱去了，片刻后就听见他嚷：“还多着呢，不用急着买。”

他话音未落，就听见身后，门“哐当”一声被撞上了。他连忙跑过去，按着门铃喊：“夏初夏初，我还没进去呢。”

夏初忍着笑，置若罔闻。

景晨回过神，明白云夏初是故意的。

过了大概一刻钟，云夏初发现，楼道里敲门的景晨似乎已经偃旗息鼓有一阵子了，她笑着过去打算开门把他放进来，手刚抓到门把，就听见景晨敲着门，伴随着凄惶地哭诉："老婆啊！我错了。我以后再也不敢这么晚才回家了。你别生气了，快点让我进去吧。"

云夏初背上起了一层鸡皮疙瘩，她不假思索地打开门就想捂上那张没遮没拦的嘴，以防把邻居们吵出来。

门一开，云夏初倒愣住了，外面，邻居们已经被景晨请到了门口帮他叫门。看见夏初开门，对门大姐立即劝道："小两口甜甜蜜蜜地过日子多好，别吵架了啊，快让他回家吧。"

"对啊，快进去吧，这么晚了。"大家七嘴八舌地劝着。

夏初一头黑线，景晨背朝邻居们冲着夏初挤眉弄眼，嘴里却没消停地哀号："老婆，我错了。我以后下班就回家陪你，老婆。"

夏初伸手一把把他拽进门，冲着邻居们歉意地笑着说："不好意思，这么晚了打扰大家，真是对不起了！"

热心的邻居们这才各自回家去了，夏初挥手跟对门大姐道了晚安这才掩上门，立即冲到沙发前，看着悠闲自得的景晨就觉得气不打一处来："你能不能消停点？你爱丢人现眼我管不着，不过警告你别带上我。"

景晨看着双手叉腰、一脸怒气的夏初，笑眯眯地说："老婆，你再欺负我，我就去居委会大妈那儿告状，对了，还有三楼王大妈，她最热心。那天还问我，你是不是跟八楼那个姑娘同居了，我说，不，是结婚了！嘿嘿！"

夏初差点抓狂，她气愤地抓起沙发上的靠垫砸向景晨，愤愤地说："你不用卖红酒了，你当演员一定能红得发黑！"

景晨一本正经地纠正："不，卖红酒是我的理想。"

呸！

隔天，夏初还没下班，陶陶就打电话过来，兴奋地说："夏初，你们家景晨真厉害，真把那个无赖搞定了，刚才我收到了张禾主动快递过来的一份新的赠予协议。哈哈，太搞笑了，晚上请你们仨吃饭。"

夏初挂了电话，心想，看来无赖还是需要更无赖的来对付，不过还是忍不住好奇地拨了景晨的电话。

景晨在电话那头笑得故弄玄虚，在夏初不耐烦地催促里忽然冒出一句："对了，回家你把活动经费给我报销了。我有发票，是真的。"

夏初二话没说地挂断电话，心里把那个超级无赖骂得狗血喷头。

晚饭餐桌上，在陶陶的再三追问下，景晨才道出实情。

他说，昨天下午他给张禾打了电话，说陶陶愿意把钱给他，约他晚上九点在一迪厅包房见面。

张禾不疑有他地去了，结果进去就被人压住，一把锋利的匕首在眼前晃来晃去，期间服务生送果盘进来，竟然对张禾求救的眼神视若无睹。于是张禾没抗争多久，就战战兢兢地同意在新的补充赠予协议上签字。

出门碰见了巡逻的警察，张禾立即过去一把鼻涕一把眼泪地报警，当事人当时都在场。在张禾的指证下，警察还把刚才送果盘的服务生叫来，结果服务生说，他进包房就见张禾想卖药，才被人揍了。

张禾急忙为自己辩白，警察上前一搜身，就在他包里发现了一包 K 粉，张禾当即吓得面无人色。

夏初也被吓了一跳，连忙问："不用那么整他吧，贩卖毒品可是大罪。"

景晨笑着给夏初的杯子里添满可乐，然后说："谁让他那么主动地找警察去了。嘿嘿，不过就是吓唬他而已，那白粉就是面粉。警察当时就发现了，把他带回去拘留了一晚上。我上午就找人把他保出了，这会儿他应该已经离开北京回老家去了。那协议可是他主动提出要亲自寄给陶陶的。"

景晨说着，看看另外三个人一脸诧异地看他，嘿嘿一笑："不用那么崇拜我，以后有事尽管找我。"

夏初侧身靠近他，低声问："你怎么认识那些混黑道的人？"

"这有什么啊？"景晨得意地扬起眉毛，"我是个做高档红酒的，向来三教九流结交广泛。我跟你们说啊，黑道大哥都是财大气粗并且很懂享受的人，经常请我去鉴别一些极品红酒，跟我关系倍儿铁。对了，你们要是认识有钱的人，不管黑道白道的，记得要介绍给我认识，我给你们付提成。"

夏初冲着对面的陶陶和吴沫耸耸肩，说："吃饭吧，这儿的菜做得不错。"

饭后四个人刚出了餐厅的旋转门，就见宋晗正拾级而上，看见夏初一行，遂微微一笑：“真巧啊，跟朋友来吃饭？”

夏初点头微笑，就听见景晨说：“嗯，真巧！”

双方擦肩而过，宋晗忽然回头说：“邀请函收到了吧？别忘了明天晚上准时来。”

夏初有些诧异，景晨利落地回答：“收到了，明天见。”

宋晗挥挥手，收起笑容转身进了餐厅。

陶陶好奇地凑近夏初，小声地问：“那是谁啊，看见她那包包没，FERRAGAMO 的最新款，刚在意大利上市。”

夏初扫了一眼景晨的侧影：“他那些有钱的客户之一，谢氏珠宝的掌门人。”

“原来如此。”陶陶了然地点头，上了车又不无好奇地问景晨：“你真有才啊，勾搭上那么有钱的美女。她邀请你做什么？”

景晨从观后镜里看见坐在副驾上的云夏初，她的脸上云淡风轻，没有丝毫介意的迹象，于是有些郁闷地回头，冲着好奇的陶陶摆出得意的笑脸：“明天宋大小姐过生日，邀请我参加。”

“哇塞！你面子真大。”陶陶拍着他的肩膀夸张地嚷着。

云夏初扭过头抿嘴轻笑，语气不愠不火：“恭喜你！看来男色时代已经到来！你相当有资本，要好好利用。”

景晨的目光不无哀怨地从夏初的脸上扫过去，耷拉下嘴角，目视前方愤愤地发动车子。

回到家，夏初径自进了书房。

隔了一阵子，景晨过来敲开门，探进脑袋一脸贱兮兮的笑：“你说，我送什么礼物好呢”？

夏初正在电脑前面看芬萝的资料，眼皮都没抬，冷冷地扔过一句：“你随便。”

景晨悻悻然地带上门出去了。

十分钟后，门又一次被敲开了。这回，他胳膊上挂了几十条领带，喜气洋洋地问道：“我明天穿那件淡蓝色衬衣，你说配哪条领带好。”

夏初摘下眼镜，起身过来，在景晨面前站定，抬起手漫不经心地掠过一排领带，倾身面带微笑地问：“你非常想听我的建议吗”？

“嗯，非常想，你也知道，我不能在一个千金大小姐面前丢脸。”景晨点头，语气迫切而真诚。

“你找条红色缎带，长一点的，在脖子上系个大号蝴蝶结，然后礼物你也不用单独准备了。这样你下半年的销售业绩都有着落了。”夏初说完，伸手按着那张讨人嫌的脸把他推了出去，使劲地甩上门，恨恨地啐到：“真是贱得出奇!”

陶陶却在临睡前给夏初打了个电话。

她说：“夏初，说实话，你们家景晨真的是个挺闷骚的好人。我觉得，你应该努力跟他修成正果，那是你的福气。”

夏初对这番话颇感纳闷。

“刚才张禾给我打了个电话，非常诚恳地向我道歉。其实事实不全像吃饭时景晨讲的那样。”陶陶的语气幽幽的，似乎非常感慨，“景晨是找人把张禾整进派出所蹲了一晚上，但是上午是他亲自去接的张禾，也没打他，反而问他是不是有什么苦衷。张禾被吓坏了，本来已经打消了问我要钱的念头，在景晨的询问下，就万念俱灰地说了实话。他两年前就离婚了，生活很拮据，而他母亲最近被检查出患了乳腺癌，需要一大笔钱动手术。他跟我们同学借了一圈，也没凑到多少，我还特意跟我同学求证了一下。后来他说他实在没办法了，就想起当年卖房子的钱。他也知道当年对不起我，看我不念旧情，索性就想出毁了合同打官司的主意。夏初，你知道吗?景晨借给他五万，而他跟我们只字未提。他或许是不希望我为难吧。张禾说，等他手头宽松了，一定会尽快把景晨的钱还了。他那天太冲动了，他说他不该再来伤害我一次，所以特意打了电话来道歉。”

陶陶说着，不胜唏嘘。

“夏初，我想好了，我明天就去取钱，替张禾把景晨的钱还了，然后再还给张禾十万。那是他应该得的，那房子毕竟有一半是他的，而且现在是给他妈妈做救命钱。其实当年也是我太小心眼了！对了，替我跟景晨说声谢谢!”

“嗯”夏初应着，莫明其妙地跟着红了眼圈。

她挂了电话，打开卧室门，看见对面的门关着，灯已经熄灭了。夏初站了很久，看着那扇无声的白色木门。门里那个人一天到晚吊儿郎当，他到底哪一面、哪句话，是真的?

在最短的时间内完成了丰富详尽的前期调研，安馨把芬萝的全方位分析报告递给夏初，握拳做了个加油的手势：“夏初，我们加油，准备背水一战吧。如果成功了，以芬萝的品牌号召力，对恩依的提升绝对超过在央视黄金档做广告！”

夏初接过资料，郑重地点了点头说：“我们全力以赴，现在招集设计部和推广部一起到会议室讨论。”

芬萝的服饰风格时尚大气，不盲目追逐肤浅的流行，一向以自成一派的简约优雅著称。

因此，经过集中的头脑风暴，设计部基本达成初步方案，整体设计风格着重于用简单来表达丰富内容，以最简约流畅的线条来诉说包罗万象的自然元素的内涵，比如流水、雪花，甚至捕捉风的线条……

设计主体思路初步通过后，大家开始着手于具体的设计环节。

景晨回家的时候，已经快十二点，夏初正在书桌前，仔细地思考设计稿。

“哈喽！晚上好！”景晨敲开门，西装革履，扎着一条闷骚的水蓝色锻面领带，扬起帅气的眉毛，笑得洋洋得意。

“心情不错嘛，礼物送出去了？”夏初的目光始终没离开草图。

“嘘！这是秘密。”景晨伸出食指晃了晃，吹着欢快的口哨回屋去换衣服了。

“德性！”夏初冲着他的背影扮个鬼脸。

“你画的什么？”

被背后忽然发出的声音吓了一跳，夏初扭头看见刚刚洗完澡的景晨站在背后，手托着下巴，好奇地看着自己的草图，于是不耐烦地回答：“别瞎问，说了你也不懂。”

“哦！我看看。”景晨俯下身子，拿起放在书桌上的几张手稿，下巴搁在夏初的肩膀上，双臂自然地环绕着椅背和夏初的身体，须后水的清凉味儿让夏初一时僵住了，不知是该假装若无其事还是立即起身推开他。

“这张是，两片雪花，这张，不规则的流苏状，我觉得有点像流水。”景晨一张一张地翻看草图，一边自语，“这张，有点像祥云，又不太规则。难道你想

画风？嘿嘿。”

夏初一惊，伸出手不着痕迹地推开景晨，拿回草图，声音淡淡地说：“我要洗澡睡觉了，你回屋吧。”

景晨收回手，抱着胳膊，看着夏初有些慌乱地收拾散落在桌面上的草图，忽然开口：“今天晚上，我凑巧认识了一个人，是宋晗极力邀请的。我打听过了，宋晗以前从不公开过生日的，这是第一次。那个人叫苏珊，据说是芬萝的什么重要人物。party 快结束的时候，我恰好听见苏珊在跟宋晗聊芬萝的下季新品风格是……”景晨说着，故意顿住了。

夏初心里一惊，转过身，极力地让自己的语气平静如常：“是什么?”

景晨翘起唇角，眼睛弯成月牙，一只手伸到夏初面前，手心向上：“下面的内容需要付费，一万如何？这个你还可以找安馨报销嘛。我估计对你们很重要啊！放心，我给你提供正规发票。”

夏初气得牙根痒，恨不得抬手把眼前的笑脸拍扁了，她冷冷地说：“我怎么知道我付了钱，你说出来的，不是废话。”

“你不相信我的信誉?”

“你有信誉可言吗?”

“那好吧，算了，交易失败。”景晨无所谓地摊开手，抬腿打算回自己屋去，他走到门口，又回过头眨眨眼，道了晚安，还顺便帮夏初带上门。

夏初一狠心抓过钱包，追上去拉开门，恨恨地说：“成交。这卡给你，里面有一万零几百，几百赏你了，密码是家里电话号码去中间两位。”

景晨喜笑颜开地把卡接了过去，冲夏初吹个飞吻，附身过来凑到夏初耳朵边上：“芬萝的下季新品叫做风情 CHINA，据说融合了很多中国传统文化元素，因此，配套饰品应该也别太时尚西化了吧。我想这应该也是他们为什么要来中国找饰品公司为新品设计配套饰品的原因。”

景晨的一席话惊得夏初一身冷汗。她立即回屋给安馨打了个电话，通报了最新状况，决定明天开会，集中讨论新的设计方案。

过了一会儿，景晨的门被敲开了，夏初面无表情地递过一张纸条，言简意赅：“卡的密码。”

景晨瞪大了眼睛，直到夏初回屋关上门，才把着门框，扯着嘴角笑出了声。

又过了一会儿，景晨的门再一次被敲开了，一张现金支票递了进来："差点忘了，陶陶决定卖房子的钱分给张禾一半，这是替张禾还你的。她说谢谢你！"

"哦！"景晨倒有些意外。

"你出手倒挺大方。"夏初不无讽刺地说，"可是倒不见你忘了问我讨要各种活动经费。"

"嘿嘿，我劫富济贫嘛。"景晨转着支票，讪笑着。

夏初本想夸他两句，听到这儿遂没好气地白了他一眼，立即回屋。

上午，夏初正在会议室里和大家进行头脑风暴，创意新的设计构思。

手机震动的时候，她随意地撇了一眼，却发现是陶陶妈打来的，心里有些纳闷儿，遂接起电话一边示意大家继续讨论一边走出了会议室。

陶陶妈的语气非常的神秘，她说："夏初，你现在说话方便吗？"

夏初下意识地左右看了看空荡荡的走廊，回道："方便，您说。"

"哦！那阿姨跟你打听一下，跟陶陶同居的那个孩子是哪儿的人啊？多大了？哪个学校毕业的？现在在哪儿上班？"

夏初一头黑线，连忙解释："阿姨，您可能弄错了，陶陶和吴沫不是同居。吴沫是我学弟，暂时借住我们家的，他今年才二十二，学建筑设计的，研究生刚毕业。"

"哦！才二十二，那是小了点，他爸，你看？"

夏初听见电话那头，陶陶爸和陶陶妈貌似正在小声商量着什么，有些好笑地暗道："这个陶陶，宁死不愿意好好找个男朋友，让叔叔阿姨有操不完的心。回头一定要好好劝劝她去。"

"夏初，夏初，你在听吗？"电话那头，陶陶妈焦急地问。

"嗯，阿姨，我听着呢，您说。"

"夏初啊，阿姨刚跟叔叔商量了，年纪小也没事。我昨天过去恰好看见那孩子了，长得真招人待见，看着也是个老实孩子，而且研究生都毕业了，真是年轻有为，关键是那个眉毛眼睛，跟严大师画的可真像。还真是别说，严大师挺神的，那孩子叫吴沫是吧？夏初，既然是你学弟，那你好好给撮合一下。我昨儿看了，两人没准儿有那么点意思呢。夏初，听阿姨的，给他们添把柴火。"

夏初听着，有些哭笑不得，看来叔叔阿姨真是给逼急了，忙出言安慰："阿

姨，您先别着急，等我旁敲侧击地摸清情况，再跟您详细汇报。”

“夏初，阿姨可说的是真的，你别不当回事。阿姨希望陶陶能跟你一样，早日找个好归宿。你看你现在多幸福啊，景晨可是个难得的好孩子。上周他来看你舅妈，还特意陪着我们两个老太太逛了回商场，帮我们挑了两件衣裳，穿上人家见了都说好看。你说现在的小青年，像景晨那么孝顺又有耐心的还真是不多见。胡同口马大爷住院了，还是景晨找同学给张罗的。有个熟人在医院就是踏实。我说夏初啊，你可要知道惜福，好好过日子…… ”

陶陶妈在电话那头絮絮叨叨，夏初在电话这头连连抹汗。那个家伙不知道打的什么坏主意，就快把整个胡同的大爷大妈们都收买了。这样下去，明年合同到期，两人一离婚，大爷大妈们肯定把所有的不是都推到我身上来。她一想这个可能，脑袋顷刻大了三圈。

# 第十九章　当爱已成真

夏初在晚饭餐桌上，正式地向景晨抗议："你以后别去我们家转悠了，你打的什么主意啊？明知道我们合同到期就离婚，我又没欠你什么，你干吗存心给我找难堪！"

景晨一听这话，倒是一脸无辜："我没存心啊，我路过顺便去了几趟。你们胡同里的大爷大妈太热情了，都把我当自家人，我也不好意思拒人于千里之外吧。"

夏初无语，心里明白其实说了也白说，又不能天天看着他，自己还是费心想想离了婚怎么跟家里解释吧。夏初想着，索性也不搭理景晨了，默默地吃完饭搁下碗筷就打算去806看看陶陶回家没，刚想着还没出门，陶陶的电话倒打来了："夏初，快点儿上来。"

夏初领命即刻上楼，吴沫还没下班，陶陶半躺在沙发上，看见夏初，一脸痛苦地说："夏初，我小腿肌肉好像拉伤了，疼得动不了。"

云夏初走近了一看，陶陶的右小腿外侧淤青一片，连忙去冰箱里拿了冰盒出来，用毛巾把冰块包起来，小心翼翼地敷在陶陶的淤青处："很疼吧，要不行就去医院。"

陶陶摇头："不用，就是肌肉拉伤了，休息两天就好。"

拿了一个靠垫让陶陶靠得舒服了，云夏初不无好奇地问："你怎么搞的，常年跳舞，怎么还会拉伤肌肉呢？"

陶陶痛苦的表情里涌出一丝窘迫："我，莲花座坐的。"

"啊！"云夏初备感诧异，"您都能当瑜伽教练了，竟然坐莲花座会受伤。"

“不小心，坐的时间久了点。”

“坐了多久，坐成这样？”

“好像有一个多小时了吧。”

云夏初瞠目结舌：“您想什么呢，坐那么久？”

“没，没想什么。”陶陶结结巴巴，脸颊上不知道是不是因为伤处痛得厉害，涨得通红。

狐疑地看着陶陶越来越红的脸，云夏初还没来得及问到底怎么了，吴沫开门进来。看见云夏初和沙发上半躺的陶陶，他脸上的表情有些别扭，俯下身子在玄关里磨磨蹭蹭地换鞋子。直到云夏初怀疑他那双鞋是不是长到脚上了，才见他站起身，一脸不自在地走过来，闷闷地叫了声：“夏初姐，你在啊。”

云夏初纳闷地点头：“你怎么啦，也不舒服？”

吴沫连忙摇头：“没有没有，可能，可能天气有点热吧。”

“哦，没有就好，陶陶小腿肌肉拉伤了，要好好休息，你去做饭吧。”云夏初吩咐着，发现吴沫不知道什么时候换了个发型，额前的碎发统统剪没了，露出帅气的眉毛和细长的眼睛，倒是多了几分英气。

夏初也赫然发现，吴沫的眉眼和陶陶拿回来的那幅面相，确实有三份相似之处。

陶陶的眼睛始终没离开电视，吴沫领命连忙奔厨房去了。

眼前这两人的表情都相当不正常。云夏初忽然想起陶陶妈那句“我看两人没准儿有那么点意思呢”，这么看来，似乎是有点不太正常。夏初倾身靠近了，小声地说：“你老实说，坐莲花座的时候，是不是纠结喜欢上吴沫的问题了？”

陶陶极其震惊地仰头，看着云夏初，半天没说出话来。

夏初看了看正在厨房里忙碌的吴沫，冲着陶陶眨了眨眼，说：“姜还真是老的辣啊！我隔三差五地看见你们俩，也没发现啥端倪，你老妈一次就看出来。佩服啊！”

“什么？我老妈看出什么了？你怎么知道的？”陶陶惊讶得“嗖”地一下坐直了身子，瞪着云夏初，紧接着就“哎呦”一声，抱着小腿疼得冷汗直冒。

“怎么了？”吴沫闻声立即跑出来，蹲在陶陶身侧，一脸关切地问，“是不是很疼？咱们上医院吧？”说着就作势要去抱陶陶。

“不用，没事。”陶陶挣扎着拒绝，痛苦地皱紧了眉头。

夏初看着，忍住笑一本正经地说：“吴沫，我还有工作要着急赶出来，陶陶姐就交给你了，你负责照顾她啊。”

吴沫点头：“好，夏初姐你回去忙吧，我会照顾好陶陶姐的。”

夏初起身，一脸神秘地凑到陶陶耳朵边上，耳语：“你老妈下旨了，年纪小点没关系，嘿嘿。”

陶陶涨红了脸，瓮声瓮气地回道：“老娘我吃嫩草怕牙碜。”

“嘿嘿！你吃了再说！”

吴沫看着笑眯眯的夏初和脸涨得越来越红的陶陶，也莫名其名地觉得脸颊发热。

夏初拍拍他的肩膀：“记得把饭做得好吃点，别让陶陶牙碜了。”

夏初回到706，景晨看见她笑得眉飞色舞，忍住不好奇地问：“干吗那么高兴?”

夏初闻声，敛起笑容，想了想很严肃地问：“你说有什么办法可以撮合两个明明互相有好感的男女?”

“哦?”景晨扬起眉毛，“你是说，陶陶和吴沫?”

“啊？你也看出来了?”夏初甚感意外，忍不住自责，难道我就那么迟钝?

“只是感觉而已。”景晨微微一笑。

夏初连忙过去，坐在景晨身边认真地发问：“那你有办法吗？陶陶不承认。虽说两人年龄差得多点，不过搁现在这也不算问题，吴沫和陶陶的品性习惯，我再熟悉不过了。所以我觉得两人其实非常搭调，而且陶陶的老爸老妈也觉得合适。”

“你周末有空吗?”景晨答非所问。

“你有办法?”

“嗯，如果你这周末有空的话，我有妙计。只要你成功配合，一定会让他们突破暧昧。”景晨高深莫测地笑笑。

“我想想，今天周一，向芬萝提交设计稿大概还有两周的时间。那这周末我可以少加一天班。周六行吗?”夏初仔细地算了一下时间，决定还是先紧着陶陶的终身大事。

“OK！就这么定了。”景晨拽过夏初的手，与她击掌。

夏初看他的兴奋劲儿跟孩子似的，缩回手，说：“先说说你的办法吧，我们把细节也商量一下。”

“呵呵，至于细节，你现在还不用了解得那么清楚。我还要仔细想想。再说我哪次把你的事情办砸了？所以你放心，到时候你只管看我眼神行事准保成功。”

景晨不肯透漏计划，夏初无奈，只好暂且按捺下好奇心。

周五晚上，在景晨的安排下，夏初、吴沫和陶陶踏上一场计划外的郊外之旅。

出了城，车子一路向北直奔目的地，位于密云和河北交界处的一处度假山庄。车上的气氛在夏初和景晨刻意的引导下，一派温馨。

景晨说：“越来越觉得结婚可真幸福啊，你说是吗？夏初亲爱的。”

夏初接过那人凭空抛来的媚眼，觉得车里温度骤升，她低着头狠狠白了景晨一眼，嘴上却说：“嗯，我也觉得，挺幸福，陶陶，快结婚吧。”

“结婚啊就像喝水，冷暖自知，别管人家怎么看，幸不幸福，可是要靠自己把握啊。”景晨说着冲夏初眨了眨眼，“感情这种事是不分国界、不分种族、不分年龄的，爱情至上！”

夏初从观后镜上看见后座上神色相当不自然的吴沫和江陶陶，两人的目光在空中短暂交接，表情僵硬地笑笑，遂立即扭头假装看窗外的风景。夏初忍不住比了个胜利的手势，小声地说：“有戏！”

晚上九点，四人到达目的地，进了景晨定好的饭店。这下，不光陶陶和吴沫一脸窘迫，连夏初也傻了眼，景晨神情无辜地摊开手：“不好意思啊，现在赶上旺季，就定到两间房。”

陶陶连忙跳到夏初身边：“我和夏初住一间。”夏初也发现问题大了，也忙不迭地点头：“嗯，正好，我们俩一间，你们俩一间。”

景晨勾起唇角，左右看了看光线稍显黯淡的楼道，小声地说：“网上说，这家店闹鬼，当时我不想定这家，但是就他们的条件最好。我想度假还是舒服一些好。”他说着，露出森白的牙齿笑得诡异：“不过，你们一定也不相信闹鬼这种无稽的事情吧？好吧，那就你们俩一间。”

他说完，摆摆手，招呼大家拎起行李向房间进发。房间在二楼，走廊一侧全是窗户，这个时候看出去，是黑漆漆一片连绵起伏的山影，偶尔有点点火光闪过。陶陶凑近了夏初，小声地问：“夏初啊，你看那是不是鬼火啊?”

夏初拍了拍她的后脑勺：“什么鬼火，胡说八道。”

到了房间，景晨一边开门，一边冲隔壁间门口的夏初和陶陶说：“没关系，我们就在你们隔壁。晚上要是有什么不对劲，就使劲敲墙壁，网上说好像就是晚上看见有鬼影在墙角的天花板上来回晃。要是看见了别搭理他就行，你们只管睡觉。”

陶陶揪着夏初的衣摆，忽然说：“夏初，还是让景晨陪你吧，我怕你害怕。”说完，立刻放开夏初，径直走到吴沫身边，大声说：“我还是负责保护你吧，你这种嫩生生的小男孩，容易被女鬼看上。”

“陶陶姐，是你自己害怕吧，哇！鬼呀！”吴沫坏笑着，忽然俯身扮了个鬼脸把陶陶吓得一个激灵。

“找抽是吧。”陶陶追过去，两人打得不可开交。

景晨冲着夏初眨眨眼，两人一前一后进了屋子。夏初放好行李，发现屋里赫然一张大床，结结巴巴地问：“你，你干吗不定标间?”

“我觉得给他们定浪漫大床房，两人才能有更多机会突破啊？那我要是只定一间，吴沫他们一定会起疑心的。你别忘了，此行的最大目的就是撮合他们呀，所以……”景晨的解释貌似再合理不过，夏初找不到可以反驳的理由，气呼呼地宣布：“你打地铺。”

但是，浪漫大床却只配了一床浪漫的该死的双人被。山里的秋夜，空气湿凉，景晨委委屈屈地看着夏初。

夏初心一横，都是成年人，算了算了，凑合一夜。

洗漱完毕，关了灯两人和衣躺下，中间隔着能过一辆车的距离。夏初背对着他心里默念，别管他，快睡吧，睡着就好了！

“夏初，你睡着了吗?”

过了很久，夏初正在努力数绵羊，忽然听见那人在黑暗里轻声地问，语气幽幽的，像是个无助的孩子。

夜色安静，风声低回，池塘里青蛙叫得欢快。透过窗户，夏初看着满天的星光摇曳，像是她寂寞清冷的青春，一晃而过，不知心动的感觉究竟为何物。不知谈一场真正的恋爱，是不是会夹杂着令人心碎的快乐悲伤？

夏初没有应声，依然安静地躺着，于是那人翻过身，侧躺着手托着下巴撑起脑袋，轻声地问：“夏初，你睡着了？夏初。”

夏初不言语。

景晨摸索着挨着夏初躺了下去，被子发出一阵轻微的扑簌声。过了片刻，他挨紧了，声音低低地像是自言自语：“夏初，难道，你对我，一点感觉都没有吗？”

黑暗中，夏初的心，像是浸在海水里的绿藻，被不期而至的洋流没过，温暖咸涩，在心里堵得满满的，就听见那人说：“夏初，我想，我爱上你了。”声音落寞，低若呓语。

夏初闭上眼睛，没有动。

于是，黑暗中，景晨起身，把被子拉起来，盖住夏初露在外面的肩膀，随后抬手搭上夏初的腰，轻轻地揽住了她，在被子下面悄无声息地贴紧了夏初的背。浅浅的呼吸温柔辗转。夏初的身体僵住，肩侧被热气呵得微痒。她强忍着，动也不敢动。背后的景晨小声地满足地叹息，把头埋在夏初的颈窝里，找了个舒服的姿势，片刻后，就听见均匀的鼾声。

夏初抬手，悄悄地把被子往下拽了拽，然后偷偷地透了口气，感觉背上暖热一片。她把脸窝进蓬松的枕头里，脸颊就忍不住呼啦啦地热了起来。背后景晨在睡梦中喃喃呓语，夏初忍不住弯起唇角，她僵直着背却犹豫着没有把那只八脚章鱼推开。风吹起窗帘，带着干草的清香。星光攀上窗台，漫过铺满整张床的双人被。双人被下面，两颗心越过白日里重重的距离，贴合相印。

他说，他爱上了她！这表白，让她怦然心动，那心动陌生而强烈，在夏初的心脏里，激荡反射出越来越密集清晰的声音，越来越难以抗拒。

郊区一日行回城后，计划内的两个人成功突破瓶颈，四目相望，就见小火花噼里啪啦。

夏初上楼，碰见刚从电梯里出来的吴沫。他捧着一个DQ的大杯子，看见夏初，红了脸笑得有些腼腆：“陶陶说要吃DQ的暴风雪，我去给她买了。”

夏初抿嘴偷笑，抬手搭上他的肩膀：“吴同学，江陶陶又欺负你啦？要是觉得委屈说来夏初姐给你做主。”

吴沫面红耳赤地摇头。

夏初收起笑，一本正经地说：“吴沫啊，别看陶陶年纪不小，其实她也是小孩子心性，有时候很任性。你让着她点，呵呵，你们俩的脾性真是挺搭啊。”

吴沫点头，注视着夏初的眼睛：“夏初姐，谢谢你，其实我也知道，景晨哥才是最适合你的。我会照顾好陶陶的，你放心。”

夏初心里一热，笑笑地点头。

陶陶已经成功地克服了吃嫩草的罪恶感，看见夏初和吴沫进门，立即指挥吴沫先把冰淇淋放进冰箱冰一会儿。她本人正坐在沙发上细致地涂着粉紫色的指甲油。夏初撞撞她，小声地问：“吃嫩草的感觉怎么样？还不错吧。”

陶陶张开十指，一边耐心地等着指甲油晾干，一边微微仰头做思考状，半天才回答：“嫩草也有嫩草的好处，味道清爽，沁人心脾。不过我说夏初，你们家那棵草，才算是上上之选，熟得恰好，怎么样，已经暗渡陈仓了吧？”

夏初心里本就有些没着没落的，听到这话脸上就一片茫然之色。

陶陶凑近了，悄声地问：“夏初，你老实告诉我，是不是爱上景晨了？”

夏初一怔，脸上就火烧火燎地烫了起来。

陶陶看着她眼底躲闪的尴尬，无声地抿嘴笑笑，附到她耳边：“爱就爱了呗，勇敢地告白吧，我支持你。”

夏初从沙发上跳起来：“我回家了，明天还要早起上班。”

陶陶站起来，冲着夏初的背影大声地唱：“爱一旦发了芽，就算雨水都不下，也阻止不了它开花。”

吴沫莫名其妙。

夏初落荒而逃。

郊区行计划外的两个人，暧昧也骤然升温。夏初的心里，有了挥之不去的惦念。对于这个她不敢确定的惦念，她努力地将其压在心底，全身心地投入工作，一连三天，加班赶稿。

只是每天回家推开门的那一霎，心里都怀着紧张的期待。面对一个她明明

动了心却不知如何是好的男人，夏初每每在他欲言之际就匆匆逃回了屋子，背靠着门，反复地说服自己要冷静要冷静。只是，那人的笑，那样懒洋洋地勾起唇角，那样的弧度和气息，仍旧穿过紧闭的门，密密匝匝地围住了她。她的心底忽然生出那种叫做想念的东西，像是夏天的野草一样在阳光和雨水里开始疯狂地生长。那堵满了心口的想念，让夏初无处可逃。

第四天下午，快递送来一小盆绿色盆栽。安馨兴冲冲地捧着进来，看见云夏初正专心地托着腮帮子，看着窗外的云彩，遂收起笑脸，把盆栽藏在身后挂上一脸哀怨凑上去，语调酸酸地说："夏初啊，你说我结婚这才多久啊，我老公看我就已经没了激情，以前昵称小宝，现在改成小黄，意思就是小黄脸婆。唉！这人比人，还真是能气死人！"

云夏初扭头，转着手上的笔，笑得心不在焉："怎么，谁又刺激你了？"

"还能有谁啊？"安馨拿腔捏调地做怨妇状，从身后拿出小盆栽，翻出签名的卡片递到夏初眼皮下面，那个在夏初心里默念了不下万遍的名字赫然地映入眼帘！

"夏初，你们真浪漫啊，我非常地嫉妒！"

云夏初被这忽然而至的欣喜覆盖了原本茫然不知所措的心。她努力地保持平静的表情，站了起来，从安馨手里装作若无其事地把盆栽接过去放在窗台上，一边把安馨往外推一边说："别闹了，工作去，以后不许开我玩笑。"

"太小气了吧？我只是来分享一下你的幸福感受嘛，又不是要分享你老公。您至于那么紧张吗？"

"不许胡说，不然我真生气了。"

安馨看着她涨红了脸，只当她脸皮薄，笑呵呵地走了。

夏初把盆栽从窗台挪到面前的办公桌上，把签名卡小心地剪下来夹进笔记本里，然后拆开了包在外面的透明玻璃纸，仔细地端详了一会儿。叶子宽而长，绿得恰好。夏初左右认不出是什么植物，只是心里蜜甜却又忍不住慌乱，就像小时候做梦。梦里经常会有一块握在手心的水果糖，却千方百计也吃不到，有时候那糖甚至会变成云彩飞走了，醒来时手心里空空的，心里就有重重的失望。记得最清楚的，永远是梦里握着糖时，慌乱的甜蜜。

她想，她长大后一定是患上了幸福恐惧症。

幸福靠得越近，就越想逃离！

# 第二十章　大约是幸福（上）

她拿起电话，努力地平抑内心的慌乱，告诉自己只是要打个电话感谢他送的盆栽而已，或者感谢他帮忙撮合了陶陶和吴沫，再或者感谢他提供给恩依的信息。夏初这么想着，觉得这些理由都很完美，这些理由让她鼓起勇气问候那个想得心里发涩的人。

“你好！”

“夏初，你好！”电话那头，景晨小心翼翼地问：“你今天还加班吗？”

“哦！不，不加。”夏初的唇齿生涩，握着话筒的手竟然微微地颤抖。

“那我去接你下班，好吗？”景晨的声音已经带上了雀跃的欢欣。

“好的。”

夏初挂了电话，扭头发现，玻璃隔断上映照着她眉梢眼角恍然若梦的欢喜。

五点半，夏初准时换衣服下班，下了楼就径直穿过连廊直接走向停车场，但是一眼望去并没有那辆白色越野。夏初随之停住脚步，心里随之生出些许浅淡的失望。

这时，身后，有人吹了个欢快的口哨。夏初微微愣了一下，才小心翼翼地回头，生怕那份希望落了空。

背后，景晨推着一辆山地车，站在连廊外面，穿着一件果绿色的V领T恤，浅蓝色牛仔裤。他背朝着夕阳，看不清脸上的表情。夏初下意识地低头看了看自己的果绿色T恤以及牛仔裤，脸微红。

景晨推车走近了，却一反往日的吊儿郎当，目光紧紧地追着夏初，有些迟疑地问道：“夏初，你，是不是很讨厌我，所以故意躲我？”

夏初摇头："不，不是。"

这一刻，夏初心里的挣扎轰然坍塌了。她想，也许陶陶说的对，爱就爱了吧。无论这爱情最初从哪个方向，以何种方式降临的，都不能再否认。她对他，日久生了情，而且，日渐浓烈。

她低着头，看着面前不到半米的地方，站在连廊台阶下面的景晨穿着一双和自己同款的阿迪球鞋，轻声道："我只是，不知道该怎么面对你，想见却又害怕见你。"

四目相对，景晨牵过夏初的手，定定地看着她："夏初，我好想你好想你。"

"嗯。"夏初点头，垂下眼帘，遮住泫然而下的眼泪。

"夏初，这三天，我坐在你卧室门外，想敲门跟你说话，可是你故意躲我，我怕被你拒绝。"

"我不是故意的，我害怕你又骗我。"夏初的睫毛上，水汽潸然，她咬咬嘴唇，语调里有种蓦然摊开了心思的无助："这三天，我也睡不好吃不下，我不敢早回家，我不知道看见你说什么。"

"夏初，你相信我，我是真心的。"景晨认真地看着夏初，温柔地拭去夏初的眼泪，拍了拍车后座，说："来吧，我载你去个地方。"

夏初点头，悄悄地擦掉颊边未干的泪痕，她想，就算最后这爱情走不远，但是她至少真实地幸福和满足过。

下班的高峰期，夏初坐在景晨的单车后面，迟疑了一下，手臂环住他的腰，心底温热，脸颊滚烫。她的整个世界似乎就只剩他和她。

路人皆是匆匆的背景色。

"我们去哪儿?"

"西四。"

"骑车去?"

"对啊，好吗?"

"好!"夏初应声，抬起头，看着街上车水马龙熙熙攘攘，临街的店铺琳琅，有人在高声地吆喝："甩啦甩啦，全场二十!"她笑着，唇角上扬。这些吵吵闹闹的街景在她的眼里忽然变得无比的亲切可爱。

景晨按着车铃，发出一串清脆的响声。他载着夏初兴高采烈地穿梭在下班的人流里，说："夏初，你知道吗？我上高中的时候最想干的两件事情，一件是在喜欢的姑娘背后吹口哨，另外一件是用单车载着她压马路。"

"我说呢，难怪你流氓哨吹得那么熟练。姑娘也载了不少吧？"夏初忍不住语气酸酸地嘲笑他。

"唉！"景晨叹气，"那时候我一是怎么也学不会吹口哨，二是我不骑车上学。"

"哈哈哈哈！"夏初笑得眼泪都出来了："那你怎么追女生的？"

"我才不追呢，那时候追我的女生比过江的鲫鱼还多，以至于我看见女生就想逃。直到后来去了法国，在一望无际的葡萄庄园里，我忽然就学会了吹口哨。呵呵！"

"哦！难怪你那么热爱红酒，它让你夙愿以尝啊！"夏初忍着笑感叹，"后来你是不是在无数法国美女背后吹口哨啦，把以前的统统补上？"

"没有，后来就对你一个人吹过。那天你把电话号码写给我，不知道为什么，忽然觉得心情特别好，就有了那种少年时想对喜欢的女生吹口哨的愿望。"景晨说着，忍不住回头看看坐在后座上的夏初，低垂着粉颈，头发散开在肩上，像是水族馆里柔软的水草。他的心就随之柔软成一片，他说："夏初，我吹曲子给你听吧。"

"好啊！"

口哨声欢快，夏初的心欢喜无边。夜色渐渐拢下，街灯次第绽放，极目望去，像是一朵朵盛放的白莲花。

夏初想起，外公说起爸爸妈妈，时长会惋惜地抚着她的头发叹气："你爸和你妈可是青梅竹马。你爷爷奶奶去支援边疆，把你爸寄养在咱家。那时他们还小，每天上学，你爸就载着你妈一块儿去了。那个时候你外婆还在。我们站在门口送他们，看着两个小人儿骑着自行车，高高兴兴地上学去了。你外婆就说，这两孩子还挺配的，呵呵！所以后来你爸大学毕业来提亲，我们二话没说就答应了。你外婆亲手把金玉良缘给你妈带上……"

"夏初，你在想什么？"景晨停了口哨，开口问道。

夏初一怔，微微地笑着说："我想，当年我妈坐在我爸的自行车后面，一定也很幸福很幸福。"

他和她，就这样，缓缓地穿过夜色和繁芜的街，穿过内心的挣扎，慢慢地体味恋爱的幸福甜蜜！

经过一处热闹的夜市时，两人在路边摊上买了两个煎饼果子。坐在银行门口的台阶上，听着不绝于耳的吆喝声，闻着扑鼻而来的烤肉串的香味儿，相视而笑。

景晨说："夏初，等我们老了，我每天早上晨练完了，就去胡同口给你买煎饼果子，要两个鸡蛋。"

夏初没接话茬，低下头默默地咬了一大口煎饼，眼底已经浮起水汽。她想，不管结果如何，这句话，她都会用心地记着。也许这一生，都不会再有比这更让她觉得幸福的心里发酸的承诺了。

她吸了吸鼻子，瓮声瓮气地回答道："嗯，好的，还要多刷点辣酱。"

"嗯，没问题。"

最终，景晨把夏初载到了西四的胡同里一座四合院的门前。

这座四合院从外面看起来，平平无奇，推开院门，绕过垂花影壁，就见院子里有一架葡萄，枝枝蔓蔓勾勒出流畅的弧线，密密匝匝地遮住了半个天空。成熟的葡萄垂下来，影影绰绰。

走廊尽头，有人喊："景晨，你来了？怎么，竟然带了个美女？"

夏初循声望去，两个年轻男人坐在廊下的藤椅上，一人擎着一只盛了葡萄酒的高脚杯，面带微笑。

景晨走过去，面无表情地扫了一眼桌上的红酒瓶子，皱起眉头："你们俩怎么总是偷最好的酒喝？等会儿记得把账结了。"

说完，无视那两个人的怪叫，牵着夏初进了屋。

映入眼帘的是靠着墙壁放置的酒架，上面倾放着不同品种的红酒，中间是一张厚重的橡木吧台，灯光黯淡温和。景晨带着她顺着一侧的木质楼梯，下到地下室。夏初一眼望去，忍不住惊叹出声，原来这座外表平淡无奇的四合院的地下室里，竟然是一个规模庞大的酒窖。木质的架子一排排地站立着，直顶到天花板上，一瓶瓶的红酒，侧躺着安静地沉睡。

景晨回头，冲着夏初轻轻一笑，食指竖在唇边："嘘！它们在睡觉，不要吵到它们。"

他的眼睛亮亮的，盛着可爱的笑，夏初连忙点头："嘘！"

景晨从旁边的 CD 架上拿出一张莫扎特的小夜曲，回头小声地告诉夏初："红酒在开启前，需要最好的睡眠，而且最好能令它一直做美梦，比如，给它们放小夜曲。这样等它们醒来时就会精神饱满，光泽红润。睡美人就是这么来的。"

夏初笑着，表示赞同。

小夜曲安静地流淌出来，在光线柔和的酒窖里低沉地回旋。景晨轻手轻脚地走到右数第三个酒架旁边，从最下面拿出一瓶红酒，取出两个高脚杯，拉着夏初在酒架边的毯子上坐下，笑得慧黠："这是我藏的酒，外面那两个家伙喝的，是换了标签的普通红酒，嘿嘿，谁让他们老来偷喝也喝不出名堂。"

夏初低笑出声，这个家伙，最擅长骗人。

"这是你的酒窖？"夏初有些难以置信地问道。

景晨摇头："不是，这是个红酒私人俱乐部。我是这儿的首席品酒师。怎么样，我们都是首席的，身份很配吧？"

夏初莞尔。

景晨举着杯子，把夏初的头揽到自己肩膀上，两人依偎着，他说："我的理想，就是有个自己的葡萄酒庄园，然后有一个比这个更大的酒窖。不过在北京，酿出上好的红酒还不太现实。但是我想靠我的能力和热情来宣扬红酒文化，比起白酒，它更健康，更优雅。我的葡萄酒庄园就要承载这样的梦想，让情侣、夫妻、一家三口等等去认领葡萄树。秋天到了再亲手来酿酒，贴上自己的祝福语存放进酒窖里，在重要的年份或者节日里再来享用……"

景晨描述这个理想的时候，专注而深情。夏初被他的语调打动了，她的眼前浮现出大片的葡萄林，她和他，他们在阳光里，快乐地采摘葡萄……

"加油，我支持你。"夏初把手放进景晨的手心里，十指交缠，笑容真诚。

他们轻轻地碰了碰杯子，小口地用心地体味着。红酒在口腔里变幻着美妙的魔法，那无与伦比的完美圆润让悸动从心底生发而出。

"景晨，拎着那瓶酒，带着你的姑娘，给哥们儿上来。"

外面那俩人不知什么时候，出现在楼梯上，小声地嚷着。

景晨拉着夏初起身，皱着眉头，小声地抱怨："真是没点儿眼力见儿。"

夏初抿着嘴，偷偷地笑。

出了酒窖，就有一人伸手接过景晨手里的红酒瓶子，挥挥手：“哥们儿，我们走了，今儿也让我们尝一回真正的上等酒吧。”说着，冲夏初眨了眨眼：“夏初姑娘，我就这么叫你吧。我是大周，这是小七，我们跟景晨号称是铁哥们儿，没想到，还得沾您的光，喝回顶级的帕斯图。”

小七笑着凑过来，微微鞠躬：“夏初姐，多谢您了，以后还请多关照。”

“拜拜了，两位，你们继续浪漫，我们不打扰了。”

夏初好笑地摆手，扭头看见景晨抱着胳膊，不紧不慢地开口：“车钥匙给我。”

“哦！你的车呢”？

“嗯，那儿呢”景晨冲着靠在影壁旁边的自行车努努嘴，“它归你们俩了。”

“你们骑自行车来的?！喂，哥们儿，你真浪漫，那你等会儿接着浪漫回家呗。”

“快点儿拿过来，不然酒留下。”

“算了，看夏初的面子吧，钥匙给你，我们俩打车走。”

把车钥匙扔了过来，那俩人刚转身，景晨又发话：“你们俩必须把我车骑走，搁这儿不方便。”

“喂！不带这么玩我们的吧。”

“那把酒留下。”

“得了，得了，骑就骑吧，我们俩骑到后海边上看月亮去，行不?”

夏初看着二人满腹抱怨地推着自行车出门去了，忍不住指着景晨乐出了声：“你也太损了。”

“就要趁机折腾折腾他们，谁让他们老来偷酒喝，嘿嘿。”

仲秋夜，月光清澈，风里带着淡淡的荷香。夏初和景晨并排坐在廊下的藤椅里，听着虫鸣，高高低低，长吟短唱。

夏初扭头，看见景晨的脖子上挂着那枚精巧的银笛，在月光里反射着清幽的光芒，于是就想起了安馨那套忽悠人的广告词，不由得呵呵地笑出了声。

听见夏初的笑声，发现她正看着自己的银笛，景晨有些不好意思地笑着说：“那天我特意去你们专柜买的这枚笛子。导购小姐告诉我，这是限量款，一共只推出了一千零一枚，我买的恰好就是最后一枚。我还记得宣传彩页上的广告词：这是一枚被赋予了魔力的银笛，把它送给你最爱的人，就会永远带走他的心。呵呵，不得不说，你们的产品和营销都很有创意。”

夏初连连点头：“嗯，安馨想的策略，与其说卖我的设计创意，不如说卖她的营销创意。这银笛的售价比它的成本翻了几十倍。当时我对上市定价提出质疑，谁知三天就售罄了。安馨说，看来市场很买这一套，以后我们每年都要推出一档限量款。不服不行，安馨就有点石成金的本事。”

“不过夏初，安馨是不是很担心你嫁不出去啊？还让师傅在这枚笛子里刻了标记，YXC。”说着，景晨从脖子上取下银笛，拿给夏初看，“我很长时间才想明白，这是云夏初的缩写。呵呵，一千零一枚，那就是说你有一千零一个机会。”

夏初诧异地坐直了身子，有些难以置信地看着景晨。

那天，安馨从工厂回来，笑眯眯地告诉夏初：“夏初，我今天做了件很有创意的事情，我让师傅在一枚银笛上，刻了你名字的缩写。说不定它真的有魔力，给你带来一个帅哥的真心。”

当时，夏初哈哈大笑着回答：“那看来我要认真地等着喽！没有那枚笛子的人，我坚决不嫁。”

眼前，这个阴差阳错的冤家竟然真的有这枚笛子。

夏初看着月光里景晨浓密的眉毛，俊秀清澈的眼睛，薄唇贝齿，笑意浓浓。

她倾身靠近了，手臂绕过景晨的脖子，轻轻地吻上他的唇。景晨被这个突如其来的吻惊得手脚一时不知放在哪里合适，怔了片刻，才反应过来，带着巨大的喜悦，拥紧夏初，舌头滑过她柔软的唇，吻得醉如陈酒。

“夏初，你最近赶上什么好事了？总见你一个人跟那儿偷着乐，说来听听。”安馨不知道什么时候进来的，看见办公桌后面的夏初正靠着椅背，眼睛笑成了弯月牙儿。

“哦！没什么。”夏初忙收起笑坐直了身子，掩饰地清清嗓子，转移话题：“我在思考芬萝的设计稿还有什么地方差强人意。”

“你算了吧，我怎么从来没见过您想方案能想得那么美。我看啊，是在想你

们家的王子吧？”安馨笑眯眯地说。

“不是，不是你想的那样，就是……”夏初一时找不出合适的词解释目前的状况。

“好了，您就不用解释了。景晨在前台等你呢，还带了一个很大的礼物盒子，唉！别人家老公怎么都那么浪漫呢，我真是命苦啊！”安馨一脸哀怨地抱怨中，夏初已经起身冲了出去。

看见夏初，景晨从会客处的沙发上站起身，身边放着一个硕大的盒子。他迎上来，拉过夏初的手，说：“夏初，我哥说要请我们吃晚饭。”

夏初扬起头看着足足比她高出一头的景晨，颇感意外地问：“为什么？”

“晕，不带这么问的，家长请吃饭，快点去吧！”安馨不知道什么时候冒出来的，喜笑颜开地把夏初往外推，“您可以下班了，拜拜。”

夏初被晕晕乎乎地带出了公司，上了景晨的副驾，半天才冒出一句：“你们家都有什么人啊？”

“我们家人很多，总体上是我爷爷说了算。他脾气很大，我还没敢跟他说，先跟我哥说了。哦，其实是我表哥，他就说一起吃顿饭吧。”景晨的神色里似乎有些紧张。

夏初遂笑着安慰他：“我知道了，你不用那么紧张，我不会跟他说你是怎么骗我的。”

景晨闻言，哭笑不得。

“咦？那么大个盒子装的什么？”夏初从观后镜里瞥见了放在后座上的礼物盒。

“哦！那是送我表嫂的，一个限量版的背包。我爷爷最喜欢我表嫂了，我准备好好巴结她，没准儿将来要求她。”

夏初迟疑地扬起眉毛，嗫嚅道：“要不，我们过段时间再见你们家人吧，我也有点紧张。”

“没事，没事，有我呢。放心，我表哥和表嫂人很好。”景晨连忙安抚夏初。

到了约好的地方，夏初愈发地紧张起来，她忐忑不安地跟在景晨身后进了餐厅，匆匆整理了一下自己的衣服和头发，抬头就见靠右手边的一张四人桌上，一对青年男女笑着冲他们招手。

四个人见了面，客气地打了招呼。夏初恍惚觉得景晨的表哥有些说不上来的眼熟，似乎在哪里见过，斯文俊秀，有种内敛的沉稳果断。他表搜却称得上是个一等一的美女，而且第一眼看上去，就是个很有亲和力的人，看见景晨递过去的盒子，毫不客气地说："就打算拿这个打发我啊？那回头老爷子要问起来了，我可不敢保证顶不顶得住。你要知道，我嘴巴快，说着说着就说漏了啊。"

景晨皱着眉头，哀怨地注视着表嫂："别价，您不满意尽管说就是。"

表嫂冲着表哥眨了眨眼，继而转向夏初："云夏初，嗯，这名好听。"

头回见家长代表的夏初有些不知所措地红了脸。

"那就先这样吧，景晨，你记得欠我个人情就行了，嘿嘿。"表嫂笑得有些不怀好意。

夏初偷偷地看了看景晨，他正连连点头，殷勤地把大龙虾推到表嫂面前："我记住了，有事您尽管吩咐。"

这顿饭吃得倒是氛围融洽，表嫂说话很幽默，不时逗得景晨和夏初乐出了声。表哥话不多，每次被表嫂开玩笑说糗事，也只是好脾气地笑笑，不做深究。

夏初心里七上八下的水桶总算放了下来，扭头看看景晨，两人目光相遇，撞出了温暖的小火花。

饭后，送走表哥表嫂，夏初提出疑问："景晨，我觉得你表哥好眼熟啊，我一定在哪儿见过他。他是做什么的？"

景晨揽过她，笑嘻嘻地说："那是因为他长了张大众脸，不像我这么帅，过目难忘。"

"切！你也就捡了张好皮相。"夏初不屑，"你就充分利用资源，到处招摇撞骗吧。"

"我才没到处骗呢！"景晨辩解。

"哼！你说说你骗了我多少事？"夏初想起不管目前的现状如何，自己这几个月，反正是被他骗得团团转，就觉得气不打一处来。

"我至少有一件事情从头到尾绝对没骗你。"景晨信誓旦旦。

"哦！哪件？"夏初好奇地问。

"我的理想是卖红酒！"

“我晕！”

“嘿嘿！等我拉到投资，就去京郊买一大片地，种上葡萄，修好酒窖，做成开放式的庄园让人们来参观，还可以亲自动手，享受红酒文化。夏初，要不我们去法国度蜜月吧，我先带你去那里感受一下。现在正是采摘葡萄的季节，是一年里风景最好的时节。葡萄园处在缓缓起伏的丘陵上，一望无垠，阳光和空气里都是葡萄的香味。”景晨说着，一脸陶醉，似乎面前车水马龙的长安街变成了阳光下绿波荡漾的葡萄园。

夏初摇头，不无遗憾地说：“不行啊，最近走不开，芬萝的提案刚见眉目，我要走了安馨百分之百跟我绝交。”

“那好吧，咱们下回再去。”景晨目光哀怨地拥住她，表情委屈得像个孩子。

夏初笑着揉揉他的头发，说：“乖小孩，嘿嘿。”

# 第二十一章　大约是幸福　（下）

晚上，陶陶下楼来，进了门就眼尖地发现，夏初和景晨两人不但穿了情侣版的家居服和拖鞋，连门边相框里那张景晨的个人照也换成了夏初和景晨两人的。陶陶看了半天，纳闷儿地问：“哦，这张好像是在教堂前面照的，怎么瞧着有点别扭啊？”

夏初循声望去，也不禁奇怪什么时候冒出那么张合影。她压根儿不记得什么时候和景晨一起照过相，就连上次教堂婚礼也只是最后所有的人合了张影，而她还刻意地把家里人隔在了她和他中间。

景晨抱着水杯，不好意思地笑笑：“那是我PS的。”

陶陶捂着嘴偷笑，夏初也忍俊不禁。

“看来你们俩的窗户纸已经捅破了嘛，目前在热恋中，对吗？”陶陶凑近了，揶揄地撞了撞夏初，“这模式也不错，先结婚后恋爱，啧啧，什么都不耽搁！”

夏初被笑话得窘了，却也不逃避，破天荒地勇敢承认：“嗯，还好吧！”

陶陶笑着，凑到了夏初身边：“夏初我来跟你商量件事，你也知道我老娘是铁了心要赶在明年端午前把我给处理了！最近她已经准备找严大师给我们定日子了。吴沫请了假回家去接他父母还有爷爷奶奶，据说还有七大姑八大姨的，下个星期要过来先跟我爸妈见个面商量一下婚礼事宜。”陶陶说着，无奈的语气里又带着几分掩饰不住的欢喜。夏初立即想起当年吴沫入学报道的情景。那浩浩荡荡的一家子啊。这回可是婚姻大事，估计得包机来了！呵呵！夏初想着，和景晨相视而笑，静待陶陶的下文。

“夏初，看来你应该是不会搬回806了，所以我想，你干脆把那一半产权卖

给我吧，就按现在的市价。我和吴沫，我们就打算拿806做婚房了，你同意吗？呵呵。”

听到这话，夏初心里稍有迟疑，还没来得及回答，景晨已经抢先替她应了：“陶陶你别客气，夏初当然会同意的，对吧，夏初！”

夏初只好顺势点头。

景晨冲着陶陶笑眯眯地说：“呵呵！陶陶，那我们就继续做邻居吧！”

“好的，这样的话，我回头约银行先把剩下的贷款清了，然后我们再约个时间去过户，嘿嘿，接下来我和吴沫就把屋子再稍微装修一下，添置些新家具，就OK了！夏初，谢谢你！”陶陶满心感激地说。

夏初心里有些说不出来的感慨，一面真心替陶陶和吴沫高兴，一面又有些伤感自己跟806从此就真没什么关系了。

景晨握着她的手，露出一个让夏初安心的笑脸。

陶陶回家前，景晨忽然匆匆去书房找了数码相机出来拽着陶陶：“麻烦，先给我和夏初拍张合影，呵呵！”

“好啊！你们俩就穿着这情侣家居服照吧，挺好的。”

随着快门的按下，一张相亲相爱的合影跃然而出。陶陶把相机递还给景晨，问道：“对了，你们俩也没拍婚纱照呢吧，那顺便跟我们一起去好了。我这两天挑工作室呢，还正愁自己穿婚纱拍外景怪傻的。夏初，那我们一起去好不好？正好赶上秋天，景色最好不过。”

夏初下意识地看了看景晨，后者想也没想地应道：“那太好了，陶陶你定时间吧，提前通知我和夏初，我们好做准备。”

“好吧，那我也没意见。”夏初说着微红了脸，心想，她和景晨的流程，还真是少见的颠三倒四！

隔了两天，陶陶拿着解了抵押的房本和夏初去房地产交易中心顺利地办理了过户手续，给了夏初一张存了三十万的银行卡。

夏初把银行卡收进钱包，心里忽然有些失落。景晨笑话她有严重的地主婆倾向，名下没有不动产心里就不踏实。夏初挤出笑摇摇头。陶陶说：“其实幸福的婚姻就应该由男人来买房。我是没办法啊，谁让我买了人家的青春呢！唉！吃嫩草可是要出大价钱的！”

夏初和景晨看着一脸委屈的陶陶，笑得直抹眼泪。

为了及时顺利地把设计稿提交给芬萝，夏初连着加了一周的班。这一周来，景晨每天晚上十点钟来公司接夏初，有两天赶上设计部开会，他就独自坐在会客室里看报纸。等夏初出了会议室想起还在等她的景晨，就匆匆地跑到会议室，看见他正盯着报纸，托着腮帮子打盹儿，心里就会觉得温暖和满足。她想，这就是幸福吧！

景晨不请自来地搬到夏初的屋子里。夏初起先有些难为情，过了两天却也习惯了被他从背后拥着安然地入睡。那种被拥在一个温暖的怀抱里，心贴着心的姿势，让她每每闭上眼睛，就觉得似乎有笑纹从心底生发，爬上唇角，攀上眉梢。梦里，也都是欢喜明亮的一片。

她偷偷地设计了一对简单大方的素圈，在里面刻上了两个人名字的首字母，准备忙完了手头的事情就请安馨交给师傅制做。一直以来，她还未送过礼物给景晨，结婚时双方的戒指都是由景晨准备的，这么久以来，他对她，是真的用了心！她虽然嘴上不说，但是心里清楚地知道他对她的好。那些好，在她不经意想起来时，都会觉得很甜很踏实。

终于把方案提交给了芬萝，夏初松了口气。暂且不管结果如何，至少可以放松两天了。

下午一点刚过，阳光挪到夏初办公室的窗台上。秋天的午后，天空像是一块上好的蓝宝石。小盆栽在阳光里，绿得愈发精神。

安馨敲门进来时，夏初正在给小盆栽浇水。阳光里她的眉梢带笑表情愉悦，安馨遂笑着打趣："我说您那，就别跟那儿寄相思了。您还是回家看真人去吧。你们家景晨昨天跟我提意见了，嫌我把你累着了。所以我同意今天下午给你放假了，明天你也顺便再休息一天吧。他还说今天他会早点儿回家等你，啧啧，你们俩至于那么腻歪吗？"

"还好吧，又刺激着您了，嘿嘿。"夏初一反往日的恼羞，不但落落大方地承认了，还不忘顺带取笑了安馨。

安馨有些诧异地瞪着大眼珠子的时候，云夏初已经哼着歌儿开始收拾东西

准备下班。

下了楼，夏初站在台阶上，眯着眼睛打量阴凉处之外一地明晃晃的阳光。风轻得几乎感觉不到，空气里有淡淡的菊花香。伸手从包里摸出一张 A4 纸打开来，夏初就觉得心里莫名地高兴。那是一张她上午偷偷列的采购单，现在她要先去超市采购食材买瓶红酒，然后，回家布置一次烛光晚餐。蜡烛要买橙花香的，那味道想来就让人觉得幸福。

景晨打来电话的时候，夏初正在超市排队结账。她一边在结账单上签字，一边手忙脚乱地接起电话。那头儿，景晨问清她的当前位置，立即吩咐她在超市门口等着，然后就不容置疑地挂了电话。

十分钟后，景晨从夏初手里接过大大小小的购物袋，看见里面装的红酒、小牛肉，还有一盒浮水的薰香烛。他抬手揽过夏初，笑意盈盈地说："夏初，亲爱的，我们是不是要烛光晚餐啊？"

夏初笑而不答，算是默认了。

景晨把袋子放进后备箱，上了车帮夏初系好安全带，然后把夏初颊边的碎发拢到耳朵后面，下巴搁在她的肩膀上，眼睛里闪烁着掩饰不住的喜色："夏初，我先带你去个地方，然后我们再回家烛光晚餐。"

"哦？去哪儿？酒窖吗？"夏初好奇地扭头，脸颊擦过景晨的嘴巴。他顺势"吧唧"了一下，满意地发动车子："到了你就知道了，嘿嘿！"

夏初顶着一头雾水被带到了位于 CBD 的一座大厦里，电梯在十九层停住。景晨面带微笑地牵着茫然的夏初出了电梯，两人穿过黑色大理石铺地、水晶吊顶的走廊，进了左手边一个大厅里。夏初草草地打量了一下，就被前台那一堵水晶墙面震撼得暗自咋舌。那确实是一堵完全用白水晶砌的墙，完美的切面上流光溢彩。她下意识地看了看身边的景晨，后者神情自若，前台小姐已经笑容优雅地站起身。

景晨走了过去，与前台小姐低声交谈着。夏初完全沉浸在这个陌生却又极尽奢华的宫殿里。大厅两侧依次排开散发着珠光宝气的陈列柜，夏初猜想这大概是哪个珠宝奢侈品代理商接待高端客户的地方。这个创意倒是不错，一来给予了奢侈珠宝足够的架子，二来保证了高端客户的私密性。不过，景晨带她来这里做什么？以他们俩的身价似乎不应该出现在这里！

片刻后，景晨返身回来，牵过正在神游的夏初绕过水晶墙，进了后面的一间贵宾接待室，有人送来正宗的英国红茶。这里有 Broni 的皮沙发和圆桌，墙上的壁纸竟然全是 A4 纸大小的珍珠鱼皮。夏初叹为观止，趁着接待小姐出去的空，她小声地问身边跷着二郎腿呷着红茶的景晨："这是哪个品牌的代理商？难道我们来买珠宝？先说了我可没带那么多钱。"

景晨神秘地笑笑："别担心嘛，这里不是代理国外大牌的，而是福泽即将衍生的纯奢侈品品牌。据说名字还没最后定好呢，不过据可靠消息称，他们这次整体思路就是为高端客户量身定做珠宝，从材质挑选到设计打样，全程专人负责。客户还可以自带裸石来订做。"

夏初先是打心底对福泽这高端路线的定位表示肯定，继而又有些狐疑地看着景晨："你怎么这么了解？你跟福泽未免也太熟了吧？"

景晨咧着嘴笑嘻嘻地搭上她的肩膀，避重就轻："一般熟而已。我只是昨天听说他们最近进了一批精品大溪地珍珠。上次你们推出'珍珠传奇'时，安馨说珍珠是对女人的一种自我奖赏。我就想，那只有最顶级的大溪地黑珍珠才配得上夏初。从蚌壳开启的那一刻，光芒就令人无法忽视。"他说着，敛起脸上的笑，目光里带着真挚的赞许。

夏初被这听来溢美却又相当甜美的言辞搞得一时有些晕乎了。这时，已经有销售经理模样的人捧了一个展示盒过来。盖子打开以后，夏初的目光就被放置在天鹅绒上的数颗黑珍珠牢牢地吸引住了。因为恩侬并不经营高端珠宝，所以夏初本人作为一个专业的饰品设计师也鲜有与顶级材质打交道的机会。然而顶级的材质对一个设计师却具有与生俱来的吸引力。面前这几颗黑珍珠让夏初竟有一见钟情之感，大溪地黑珍珠大多数集中于9毫米到10毫米之间，而11毫米就是珍品珠的界限，15毫米以上的精圆珠极为罕见。眼前置于天鹅绒上的数颗黑珍珠目测过去直径均在13毫米左右，形状浑圆，黑色珠面上泛着海蓝的光泽，温润光滑，毫无瑕疵，已属上品。

夏初正全身心地沉浸在黑珍珠的绝世芳华中，景晨悄悄地倾身过来："听说他们这批进的大溪地珍珠里，还有一颗直径16.5毫米的精圆珠，据说相当稀有，不过那个要经过他们高层批准才能看，我没那么大面子，也没那么多银子，嘿

嘿。”景晨说着，一脸遗憾地耸肩，然后把盒子拉得更近些说：“夏初，仔细挑挑，我们直接买裸珠，不用他们设计，又好又便宜。”

夏初轻轻地拽了拽他的衣角，小声地说：“这个一定很贵，咱走吧！”

景晨闻言，附到夏初耳边小声地回答：“我送你，准许你挑三颗。这个大小的单品做耳坠和项链坠还行吧？戒面也很美。设计我帮你想，嘿嘿！”

夏初连忙把盒子推开，冲着销售经理抱歉地笑了笑说：“不好意思，我们今天先不买了。”说着就打算拉着景晨往外走。景晨却不起身，他笑着指着其中的三颗黑珍珠吩咐销售经理包起来，递了一张银行卡过去，然后抬手抹平了夏初下意识皱起来的眉头说：“放心好了，不要小看我啊，我可是个高档红酒的销售，提成很高的。”

一刻钟后，销售经理带着恭敬的微笑进来，三颗黑珍珠已经被装进一个精致的水晶首饰盒里，扣搭处是一组小巧的水晶球。夏初虽然有些不太适应景晨送这么贵重的礼物给她，但是心里却是暖融融的，甚至已经开始构想，用什么样的配饰来衬托这三颗堪称精品的大溪地黑珍珠。

买完珍珠，两人直接下到地下二层停车场去取车。出了电梯，迎面过来一辆墨绿色的车。夏初对车所知不多，却也认得出这是辆身价不菲的保时捷。保时捷的车主在经过两人身边的时候按了按喇叭，似乎是在打招呼，就见景晨若无其事地挥了挥手，就拉着夏初继续走向停车位。夏初有些好奇地问：“谁呀？你的客户吗？”

景晨含糊其辞地应了声，随即催促夏初：“咱们快走吧，不是还要回家烛光晚餐吗？”

夏初被他牵着，不得不迈开大步，无暇继续回头欣赏保时捷了。

回到家，夏初本来计划好要由她主厨，结果拗不过景晨，只好去布置餐桌了。

景晨哼着歌进了厨房，夏初打开音响，放了一首歌，《some one like you》。

给餐桌换了一张浅紫色的绣花桌布，然后在浅口玻璃盏里盛满清水，把橙花香味儿的浮水烛放了进去。

做好这些后，她去厨房门口站着，看着小牛排已经用加了红酒、蜂蜜、胡椒粉等等的香料腌制着。景晨正在把生菜叶子仔细地铺在白瓷盘底，然后在盘子边上以薄荷做装饰。夕阳的微光从窗户外面洒进来，漫过三分之一的乳白色台面，景晨低着头，光线把他的轮廓勾勒出淡金色的边缘。夏初一时有种难以名状的感动，这也许就是家常的小幸福吧，温暖而真实。

景晨扭头看她，微微一笑："乖，去客厅里等着吧，我要准备煎牛排了，很快就好。"

夏初点头，看了看自己随意的家居服以及已经布置好的餐桌，遂沉思了一下，低头迅速地穿过客厅回屋子里去了。烛光晚餐，是不是应该穿小礼服？矫情了点吧？不过就这么随便穿家居服，好像又邋遢了点，犹豫再三，夏初从衣柜里挑出一件平常的紫色雪纺裙换上了，肩侧，有一枚浅紫色缎面蝴蝶结。夏初对着镜子忍不住照了又照，脸色还好，补点腮红，没有黑眼圈，头发找了一只银簪挽起来束在脑后……足足磨蹭了二十分五钟，才一咬牙走出卧室。

客厅已经关了灯，烛光摇曳。景晨正坐在餐桌的一头看着梳妆打扮停当的夏初。在晕黄的烛光里，他的面部轮廓俊挺柔和，笑容像是甜软的棉花糖。夏初脸微红，暗暗深呼吸，挺直了背，尽量以无异于平时的表情和步伐走了过去，在景晨对面坐下来。

"呵呵，这瓶红酒我藏了很久了。一个富得就剩钱的庄园老头送的，味道一定非常不错。"景晨双手抵着下巴，笑容有说不出的可爱。夏初低头，看着杯子里令人心醉的琥珀色在流转。两人相视举起酒杯，隔着烛光，微微一笑。

# 第二十二章　幸福是玻璃制品

门铃声响得极煞风景。

云夏初微怔，遂放下酒杯，抱歉地笑了笑："可能是陶陶来了。"说着就走过去开门。

门外，宋晗看着她，有些诧异地微张开嘴。

两人都愣在了原地。

"是谁啊？"景晨好奇地探身。

云夏初点点头，把宋晗让进屋，打开客厅的灯，回到餐桌，对撑着桌边站起身的景晨小声说："你主顾找上门了，怎么？你卖假酒了？"

景晨似乎也愣住了，转而竟有些慌乱。

宋晗站在客厅里冷眼打量着餐桌上的烛光、红酒、牛排以及餐桌边上挽着头发、气质温婉优雅的云夏初。

"你怎么来了？"景晨俯身低下头借着吹熄蜡烛以掩饰慌乱的神色，抬起头时已面色平静。

宋晗冷冷地说："不来怎么能知道有人金屋藏娇啊？"

"出去聊吧。"景晨沉下脸，过去拉着宋晗就想往外走。

"为什么出去呢？在这聊儿挺好。不好意思，刚才在停车场碰巧遇见二位，我一时心里好奇所以跟了过来。看来打扰二位的浪漫晚餐了。"宋晗甩开景晨的手，在沙发上坐下来，脸上带着轻蔑的冷笑。

云夏初被眼前的状况搞糊涂了，倒想原来那保时捷的主人就是宋晗啊。

"云小姐，我还没有自我介绍过，是吗？"她说着，莞尔一笑，露出整齐的牙齿“，您好，我叫宋晗，应该算是，”她稍作停顿，面色平静地看了景晨一眼，接着慢悠悠地扬起声调，“景晨的女朋友吧。因为没有意外的话，每周三，按照他爷爷的要求，我会和他一起去他们家吃午饭，而且上周刚刚在饭桌上讨论过婚礼的事情。景晨，我没记错吧？当时你好像也没有表示异议。我记得昨天约你一起去订做珠宝，你好像说近期都没有空是吧，所以我就自己去了，没想到恰好碰见二位。这可真巧！”

景晨沉下脸，却欲言又止。

云夏初愕然，她下意识地去看景晨，却从后者的眼睛里捕捉到一片慌乱。于是，她顿了一下，强自镇静：“那你们聊，我回屋去。”

“夏初，你别走。”景晨慌忙撇下宋晗，追了上来，握住夏初的手，语气急迫，“夏初，不是你想的那样。”

夏初好不容易才从眼前的混乱中理出头绪，这状况应该算是人家未婚妻上门来捉小三？而且还是个领过结婚证的合法小三！她微低着头，强忍着差点要掉出来的眼泪。这场景，不应该是她哭吧，那样似乎矫情了。她想着，自嘲地笑了笑。

“先不用跟我解释了，我什么都没想，你先招待你女朋友吧。我们回头再谈。”

宋晗坐在沙发上目光冷冷地看过来，景晨却不肯松手。夏初尤抱着一丝微薄的希望，于是僵立了片刻，却并未等到他解释什么。那就是也没有什么可解释的吧？她回头看他似乎难以启齿，心就渐渐地凉了，脸上挂上之前的疏离淡漠，眼底清冷一片。她使劲甩开景晨的手，进了屋反手关上门，许久才放松了绷得僵直的脊背，靠着卧室门缓缓地滑坐在地板上，脑海里空落落的一片。有一刻她甚至在试着努力地分辨，到底是被他正牌的女朋友找上门是在做噩梦，还是之前那些甜蜜压根是做了场美梦。她木木地伸手拍了拍自己的脸颊，手心冰凉，外面客厅里传来宋晗的质问，声音不高，却字字清晰地刺耳。

夏初曲起膝盖，把脸埋进臂弯里，想起他说，“夏初，等我们老了，我每天早上晨练完了，就去胡同口给你买煎饼果子，要两个鸡蛋”。

忍了很久的眼泪夺眶而出。她原以为，他和她，日久生情。谁知他始终还是她梦里的那块水果糖啊！那甜蜜就算再真实，醒来却终究是一场空。

错就错在，她不应该就那样打开了心，相信来路不明的幸福，放任自己沉溺。

更可笑的是，她几乎信以为真，所谓那枚笛子的魔力！

夏初在地板上坐了很久，直到腿脚麻木了，眼泪打湿的裙摆贴在膝盖上湿冷一片，心情渐渐归于空落和冷寂。

天色暗了下来，外面似乎已经很久没有动静了。

夏初扶着门框站起来，皱紧了眉头揉着已经麻木的小腿，慢慢地才感觉到血液畅通了，呼吸也连带着顺畅起来。她握着门把的手犹豫了一下才打开门，却见客厅里空寂一片。外面天已经黑了，空气微凉，光线稍显昏暗，景晨和宋晗不知什么时候已经出去了。

云夏初洗了把脸，又仔细地补了妆，加了件衣裳回到餐桌把蜡烛点燃了，一个人就着红酒默默地吃完了盘子里已经凉了的牛排，然后给陶陶打了个电话："陶陶，我想回 806 借住几天。"

"怎么啦，你们两吵架啦？我这儿加班呢，赶上月底结账，等我下班回去再说。"电话那头，传来一阵急迫地敲打键盘的声音。

"好吧，我先收拾一下。"

挂了电话，看着一双做成太阳花形状的蜡烛飘在水面上燃烧着小小的火花，散发出淡淡的橙花香味儿，暖暖甜甜的却让人心里发酸。卖蜡烛的店主说，这个也叫幸福花。夏初无声地深呼吸，忍住了又差点掉下来的眼泪，起身默默地收拾碗筷。

那就这样吧，只是一场短暂的恋爱结束了，至于当时谁用了多少真心，谁被感动，也许不是什么重要的事情。夏初本就是个对爱情和婚姻没有什么信心的人，这一刻，她最直接的反映就是，那就远远地躲开吧！

已经很久没有进厨房了，夏初把碗筷洗好，放进消毒柜里，忽然发现消毒柜上贴满了即时贴，凑近了仔细看看，鲢鱼豆腐汤：鲢鱼头两个，600 克左右；豆腐 200 克；八角两个；白胡椒、精盐少许……

荷兰豆炒腰花……

云夏初看着那些花花绿绿的即时贴，目光很久没能移开。

这么认真的小时工真是少见啊。她想着，唇角浮起浅笑，眼里浮起水汽。

景晨回来的时候，云夏初已经把自己的东西整理好了，正努力地一点点把东西往客厅里搬，她微弓着腰，拖着整理箱，额头上布满了密密的汗水。

景晨上前，挡在整理箱前面："夏初，你相信我。"

"相信你什么？宋晗跟你没关系，你们没有商量过什么婚礼，你从头到尾什么都没骗我？"夏初冷冷地反问。

景晨僵了片刻，才说："夏初，无论如何，我对你是真心的。"

"如果你是我，被人骗得像傻子一样团团转，你还会相信他的所谓真心吗？"夏初站直了身子，嘴角带着自嘲的笑。

"夏初，你别这样，我和宋晗……"景晨急迫地想要解释。

夏初仰起脸，直视景晨的眼睛："我什么都不再想听了。我不愿意再想。你真的只是为了卖红酒才来骗的我？我的背景难道比宋晗还诱人？你要解释这点吗？"

景晨下意识地逃开夏初的注视。他张嘴，努力了三五次，却终是没有说出片语。

夏初努力地挤出笑："好了，我们的事情，就到此为止吧。"

"夏初，你决定了，真的要搬走？"

"嗯，等会儿陶陶回来帮我搬东西。"

景晨眼里仅剩的光芒暗了下去，他沉下脸，忽然说："但是别忘了，我们还有合同。"

云夏初气极反笑地白了他一眼，顿了一下，生分又客气地说："这些天，给你添了那么多麻烦，实在对不起了。合同的事情，也请你就不要当真了，或者，你给我点时间，我现在手头上的钱还差一些。"

于是景晨不语，在光线暗淡的客厅里沉默地坐着，看着夏初进进出出地忙碌着，屋里安静得只能听见夏初的脚步声。陶陶来敲门的时候，云夏初暗暗地松了一口气。

看见屋里两个人神情相当不自在，陶陶一屁股坐在沙发上："哎呀，我说你们俩闹什么别扭呢？都老大不小了，又不是孩子。前两天还腻歪呢，怎么说翻脸就翻脸啊？"

夏初窘迫地走过去，打断陶陶的话，声音里有许多倦意："陶陶，不是你想

的那样，先帮我搬回去吧，我回去跟你解释。”

东西倒是不多，两个人跑了几趟就搬完了。云夏初把钥匙以及装着三颗黑珍珠的首饰盒递给始终沉默的景晨，笑着说：“这礼物太贵重了，我受不起，还是还给你吧！还有，谢谢你这么多天的照顾。”

“夏初，宋晗的事情，我不是故意要骗你的。”景晨安静地开口。

“嗯，我不想怪你，我也有责任。”云夏初忍着忽然涌起的失落，在心里无声地补充：“我不该放任自己动了心”。她仰起脸笑了笑，手伸进口袋触到一枚坚硬的物体，想了想，也拿出来递还给景晨：“戒指，也还给你吧。”

景晨的眼底闪过寞落，开口时，语气里有淡淡的怒气：“不用了，反正花你的钱买的。”

看着景晨满脸的孩子气，云夏初浅浅一笑：“不用骗我了，一个天天跟珠宝打交道的人怎么可能看不出这钻石的身价。”

她拎起包，走到玄关去换鞋，看见门边的柜子上面，相框里相了两个人的新合影，穿着情侣版的家居服，笑容漾在脸上，相依相偎，相亲相爱，夏初的鼻子酸酸的，遂伸手把相框向下扣倒了。

打开门，外面楼道里灯光昏黄，她回头冲着站在暗处的景晨微微一笑，潮湿的夜色里生出一丝明亮的气息，她说：“还要谢谢你，给过我一个那么好的婚礼。”

以及，那场足以乱真的爱情。

门无声地关上了，他和她，或许只是发生过一场意外的男女。

听了夏初的解释，陶陶立即跳起来要去706找景晨算账。夏初伸手拦住她，一脸倦意：“先让我想想，别去找他，吴沫要问起来，就先说，说吵架了吧。”

夏初躺在806自己熟悉的地盘上，却难以入睡。她忽然就明白了，为什么当时同意把806的那一半产权转给陶陶时，多多少少地有些不安，说到底在她的潜意识里，对景晨，也许还有百分之一的不信任。谁知这百分之一的不安却成了真。他一边说爱上了她，用心地对她好，一边还有个出身高贵且论及婚嫁的未婚妻。想到这里夏初就觉得心脏揪紧了，有些木然地疼，于是她向右侧翻身，刻意地压着心脏。

她想，还是尽快地找房子搬家吧，就算陶陶不计较她住在806影响他们计划装修婚房的事情，日日里一想正住在706的楼上，就会忍不住去想楼下那人在做什么，在吃饭还是在打游戏？高兴着还是烦恼着？

算了，还是远远地搬走了好，总还是躲得起的。

夏初胡思乱想了很久，才迷迷糊糊有些睡意，将睡未睡之际，却觉得小腹部也隐隐地疼了。她索性侧趴着，一并压着心脏和肚子。

半夜里，706的门铃却急促地响了起来。景晨正躺在客厅沙发里，同样翻来覆去地睡不着，听见门铃响，立即跳起来去开门。门外，陶陶一脸惶恐："景晨，快！夏初肚子疼得不行了，不知道是不是急性肠炎，恰好吴沫又不在家，急死我了！喂！你等我一下啊。"

陶陶急促的叙述中，景晨已经换好鞋子，抓起车钥匙就往楼上跑。

夏初抱着小腹蜷缩在床上，额头上冷汗密布，看见景晨进来，努力地挤出微笑，说："陶陶又去麻烦你了。"

"别说话。"景晨低声地喝道，把手机递给陶陶，然后一边俯下身抱起夏初一边说："陶陶，麻烦从我手机里找出林明的号码，让他给安排一下急诊。"

陶陶在身后一迭声地应着，手忙脚乱地拨通电话。

三人在第一时间赶到医院，进了急诊。夏初躺在病床上，看着大夫和护士迅速地涌进病房，一片白茫茫地晃眼。她闭上眼睛，下意识地蜷起身体双手捂上小腹！

"希望没有大碍。"陶陶小声地念叨，坐在旁边的景晨沉着脸不说话。

大夫检查完毕后，走了出来，看了看一边的陶陶，遂把景晨拉到了一边，面带喜色："景晨，这回可是真的。"

景晨迟疑地扬起头，看着笑眯眯的林明，愣住了："什么真的?"

"这回，你老婆真的怀孕了。肚子疼其实是不适当地运动导致动了胎气，还好没什么大问题，住几天院保胎吧。"

"啊！夏初又怀孕了，你们俩怎么这么有速度！"凑过来的陶陶恰好听了后一半，她松了口气，又把景晨拉到另外一边，沉着声问："景晨，你老实说，你对夏初是真心的吗?"

景晨郑重点头："我是真心的！"

"你有这句话我就放心了，暂且信了你吧！景晨，夏初的性格你也知道，大体上可以说是个性情有些淡漠的老好人，但是我们俩一起长大，没有人比我更了解她。她没有父母，从小跟在外公身边，虽然老爷子也很宠她，但是她骨子里其实很缺乏安全感，极少对别人敞开自己的内心，受了伤害第一反应就是躲开。对爱情和结婚这些事情，她几乎没有什么幻想而且有些迟钝，正常女人梦寐以求的贵族帅哥王老五之类的，在夏初的认知中，百分百是拉进黑名单的。她最希望嫁个平凡到平庸的男人，过那种安稳到乏味的生活。所以，看到她承认和你的感情时，我真的替她高兴，至少她明明白白地拥有了真爱，而不是之前为了结婚而结婚。"

陶陶说到这里，感觉眼眶里潮潮的，顿了顿才严肃地质问景晨："到现在，你还没有跟你们家正式说明和夏初的关系，你打算两边瞒到什么时候？你要知道，你已经严重地伤了夏初的心！"

景晨抬起头，正视着陶陶审问的目光，说："陶陶你放心，我和宋晗之间真的没有感情可言，只是，这中间的情况有些复杂。我需要一点时间来解决，不过我一定会给夏初一个圆满的解释，我不会让她离开我。"

陶陶"哼"了一声表示还算满意。她起身踱到病房门口扒着门缝看了看，病床上夏初在药物的作用下睡得安稳，这才踱着步子回来说："既然这样的话，鉴于你之前的表现都很不错，看起来像个能托付终身的男人，那我就替夏初赌一把。她现在怀孕了，你要趁机把夏初安抚好，记得还要尽快把你自己那些乱七八糟的事情处理清楚，然后带夏初去你们家正式见家长。对了，这两天你就抽空把夏初的东西搬回你家去，我就先不收留她了，给你个机会，好生伺候着，不然你小心点。"

景晨连连点头，喜笑颜开。

云夏初醒来的时候，守在床边的陶陶立即端了碗鱼汤过来，舀起一勺吹了吹送到夏初嘴边，面有喜色："夏初，好好补补身子吧，这是你们家景晨一大早回家炖的，你可要好好调养身体。按这日子看，你流产刚三个月就又怀孕啦。所幸，大夫说没有大碍。那个大夫跟景晨好像是同学，他还说了，刚流产不久又怀孕，一定要万般注意。”陶陶说着腾出一只手把夏初的病历递了过去。

云夏初乍听了陶陶这一迭话，脑袋就停止了思考，许久，才捕捉出其中的主要信息是，她怀孕了！这怎么可能？夏初难以置信地瞪着陶陶，木讷地接过陶陶递过来的病历单子，上面清楚地写着妊娠六周。

夏初不自觉地咬着嘴唇，开始回想这其中是不是出了什么纰漏。如果是真的，那很显然，唯一的可能就是那个大雨之夜。可是她明明吃过毓婷了，难道她不幸买的是假药？怎么可能？

“你说，那个大夫跟景晨是同学？”夏初忽然问道。

陶陶对她这问题，愣了一下，纳闷地点点头：“嗯，他同学，林明，上次也是他给你看的啊，你忘了？”

夏初略作思考，俯身凑到陶陶耳边低声说：“陶陶，你去外面药店帮我买一张验孕试纸吧。”

“哦？”陶陶奇怪地问，“要试纸干吗 ？医院直接查血液还有错？你就是昨天搬东西动了胎气，才会肚子疼的。”

“快点去，别让景晨看见，拜托了。”夏初说着，接过陶陶手里的鱼汤，催促着她。

一头雾水的陶陶无奈地去外面药店按夏初的要求买了一张验孕试纸。

拿到试纸的夏初立即下床进了卫生间。

两分钟后，两条鲜明的红杠彻底粉碎了夏初的侥幸心里。她郁闷地想起这个月也曾经迟疑过怎么好朋友还没来，不过这个念头当时在脑海里也只是一闪而过。她想可能是最近忙得累着了，要不就是前期那些药吃得影响经期了，还琢磨要吃点中药调理一下。

谁知，这次却是真的！夏初有些哭笑不得！

陶陶站在外面敲着卫生间的门，安慰道：“夏初，你别乱想了，现在这样，也别管他那什么女朋友了，反正你跟他领过结婚证，又在教堂举行了婚礼，上帝证婚的，怕什么？你就名正言顺地跟着他吧，好好把孩子生下来。我觉得，你们俩其实挺般配的，就别互相扛着了。这孩子简直是你们的天使……”

夏初极其沮丧，这就是人生啊！跌宕起伏，花明柳暗！

# 第二十三章　一切回到开始

上午，趁着病房里就剩下她和景晨的时候，夏初忍不住出口确认：“你那天是不是偷偷把我的药换了？”

“哦！哪天？什么药？”

“就是，就是下雨那天的第二天，我就怕有意外，明明买了毓婷回家，你说水没开。”夏初恼羞不已。

“哦！”景晨拖长了声音，似乎也刚想起来，“那天啊，那天我换完水，不小心把你的药盒子碰倒了。那个小小的白片就滚到饮水机后面去了，我没好意思告诉你。因为你说吃的维生素，我就偷偷从旁边多宝格的药盒里找了片大小差不多的维生素C给你补上了。啊！原来你竟然吃的毓婷！”景晨说着，脸上的表情从错愕到庆幸，然后是两眼直冒欢喜的精光，就差要手舞足蹈地出门去奔走相告了。

夏初郁闷地躺下去，揪着被子盖过头顶，恨不得能就此逃避了残酷的现实。

住院第一天，夏初始终在矛盾中煎熬，当初，为了肚子里那个子虚乌有的孩子，她眼巴巴地找上门去跟那个路人甲签合同假结婚；现在，她动了情伤了心，该走为上策之时，却不早不晚地怀孕了。要或者不要，每思及这个问题，都让她觉得五脏六腑都隐隐作痛。她想，要不还是先躲开他，静下来仔细想想再做打算吧。

下午，景晨接了个电话，之后趴在夏初的床边说：“夏初，你先睡会儿，我有点事去趟公司，晚饭前我就回来了。你想吃什么？”

夏初闭着眼睛，不应声。

于是景晨犹豫了一下，悻悻地起身带上门出去了。

二十分钟以后，夏初翻身起床，心想就趁这空吧。这么想着就穿上了外套，拿过自己的包，开了门看了看楼道里并无异状，于是轻轻地带上门，装作若无其事地径直穿过楼道，左拐弯就到了妇产科住院部的门口。但是夏初的左脚刚刚迈出门，就看见一个护士从值班室里出来，以特别关照的口吻问道：“云小姐，您要去哪儿？您爱人刚才走的时候托我多照看您，千万不要让您一个人在外面走动。”说着，就走了过来，搀着云夏初亲自把她送回病房，安排她躺好，才笑容可掬地说：“云小姐，您这是保胎，最好卧床静养，不要随意下床走动。”

夏初的手放在被子下面，紧紧地攥成拳头，脸上却不得不报以微笑：“麻烦您了，我就是想散散步。”

“没关系，那要不我陪您散会儿步。”护士小姐的态度热情亲切。

夏初摇摇头：“哦！不用麻烦了，我有点累了，我还是躺着吧。”

“那也好，下回您要是想散步最好请家属陪同，要是您家属不在您也可以按铃找护士。”

夏初郁闷地点点头，自嘲地想，出院的时候应该给这位护士小姐写封感谢信，态度真好！

这么一来，夏初算是认清了自己所处的形势，古今通用的上计在她这里看来是行不通了。不过说实话，刚才被送中回来的时候，她竟然暗中松了一口气。因为，在从病房门口走到值班室门口那段路中，她愣是没想出来，她可以逃去哪儿。既不给大家添麻烦也一时半会儿不会被景晨发现的地方，似乎没有，确实没有！

那就先老实地在这儿躺着吧，此事需从长计议！

住了三天医院，夏初被景晨接回家，进了706的门，她愣了一下，就转身往外走：“错了，我还是先回806去住。”

景晨伸手挡住门，笑容可掬：“不行啊，陶陶说她胆小，怕再被你吓着了，所以求我继续收留你。”

“我不用你照顾。”云夏初说着，推开景晨的胳膊，固执地要去806借住。景晨笑得狡黠，不由分说地俯身打横抱起她，在云夏初的惊呼中把她轻轻地放

回卧室的床上，竖起食指：“嘘！你吵着宝宝了。”

云夏初梗着脖子，脸却红成了大番茄，半天才发现她的东西都已经被搬回来，原样安置好了。景晨过来帮她把枕头拍舒服了，说：“陶陶和吴沫昨天就把你的东西搬回来了。他们不打算收留孕妇，所以你就别惦着去806住了。乖！好好躺着，别乱动，等会儿晚饭好了叫你。我去炖个冬瓜鲈鱼汤，你最近工作太累了，要好好安胎。”

他离她很近，说话时，气息带着凉凉的薄荷味儿，语气和眼神是不该有的温情脉脉。云夏初满心抗拒，却又在恍然中生出幸福的错觉。她咬紧嘴唇，在错觉里闭上眼睛。

景晨把窗帘拉上，又帮她盖好被子，起身轻轻地带上门出去了。

云夏初觉得眼睛里热热的，那分明是偷来的幸福，她却拒绝得如此艰难。

手伸到枕头下面，触到一枚冰凉的金属物件，夏初下意识地翻开枕头，那枚戒指安静地躺在那里，在她泫然而下的泪光里，折射出缤纷的光芒。夏初把戒指握在手心里，头埋在枕头里，任眼泪淌出来。

景晨端了牛奶进来，看见夏初趴在枕头上，肩膀微微地颤抖，于是放下牛奶杯子，轻轻地俯身拥住夏初：“夏初。”他有些艰难地开口，组织语句想要郑重地给她个承诺。

但是夏初咬咬牙，在枕头上擦干了眼泪，撑起身子，冷着脸打断了景晨：“没事，跟你没关系，孕妇有时候会心情抑郁。”

景晨开口，还想说什么。

夏初翻身，盖好被子，背朝着他，鼻音浓重：“我不关心你到底是谁，也不想再问当初你到底为什么骗我结婚，只是你别忘了，我们的合同还有五个月零十九天到期。”

许久，夏初听见身后微不可闻的叹息声，然后，门被带上了。

屋里光线黯淡，夏初吸了吸鼻子，再一次提醒自己，夏初，你们，就当是发生过一场意外的陌生人，本不该有交集更不该有感情。

遵医嘱，夏初请了一周的假，在家卧床安胎。

景晨倒是很自觉地又搬回北屋去了，没给夏初继续添堵。

大舅妈却说要亲自来照顾她，夏初连忙拒绝，一迭声地说：“没事，没事，挺好的，表妹在家复习呢吧？她考研挺辛苦的，您就安心照顾她和大舅吧，过段日子不忙了您再来。”

“那你把电话给景晨，我再叮咛他几句。”大舅妈在电话那头儿发话。夏初看看正在厨房里忙碌的景晨，咬了咬嘴唇，捂着话筒冲景晨说：“景晨，麻烦过来接一下，我大舅妈的电话。她说跟你说几句，你听听就行，也不用往心里去。”

景晨径直出来，接过话筒，兴高采烈地问候：“大舅妈，您好！”

冷眼看着景晨腾出一只手把墩子拽到面前，一屁股坐了下去，看样子是准备长聊了，夏初皱起眉头。

这通电话打了足足半个小时。景晨和大舅妈从孕妇起居饮食聊到婴幼儿营养保健一直到孩子上学。夏初听着话题已经快扯到给孩子找工作了，忍无可忍地抬脚踢了踢仍旧聊得兴致勃勃的景晨，冲着厨房的方向指了指。排骨估摸着已经炖烂了，景晨这才意犹未尽地与大舅妈道了别，约好下次再聊，然后挂断电话，一溜烟冲进厨房去了。

于是，在大舅妈的全权授权下，每日里，夏初睁开眼，就有营养丰厚的早点奉上。家里打扫得一尘不染，衣服熨得平平整整。客厅里又添置了几盆大型绿植，说是有益于孕妇心情舒畅。除了帮忙洗澡被坚决拒绝而作罢，景晨把夏初照顾得无微不至，就连夏初洗澡，他也搬着凳子坐在浴室门口，以防她滑倒时好及时冲进去实施救援。

夏初站在花洒下面，任热水滑过依然平坦的肚皮。浴室里腾起热气。夏初看见对面的镜子里，影像渐渐地模糊，就像那个人的真实面目。尽管心里已笃定，真相十之八九是可憎的，却又在潜意识中拒绝去探询，只好一遍又一遍地骗自己，就当是回到开始执行那个该死的合同吧。

洗完澡，穿好衣服，夏初打算把换下的内衣偷摸地放在洗衣筐的最下面，明天一起洗，结果却发现洗衣筐里面空空的，她一时僵住。浴室里温度偏高，夏初的脸就呼啦啦地烧起来。

景晨在外面喊：“洗好了吗？好了快点出来，里面太闷了，空气不好。”

“哦！好了。”夏初支吾地应着，情急之下把换下的内衣藏在背后，出了浴

室，趁景晨不注意塞在枕头下面。

景晨打扫完浴室，挠着头出来看见夏初坐在电视前面目不转睛，脸颊潮红，遂坏坏地笑笑。

早晨起来，夏初发现她昨晚藏在枕头下面的内衣正在阳台上晒太阳呢。

怎一个窘字了得！

夏初从心底里告诫自己，不能再这样下去了，不管景晨到底安的什么心，就算他对她日久生了情是真的，那也抵不过她原来是个小三的事实。未婚妻找上门，他甚至不曾给过她任何合理的解释，即然这样，再这样不明不白地纠缠下去伤害只会更深罢了。

她踱步到沙发边上深呼吸，然后委身坐定了，板平了脸，对正在忙着榨豆浆的景晨说："你过来，我跟你商量件事。"

景晨领命，立即摘了围裙过来挨着夏初坐下，笑眯眯地问："夏初，有什么事?"

夏初的表情再严肃不过："我想清楚了，我们之间的事情，就当是场闹剧，到此为止，OK！孩子我自己会想办法，对于给你和你女朋友带来的困扰，我表示非常的抱歉。"

"夏初，你这样算不算是在吃醋?"景晨敛起笑，忽然问道。

夏初觉得自己肝气快要郁结了，她忍不住冲他翻了个大白眼："没有，你妄想症严重了。"

景晨扳着夏初的肩膀让她面向自己，无比认真地看着夏初的眼睛说："夏初，你答应我，给我点时间，好吗？我会跟宋晗解释的，我和她相互没有感情。"

夏初与他清澈的目光相对时，心里一颤，有一瞬间她有种想不顾一切的冲动，但是那冲动稍纵即逝，理智很快占了上风。她安静地开口："景晨，你到底还骗了我什么？以宋晗的家世，她为什么要嫁给一个靠着皮相卖红酒的男人?"

景晨愣住了，他眼里的期待忽然暗了下去，放在夏初脸颊上的手僵住。

夏初没有放过他脸上任何一个细微的表情，他的挣扎和迟疑让夏初又一次自嘲地笑了笑，遂拨开了他的手，冷淡地转过脸，说："你的时间都是你的，跟我没有关系，不需要我给。我会尽快找房子搬出去。"她说完收起心里的阵阵酸楚，转身大步地走向自己的卧室。

景晨立即起身紧跟着夏初，站在门口，脸上很快挂上了与以往无异的吊儿郎当：“那 OK，我们继续执行合同条款，你要是提前违约就准备五十万。”

夏初愤懑地想，这人除了妄想症严重，还有人格分裂的倾向。

过了一会儿，景晨又推门进来，抱着一个筐子，拽过夏初床头的椅子自行坐下，然后从筐里拿出大大小小的瓶罐，一一地递到夏初眼前，无视夏初的冷淡，一味热情地献宝：“这是叶酸，每天要吃四百微克，这样宝宝才会聪明，这是钙，这是孕妇奶粉。对了，你上班记得穿这件防辐射衣服，还有，这本妊娠宝典，你没事也看看。当然你要不想看，可以问我，我已经仔细研究过了。”

夏初看着那些七零八落的东西在床上依次摊开，再看看激情澎湃的景晨，有些哭笑不得。她已经不知是不是该继续采取冷着脸不搭理他的冷战模式，因为眼前这人，像是天生来对付她的，随你爱搭不理，丝毫不损人家的激情。

相比于夏初的矛盾纠结，景晨则是情绪高涨一心一意地准备修炼成一个合格的准爸爸。书架上迅速地塞进了婴儿色彩学、婴儿心理学等等专业书籍，几乎是奔着当育婴专家的目标去了。这两天，回家带一两样玩具、衣服甚至儿童文具之类的，成了他生活里的必要节目。夏初眼见着婴儿房里的东西日渐丰富，心里却越来越矛盾。她纠结的越来越多的是该不该要这个来得意外的孩子。对她而言，现在的情况已经不同于最初签合同时，现在怀孕反而成了她最大的心理负担。如果要这个孩子，那么她和景晨，注定了要纠结一辈子。

夏初狠了狠心扬起头，手不自觉地抚上小腹，心里蓦地就重重地疼。

只是，该了结的早一步了结，伤害也许会比晚一步少。尽管她潜意识里拒绝去思考景晨到底是何来历，为何处心积虑地一路骗她，但是她骗不过自己的是，他终是有目的而来的，卖红酒不过是个幌子。开始的时候她还信他，但是宋晗的出现让这个幌子无声地倒下去了。夏初也想到了，景晨似乎和福泽有着千丝万缕撇也撇不清的联系。

下午，景晨下班回来的时候，发现家里有一片异样的安静。他心里一紧，立即穿过客厅去看夏初的卧室，屋里一切如常，只是夏初不知所踪。景晨连忙摸出手机拨通夏初的电话，随之，一阵悦耳的铃声在客厅茶几上响起，夏初压

根儿没带电话！

806还没有人回来，景晨按了半天的门铃，并无人应声。

安馨说，夏初下午给我打电话了，问了问这两天工作的事情，没来上班啊。不是请假了嘛！

……

景晨匆匆地下楼，先绕着小区花园寻找了一圈，未见夏初的影子，然后是小区外面的便利店、蛋糕房、小公园、超市……一圈转下来，天已经黑透了。初冬时节，路上的行人裹着围巾，行色匆匆。景晨绝望地站在路灯下面吹着冷风，才发现刚才出来得匆忙，竟然连外套都没穿。这会儿冷汗顺着额头直往下淌。他抬手抹了把汗，转念一想，又生出一线希望，立即转身回家，拐过小花园，他远远地看见706的客厅里，亮着灯！

他兴奋地冲进楼里，看见电梯正好在顶楼，于是攀着楼梯就往上跑，等他气喘吁吁地开了门，发现夏初正坐在沙发上看电视。夏初有些纳闷地看了看惊魂未定的他，问道："你怎么了？"

景晨重重地松了口气，露出笑脸，摇摇头，装作什么都没发生："没，没事，挺好的，爬爬楼梯锻炼身体。"

"哦！"夏初淡淡地应着，眼睛没有离开电视屏幕。

"夏初，你下午是不是出去忘带手机了，我打你电话没人接。"过了一会儿，景晨从卫生间出来，似乎顺便问起了这句。

"哦！我去门口音像店买了几张CD，忘了带手机。怎么，你有事找我？"

"没，没有。"景晨在夏初的注视里，涨红了脸。

"我有点事跟你说。"夏初语气如常。

景晨刚刚放下去的心脏又提了起来："什么事？"

"景晨，我这两天仔细地想过了，我不想也不能要这个孩子了。"夏初说这话时，安静地看着景晨，面色平静。

"为什么？当初你都愿意为那个不存在孩子的跟我假结婚。"景晨绕过茶几，匆匆过来挨着夏初坐下，紧张地握住夏初的肩膀。因为太过吃惊，在不觉中手劲过大，骨节发白。

夏初觉得肩膀上骨头生疼，她忍着痛，冷静地说："当初我只是单纯地想要那个孩子，那时我以为只是借用你的身份而已。对我而言，你就是个路人甲。现在不一样，现在我不能睁着眼睛骗自己。我和你不可能有结果，所以我也不想跟你有牵绊。我虽然不是很确定，但是你自己心里应该很清楚，你从一开始就不是单纯出于卖红酒才骗的我。现在我也不想知道到底是为什么，我只求你，到此为止吧，我们就当从来都不认识，什么都没发生过吧。”

“夏初，我们会有结果的。你不要冲动，我会很快解决这些问题的，相信我，我一定会给你一个金玉良缘。”景晨急迫地表白决心。

夏初心里涌起酸楚的温暖，她看着他，许久，缓缓地摇了摇头。

景晨的脸色越来越沉重，两人僵持片刻，他忽然开口：“夏初，如果你执意，我就去请大舅妈回来坐镇看着你。”

“你敢告诉大舅妈，我跟你没完!”夏初急了，恶狠狠地威胁景晨。

两人的谈论不欢而散，夏初闷闷地回屋去了，关上门就拉开柜子，拿出钥匙打开第三个抽屉，把自己的证件、和景晨签的合约、结婚证等等一并装进文件袋，又把文件袋放进一个书包，然后把书包放在床头柜下面的柜子里，以备不时之需。

做好了这些，夏初松了口气，瞥见放在床头柜上的叶酸和钙片，摸了摸肚子犹豫了一下，要或者不要，她还下不了决心，那还是按时把药吃了吧，想着就拿起杯子转身去客厅里倒水。景晨本来斜躺在沙发上，看见夏初出来，立即起来躲着夏初回自己屋去了。夏初抱着杯子极其纳闷，他怎么了？躲那么远，脸色红得也不大对劲。夏初一边纳闷地琢磨，一边往杯子里接水，瞥见扔在沙发上的外套，忽然想起晚上他回来的时候，只穿着一件衬衣，背上被汗水打湿了一片。难道说，他下班回来出去找她了？不会是冻感冒了吧？夏初想到这儿，不由得握紧了杯子。

吃完药，夏初看了看对面紧闭的房门，有光线从门缝里隐隐地透出来。她暗暗地跺了跺脚，拉开抽屉，找出药箱，从里面翻出几包感冒冲剂，迟疑了片刻，才走了过去敲了敲门。景晨听到敲门声立即奔过来打开门。夏初一看，嘿！眼前这位，正带着一个大口罩，单单露出的两只大眼正滴溜地转。看出夏初暗暗弯起的嘴角，景晨挠了挠头发，有些不好意思地说：“我好像有点感冒了，你是孕妇，怕传染给你。”

夏初没说话，把手里的药递了过去，转身就回屋了。

景晨先是低头看了看塞到自己手里的感冒冲剂，又抬头看了看对面已经关上的门，口罩下面的嘴巴几乎咧到了耳朵根上。

只是，早晨起来，夏初却依然是冰山一座，几乎没拿正眼看过他。

景晨悻悻地收起堆了一脸的笑，发现形势依然不太乐观，于是他趁着早饭后去了趟公司，然后还不到十点，又匆匆地回来了。

夏初的目光在他的脸上停留了片刻，却没有发问。

于是景晨立即上前，喜笑颜开地说："夏初，我们就先不用请大舅妈来了，我跟我们老板请了几天假，他说让我好好照顾我老婆。"

夏初狠狠地白了他两眼，然后郁闷地耷拉着脸按着遥控器把电视频道换了一圈。

景晨却自此寸步不离地看着夏初，从家里到超市，从珠宝店到音像店，从咖啡厅到蛋糕房……小区的人们时常可见这表情相当不搭的两位，女的总是冷冰冰地板着一张只能算得上清秀的脸，男的很俊，而且总是笑眼弯弯地幸福洋溢，一看就让大爷大妈小姑娘们喜欢。帅哥每每碰上大爷大妈搭腔的时候，都会不厌其烦地介绍："这是我老婆。她怀孕了，压力太大，太紧张了，所以心情不太好。我带她散散步。"

大爷大妈们就会一脸善意地开导心情不好的孕妇："姑娘啊，怀孕可是好事，别紧张，放轻松，赶明儿生个大胖小子，一三口家倍儿幸福！"

夏初每每听到这儿，冰冷的脸上不由得多出一丝尴尬，挤出僵硬的笑容，看起来更像是孕期抑郁的孕妇。

过了两天，夏初生气了，连门都不出了。

于是，景晨屁颠屁颠地径自跑了好几趟居委会，跟热心的大妈把关于给孩子办理准生证的手续打听得一清二楚。回到家，夏初却说什么也不愿意交出证件，景晨只好自己给找了个台阶："咱也不用着急，还有七八个月呢！"

# 第二十四章　开始是一场盛大的谎言

奇怪的是，宋晗并没有再找上门来，对于自己这个小三怀孕事件，夏初一直有些忐忑不安，只是犹豫再三，也没有再问景晨他到底如何打算！她忍了又忍，把心里的不安和寞落统统地收起来，告诫自己不要心存幻想了，等上了班就开始计划着先找房子搬家吧！

好不容易挨到休假结束，夏初早早起床，收拾好东西准备去上班，景晨立即跟了上来："我送你！"说完，无视夏初的反应，穿上外套就跟着往外走，等到了大厦门口，又不顾夏初的反对直接开进停车场停好车后，牵着夏初一直把她送到公司门口，又体贴地替她整理好套在羊毛衫外面的防辐射服，这才把手里的电脑包递给她说："我跟安馨打过招呼了，我跟她说你情绪不太好，拜托她好好照顾你，等下班我来接你。"

云夏初无语，郁闷地点头，转身就看见以安馨为首的一群人笑得暧昧不已。每个人看见她，都喜笑颜开地来恭喜她又怀孕了，而且表情均是一副：夏初，你真命好！嫁了个好老公！

安馨凑过来，坏笑着问："又怀孕啦？我说你们俩动作也太快了，都提醒过你们消停点了。不过你放心，这回我一定好好照看着你，不让你累着，不让你加班，你放心地当孕妇就成。"

夏初忍着一腔郁闷咬着牙，把安馨推到一边，进了办公室，就关上门，把安馨挡在门外。

安馨权当她脸皮薄，在外间不管不顾更是笑得肆无忌惮。公共办公区里不时传来欢声笑语，云夏初不止一次地想找胶带去把安馨的大嘴巴粘起来。

窗台上的盆栽，不知什么时候，从绿叶中间抽出一枝穗状绿色的花萼。顶端悄悄开了两朵白色的蝴蝶状小花，在阳光里温柔婉约地绽放着。下面正有花苞渐次地从绿色的花萼里抽出来，还未完全绽开。屋子里散开了淡而清甜的香味儿。夏初观察了好几次，还是认不出是什么花，兀自沉浸在清淡却始终不散去的香味里。

钱悦来签字的时候，一进门，就循着特别的香味儿走到窗台边上："哦！这是白蝴蝶花，不对，应该叫野姜花。我爸在院子里种了两株。夏初，你来闻闻，这花的香味儿很特别，不是很浓却又无处不在。"钱悦说着，凑近了使劲地闻着花香，满足地感叹："香啊！我们家院子里都是这味儿。我爸说，别看这花算不上多漂亮，几乎可以说太素雅了，可是闻过这香味儿以后，任谁也得惦着。隔壁大叔跟他讨了好几回了，等明年春天分了株就给他们送去。"

夏初的心绪恍然。

钱悦笑着把报表递给她："你老公品味很特别啊。这花很衬你，有低调却难以抗拒的魅力，一旦靠近了，心就会迷失在那种清甜的味道里，呵呵！"

钱悦的一番话让夏初的心里涌起带着微酸的甜。

她在窗台边，出神地看着那朵安静的小白花，在心里悄声地问它："你说，我该怎么办？"

野姜花无声，夏初亦无声地笑笑，鼻子一酸，索性把那两朵初绽的小花摘了下来夹进笔记本里，收进抽屉，连同不愿面对的内心的纠结也一起收起来。

下午，她跟安馨请了半天假，在安馨狐疑的注视里，有些紧张地撒谎："我下午也没什么事，看天气挺好的，我想去趟医院跟大夫聊聊。"

安馨看着她不自然的表情，不放心地叮咛了几句，才让她走了。

夏初去了附近的一家医院，挂了妇产科的专家号，坐在门诊外面的长椅上，绞着双手，就觉得呼吸越来越紧张。尽管理智告诉她不该留着这个孩子，可是感情上却怎么也舍不得，一想等会儿要去大夫那里询问人工流产的问题，就觉得像是要生生从心上剜掉一块肉一样。

排到云夏初的时候，护士出来喊了一声。夏初下意识地想要站起来，却觉得腿脚发软，心跳得压都压不住。身边一位挺着肚子的孕妇看了看一脸恍惚的云夏初，好心地提醒道："是在叫你吧？"

云夏初慌忙地遮住病历上的名字，摇着头结结巴巴地说：“不，不是!”

护士喊了几声，见没有人应，目光从长椅上几个候诊的人脸上扫了过去。夏初连忙低下了头，随后起身匆匆忙忙地逃出了医院。等出了医院大门，迎着风把大衣裹紧了，眼泪就再也忍不住扑簌簌地往下掉。

景晨打来电话时，听出夏初的异样，握着手机的手紧张地直发抖，连带着声音也颤抖了：“夏初，安馨说你请假去医院，你，怎么了?”

夏初狠狠地抹了一把眼泪，回答：“没事，问问大夫建立孕检档案的问题。你不用管我，我打车回去。”

回到家，景晨小心翼翼地察言观色，未见异样，又照顾夏初吃了晚饭，然后看着她在饭后平静地吃了叶酸和钙片，这才放下了紧张了半天的心。

夏初从进门，就看出景晨的紧张和不安。她暗自地叹了口气又有些于心不忍，末了，就安慰自己，那就安心地怀着吧。他终究也算是个好人，也许将来不会为难她和孩子。这么想来，心里倒也平静了许多，晚上躺在床上，很快地就睡着了。

然而，让夏初最忐忑不安的真相终是被推到了她面前。

午后，安馨史无前例地站在外面敲门，在得到允许之后才推门进来，一脸沉重。夏初失笑：“怎么了，这么严肃?”

“夏初，问题很严重。”

“哦！发生什么事情了?”云夏初摘下眼镜，好整以暇地看着安馨。

“记得我上次说起诉赵致晗的事吧?”

“嗯，记得，怎么，他不承认?”

“不，比这更严重，昨天下午你刚走，赵致晗就私下来找我。他说，如果我撤销对他的起诉，他就告诉我一个重大机密，是关于福泽的战略中，如何针对我们恩依布局的。”

“你答应了？他说了什么?”夏初问道，心跳加速。

“开始我不相信，但是他拿出了一张福泽高管的合影，你看。”安馨说着，递给夏初一张照片。

夏初接过去，下意识地扫了一眼，脑袋里忽然空白一片，照片上右数第二个人，那是景晨，挨着他站的，正是那天请吃饭的表哥。夏初这时忽然想起来，

为什么会觉得那个表哥那么眼熟，那就是福泽的新任总裁苏以乔，杂志上有过他的专访。

安馨停顿了片刻，看着夏初强作镇定的表情，一咬牙接着说："据赵致晗说，景晨其实是苏以乔的堂弟，年初才从法国回来的，现任福泽的销售总监。对了，还有一条八卦，就是苏以萱可是苏家的大小姐，苏以乔的亲妹妹。"

夏初心里惴惴不安的猜测还是成了事实，然而，这一刻，她心里却是失望大过于愤怒，脸上挂着僵硬的笑："原来如此。福泽还真是费尽心机地布局啊。"

"嗯，年初新品发布会上，苏以乔跟我谈过，有意入股恩依，我拒绝了，但是据说他们年初制定的战略部署里，有意向收购恩依作为福泽时尚饰品的分支。因为恩依的支柱就是你和我，所以福泽不惜代价找猎头来挖你。我本人绝对信任你，一直没过问，但是他们竟然这么出招儿，销售总监亲自出马当卧底，还把生米煮成了熟饭。"安馨鄙夷地讽刺。

"看来我在他们部署中举足轻重啊！"云夏初自嘲，脸色惨白。

安馨担心地看着她："夏初，你别冲动，我之所以坚持到现在才来告诉你，就是因为昨天刚刚听到时我确实也很气愤，但是我忍了忍，冷静地再三考虑了整件事情的前因后果。客观地说，福泽这招儿的初衷够损，但是就景晨的执行效果来看，还真是差强人意。这结果估计苏以乔比我们更闹心！所以你现在首要想的应该是孩子的事情。既然知道了福泽的部署，那么对于恩依来说，就不会有太大的问题。虽然对于芬萝的合作案，从景晨的角度出发来说，他有可能骗了我们。所以在这个合作案上我们不能继续寄予太大的期望，不过话说回来，这个就算放弃了影响也不是不可挽回。我相信只要你我还在，我们努力就能撑起恩依。而且，到目前为止，除了被赵致晗盗走的那套设计，福泽对恩依并未采取过不正当竞争手段。我们犯不上为此跟他们打官司，甚至反目成仇，相反对于赵致晗，我倒不打算轻易放过他。所以我最后告诉他，这点我们早就知道了，要不然怎么会联合福泽起诉他呢。我劝他还是想好到法庭上怎么应对吧。"

夏初木然地点头，心里随之涌起重重叠叠的疲倦，在她心里，也许早就料到真相会令人绝望，所以她一直不愿去深究。即使有很多次已触及边缘，她却骗着自己蒙着心绕道而行，用所谓爱情自我催眠。

安馨看着夏初神色恍惚，于是拉着凳子在她对面坐下："夏初，我现在担心的就是你。你和景晨在一个屋檐下生活了那么久，我看得出来，你对景晨有感情，而且，我个人认为，这么长时间以来，景晨对你不可能纯粹出于欺骗，也许正是因为景晨对你的感情，才导致他没有按计划把你拉下水进而收购恩依。所以，撇开恩依和福泽，你要好好权衡。对于女人来说，幸福的家庭才是最重要的。我并不赞成你就此把景晨为你所做的都抹干净。不管他的初衷如何，如果他所做的都是出于对你的真心，那原谅了他也无妨。夏初，这是关于你幸福的大事。我这么说，就是希望你撇开一切负担，听听你心里怎么说。”

窗台上的野姜花已经开了大半，幽香渐浓，远远看去，像是栖息在绿叶间的一群白蝴蝶，似乎随时都会振翅而去。夏初的心里翻腾着难以抑制的厌倦和失落。他终是从头到尾骗了她，没有点滴的遗落。他说爱上她时，到底带着几分的真心？那或许也在福泽的部署之中吧！夏初想着，嘴角浮起自嘲的冷笑，眼睛酸涩？她轻轻地吸了吸鼻子，对沉默的安馨说：“安馨，麻烦你先借我二十万吧，还有，你帮我留心在公司附近租个一居室，我想搬出来。”

安馨思考了片刻，点头：“那也行，你先搬出来冷静一下，仔细考虑考虑，不行我让我妈过来照顾你几天。”

云夏初给窗台上的野姜花浇了点水，看它在阳光里优雅地舒展着枝叶。窗外，一片晴好。屋里安静得似乎能听到阳光滴落在叶子上扑扑簌簌的声音。许久，夏初重重地叹了一口气，她想，总是吃不到梦里的水果糖，或许是因为把漂亮糖纸拨开了，真相并不甜蜜。抽屉里还放着两张她画的素圈草图，她拿出来看了两眼，一狠心揉成一团扔到旁边的垃圾桶里去了。

景晨一如既往来接她下班，安馨目光复杂地看了看景晨，欲言又止。

夏初微笑着冲安馨告了别，主动地挽上了景晨的胳膊，她说：“今天别回家做饭了，去外面吃吧。”

“为什么？”

“嗯，为该庆祝的事情庆祝一下吧，意味轩怎么样？”

景晨心里“咯噔”一下，有些紧张地扭头去看夏初，而后者的眉目中有些说不出来的倦色。

两人又一次去了意味轩。云夏初看着入口颇为壮观的三千瓶红酒，不动声

色地笑笑："景大公子，最近业绩怎么样？"

"嘿嘿，还好。"景晨讪讪地笑。

两人入座，夏初点了一瓶红颜容，忽然毫无征兆地开口："说来也是，一个著名珠宝集团的销售总监来推销红酒，小菜一碟不是？"云夏初握着高脚杯小啜一口，十指纤长，动作优雅。

景晨震惊地抬头，只是云夏初却点到即止，按下此题不表，开始认真地对付盘子里的开胃菜。

"夏初，我其实……"被揭发了真面目的景晨慌乱中撞翻了高脚杯，琥珀色的酒液侵染了刺绣的桌布，服务员连忙过来收拾桌面。

"嗯，没关系，你不用解释了。我们就高高兴兴地享用这顿美餐，也算作从哪里开始，在哪里结束！"夏初说着，漫不经心地挑起眉毛随意地提起："对了，还有，谢谢你送我的野姜花，用来熏屋子不错，不过，你知道野姜花的花语是什么吗？"

景晨茫然地看了看夏初，迟疑地猜测道："纯洁？优雅？思念？"

夏初轻轻摇头，笑得云淡风清："不，她的花语是，无聊！说来你送得还满恰当，暗示了发生在我们之间的那些无聊而乏味的事情。"

景晨握着叉子的手僵在半空中，微笑生硬地停留在嘴角，半晌，才掩饰地低下头把盘子里的奶油磨菇送进嘴里，食不知味。

夏初存了心地让他不得安生，表情温和有佳，语气却是冷嘲热讽："景大总监，我纯属八卦地问问，您可以不回答，您作为福泽苏老爷子的直系亲属，我想您是外孙子吧！看得出来，您为了福泽牺牲可不小，不惜亲自来当卧底，屈就我这么一俗人，洗衣服做饭就不说了，还要费尽心机编了一个关于红酒的美妙故事当幌子，可真是难为您，啧啧！我想想都觉得于心不忍！建议您可以考虑进入娱乐界发展，哦！我想我错了，像您这样的出身，应该是不屑于涉足娱乐圈的，而且您还有一位门当户对的未婚妻。真可惜，不然以您的外型和演技，加以时日，我相信绝对是影帝的人选。"夏初说着，似笑非笑地端起酒杯，仰起脖子把杯子里的红酒一饮而尽。

景晨感觉背上的冷汗淋漓，他不曾见过夏初这副不愠不火却伶牙俐齿极尽讽刺之能事的样子。平日里，她气急了，会忍不住挥着拳头疾言厉色，可是这次她该是失望至极，厌倦了再跟他无休止地纠缠。

他心里一急，放下刀叉看着夏初，因为骤然被揭开一直掖着藏着的真实身份，他的表情紧张且尴尬：“夏初，也不全是这样。我一开始确实是为了收购恩依才接近的你，但是后来就不是了。我不是演戏，我是出于真心的。宋晗的事情也不是你想的那样，我和她互相都没有感情。我正在和她协商，很快就会跟我爷爷说明情况求得他的理解。夏初，你相信我，一切都会顺利解决的。”

夏初眼帘低垂，疏密有致的长睫毛在下眼睑上遮出薄薄的阴影。她摇头，目光不曾离开面前的盘子。方形的浅口白瓷盘没有任何装饰性纹路，里面放着一块小而精致的提拉米苏，仅用巧克力酱勾了一个随意的圈作为装饰。她出神地想，如果把爱情看做这盘子中的甜点，口味才应该是食客最关注的。本就该用这样纯白的毫无繁复装饰的盘子来盛，如果放在烫金描花的器皿里，往往却难以下咽，倒像是一场盛大的谎言！

许久，夏初恍惚地抬头，像是自言自语地说：“好了，一切都结束了。”

然后她冲服务生摆了摆手，平静地吩咐：“先生，结账！”

# 第二十五章　以结婚证为准

最后的晚餐结束后，夏初一路沉默着随着景晨回到706。她把那个三十万的存折和向安馨借的二十万现金支票一并推到景晨面前，表情平静："现在真相大白，我们也就别兜圈子了，晚饭时我说的话你就当我给嘴过个瘾罢了。现在我们打开天窗说亮话。安馨说，也许后来是因为你的努力，福泽才没有对恩依采取实际的行动。不管事实如何，我们就权当这推测是真的。她说商场上的事情，没有明刀明枪地打起来，大家就睁一只眼闭一只眼，心知肚明地加强防范就是了。所以福泽对恩依的计划请你们就不要再费心机了，到此为止！还有，我们之间也就应了那野姜花的暗示吧，谁都别为难谁。孩子的事情你也不用担心，我自己想办法。请你把合同还给我，明天我们去离婚，就此两清吧。"

夏初说这番话时，语气波澜不起，似乎还有些浅淡的遗憾。

景晨目光紧紧地注视着夏初，看来她该是已经痛下了决心，脸上找不出一丝的犹疑。沉默了片刻，景晨忽然露齿一笑："你说什么合同?"

"你?"夏初讶异，她看看笑得狡黠的景晨，心生狐疑，"别明知故问了，快点。"

"我不知道你说的什么合同。我有结婚证。"景晨抵死不承认。

夏初愤愤地起身，去卧室床头柜里找出她上次打包的各种证件，打开文件袋，仔细翻了一遍又一遍，却震惊地发现，什么都在，唯独少了那份合同，怒气呼地冲上了脑门。她冲出客厅，指着景晨的鼻子，气得身体直颤抖："你竟然偷了我的合同！我不管，婚我离定了，钱你不要算了。"夏初难得在怒气中清醒地把五十万巨款收了回来。

“我不离。”景晨笑眯眯地，简短有力地拒绝。

“你这个无赖，王八蛋，不要脸。”夏初气得语无伦次。

“嗯，这些我没意见。”景晨是打定了主意，跟夏初死缠烂打。

夏初对这无赖彻底没了辙。她自己窝着一肚子火回屋躺在床上，郁闷地盯着天花板，思考该如何对付那个不要脸的王八蛋。

过了一会儿，景晨抱着被子不请自来，夏初警觉地坐起身子：“你干吗？”

“我想我还是看着你比较好。你的情绪不太稳定，我不放心！”景晨说着，自顾自地在夏初床边铺开被子打地铺。

夏初挪到床边，忍不住抬脚踹他：“你快点滚出去，不然我打110了。”

“你打110干吗？警察不管两口子吵架的。再说，你想闹离婚闹得让整个小区的人都知道啊？我又没出轨。王大妈一定会说是你不对的，都怀了孕还犹豫要不要生小孩，现在又想离婚，听听，多不像话啊。人家一定会很同情我，唉！”景晨抱着胳膊，闭上眼睛，装腔作势。

愤懑的夏初不管不顾地撂下狠话：“我不管，明天就去离婚，谁爱说说去。”

灯熄了很久，夏初在床上翻来覆去地睡不着。

“夏初，我对你，是真的。我也说不清是从哪天开始的。我每天醒来睁开眼睛，就会想对面屋里，你是不是已经醒来了，会不会也想起我。我已经习惯了把这个有你的屋子当做家，每天看见你，心里就很满足。夏初，你不相信这就是真的爱情吗？”紧挨着床边打地铺的景晨幽幽地开口，语气平和寂寥，声音不大，却在夏初的心里嗡嗡地回荡个不停。

初冬的月光隐约地透过窗帘，漫过半张床。夏初平躺在半边月光里，眼泪悄然地滴落在枕头上。她说：“你不要再骗我了。我们之间，就当，什么都没发生过。”

她闭上眼睛，把所有都关在心门之外，就像蚌合上了它坚硬的壳，关起温润的珠珂，不再展示于人。

挨着夏初在床边打地铺的景晨，完全地没在黑暗里。他也没有再说话，许久，却发现，脸颊上一片湿热。

第二天，早晨起来，夏初还没能把景晨弄出家门，大舅和二舅两家四口子呼啦都来了。大舅妈进门就责备夏初：“夏初啊，你还长出息了，这刚怀孕怎么

就闹着要离婚？两口子哪有不吵架的？床头吵了床尾和，还能就闹上离婚了？离婚岂是儿戏，你也不是小孩子了，怎么那么不懂事？”

夏初懵住了，怎么家人都来了！

“就是，你这孩子，一直都挺明白事理的，这回怎么就这么糊涂。你外公要知道了，一定得被你气着。”二舅妈也顺着念叨了两句夏初的不是。

夏初咬咬牙，看着坐在对面一副婚姻受害方表情的景晨，回过神来就打心眼里想抽他，可是现在的问题是要先安抚家人。夏初郁闷地在心里斟言琢句，以求找个比较能让人接受的理由来解释她和景晨的荒唐婚姻。实话实说？从她自己走错门上错床开始？

这话还真是说不出口！

夏初犹豫间，一直沉默的大舅开口了：“夏初，景晨已经跟我们解释过了，你们俩开始的认识过程有些小误会和小摩擦，但是他对你确实是真心真意的。之前，他家里有些事，所以也一直没好安排我们两家的家长见面，不过，昨天，他堂兄已经先行到咱家见了一面。我们也看得出来，他虽然没说，景晨家应该是大家世。”

夏初极其吃惊地瞪圆了眼睛，小误会？小摩擦？

她强压着火气腹诽，呸！亏他说得出口！

大舅安抚地拍了拍她的肩膀，语重心长地说：“当然，我们作为长辈，更希望你能嫁得门当户对。这样你不受欺负，我们也放心，但是，看景晨的家教，也知道他们家不会亏待你。你要是因为这个有思想负担，要离婚，大舅劝你一句，结婚可是一辈子的事情，幸不幸福，只有你自己知道。你扪心自问，景晨待你如何？你现在又怀孕了，想事情要周全，不能光考虑你自己，还要替孩子想想，孩子可不能一出生就没有爸爸。你不要因为一时冲动，做出以后后悔的决定。”

大舅妈紧着附和：“对啊，夏初，景晨这孩子，孝顺又有担待！我们信得过。你外公你爸爸妈妈要是在世，也会答应的！所以你就别冒傻气了，安安心心地养身体生孩子是正经事。我就跟这儿照顾你几天，你有啥不顺心的跟我念叨念叨。我听电视上总说，现在的孕妇压力大容易得抑郁症，我瞧着你有这苗头。”

景晨坐在一边，表情带着三分伤感七分暗喜。

夏初则彻底傻了眼，一时立刻没了主意。

于是，在夏初看来，这难以原谅的欺骗行为，表面上就这么被大事化小，小事化了了。

尽管心里万般抵触，但她左思右想，却别无上策，看着大舅妈里里外外地伺候她吃喝拉撒，忙得心满意足，更是无数次实话到了嘴边，又生生地咽了回去。

她只好耐着性子与景晨维持表面和平，不过基本上态度保持零度左右，不吵架也不给好脸色！好在大舅妈说了："目前夏初最重要的任务就是安胎，为了安全起见，你们俩分房睡吧"。这让夏初小小地庆幸。

这几天，景晨不知道忙什么，每天回来都很晚。大舅妈问起来，他只是说公司最近有些忙。他回答时夏初就冷眼看他有些勉强的笑脸，直觉得似乎不会这么简单，下一刻就会想，难道他为了她正在和家里争取？但是四目相对时，他只是淡淡地笑笑，什么都没说。于是，夏初攥起拳头暗暗地掐了掐手心，惩罚自己立场不坚定，被骗得这么彻底，还不求清醒。

大舅妈每天买菜做饭打扫卫生忙得不亦乐乎，景晨依然以加班为理由很晚才回来。夏初趁着上班时间看了几套房子，却都差强人意，不是采光不好，就是楼层高了还没电梯，或者就是房子装修太差。安馨提议要不先搬到她家住，夏初连忙拒绝。她说也不用太着急，还要慢慢把大舅妈哄回家才能搬家。夏初觉得自己之所以拒绝得那么痛快，也许除了大舅妈坐镇的原因之外，多多少少是因为她的不舍得，是真的不舍。她骗得了他，骗得了所有人，却骗不了自己。她像是给自己一个死刑缓期执行的理由，在心里缓缓地告别那也许是爱情的东西。

周日，天气不错，初冬的暖阳和煦。大舅妈陪着夏初下楼去小公园散步。公园里不时可见蹒跚学步的小孩子，穿着粉色可爱的小棉袄，远远地看着，就让人从心里觉得欢喜。偶尔还会有推着婴儿车的年轻父母经过，笑得甜蜜满足。大舅妈眼馋地看着笑得"咯咯"的小婴儿，忍不住数落夏初："看看，有个孩子多幸福！你和景晨生了孩子就踏踏实实地过日子，别整天净想些没用的。你年

纪也不小了，不抓紧生小孩将来有的苦吃。过了三十生小孩的那些大龄孕妇，经常出点这样那样的问题。前几天听陶陶妈说一个亲戚家的姑娘三十五了才生小孩，要做羊水穿刺。大夫就用那种大针管，嗯，大概有这么粗的针头，从肚皮上插进去，不让打麻药，疼着呢!”大舅妈一边比划着一边数落，夏初忍不住打了个寒颤。

“所以我说夏初啊，你心里一定要有个谱。差不多就行了，别再跟景晨闹别扭了。你看你这几天，老拉着脸，我看着景晨都怪可怜的。你就别欺负他了，挺好一孩子，你要知道惜福。”

“大舅妈，现在大舅对您挺好的吧？我看他特听您的话，嘿嘿”夏初被说得窘了，急中生智，笑嘻嘻地岔开了话题。

听闻此言，大舅妈的脸上竟然冒出几分羞涩，连着眼角的鱼尾纹也生动起来。夏初揶揄地挽上大舅妈的胳膊，不依不饶地问：“您就说说嘛。我听表妹说了，现在大舅戒烟戒酒，一下班就回家，帮您择菜煮饭陪聊天的，两人感情倍儿好。”

大舅妈缓缓地叹了口气，才说：“都老头儿老太太了，还有什么好吵的。一辈子磕磕绊绊的都忍过来了，老了就是做个伴。病了有个人端水递药，闷了有人说说话聊聊天，还求什么？你大舅年轻时那些荒唐事我也是真伤心过。那时候要不是你外公拦着，我好几次都铁了心想跟他离婚。现在都过去了，看看你大舅现在的表现，回头想想，年轻的时候我也有不对的地方，有时候说个软话，兴许他就趁台阶下了。那天他也说，年轻的时候他其实也不全是嫌弃我丑，就是觉得我这人有些木，脾气又倔，回了家看见他都没几句热乎话，就觉得心里堵得慌，呵呵！这说来也怪我笨！还有你二舅妈跟你二舅现在也好多了。你二舅妈那人也就是嘴巴刻薄了点，心眼儿其实不坏。我们啊，都是折腾了半辈子，老了老了才算活明白了。所以夏初，不是我说你，其实说到底，女人嫁给什么样的男人到头来不都是柴米油盐地过日子嘛，嫁个知道疼你对你好的，就是福气了。你说说景晨还有什么可挑剔的？人心都是肉长的，听话，别老在家甩脸子了，好好养着，把孩子健健康康地生下来比什么都管用。”

大舅妈的话让夏初心里悲喜交加，喜的是大舅妈和大舅吵了半辈子，总算在老了收获了一份平静家常的幸福，而悲的是，她和景晨的婚姻，却是一个谎言的衍生品，是一件说不得的荒唐事。她无法解释，也无从说起。

她挽着大舅妈在路边的长椅上坐下，靠着椅背，看着落满了叶子的树林里，一地阳光；刚刚学会走路的小宝宝们高兴地踩着地上厚厚的黄叶摇摇晃晃地走来走去；干枯的树叶被踩出窸窸窣窣的声响；孩子的笑声清脆悦耳。夏初把头靠在大舅妈的肩膀上，在毫无遮拦的阳光里，心里有些明晃晃地难过，清晰得躲也躲不开。

吴沫要买一枚钻戒向陶陶正式求婚，他有些腼腆地来问夏初："夏初姐，你说我买个什么样的钻戒给陶陶呢？她随便一个包就上万，可我没那么多钱，我怕她不高兴。"

夏初看他站在玄关里，穿着白色夹克，手揣在衣服兜里，窘迫地红着脸。夏初遂笑呵呵地拍了拍他的肩膀："你这个傻瓜。你有多少钱，陶陶心里有数。她又不是奔着钱才嫁给你的，所以你别瞎琢磨，心意到了就好。"

夏初穿了厚厚的抓绒外套，围上围巾出了门，陪着吴沫去了珠宝市场，看了几家，意向选定了几颗裸钻。吴沫最终挑了一颗只有三十分，但是颜色、净度、切工均属最好的小钻，末了看着夏初，肯定地说："夏初姐，就买这个吧，虽然比那几颗小，但是品质好。"

而后，又坚持选了950的铂金做戒托。吴沫趴在柜台上认真地挑选式样，鼻尖上冒出细密的汗。

夏初打心底替陶陶感到欣慰。吴沫确是值得她托付终身的人，有颗纯净善良的心，在同样的价钱下选择三十分纯净完美的小钻而舍弃五十分有微瑕的次品。他在他能力范围内给了陶陶最好的，没有分毫的欺骗。

一切定好之后，交钱的时候，他一连刷了三张卡，才凑够了钱，回头看了看跟在身后的夏初，不好意思地笑了笑。夏初报以理解的微笑，认真地说："放心吧，陶陶一定会很喜欢的。"

吴沫点点头，说："夏初姐，谢谢你那么多年对我的照顾，我一定经常让你闹心吧？呵呵！你以前老说是我的老妈子，我总以为你开玩笑。后来我才明白，我是真的给你找了好多麻烦。我那时候太幼稚了，从来没有设身处地地替你想。夏初姐，所以就算我固执地一厢情愿地赖着你，老天也没给我机会，呵呵！陶

陶却是个大迷糊，自理能力又很差。她需要我照顾，就像你照顾我一样，反而让我心里觉得满足，再不是那个手忙脚乱也跟不上你的大一新生了！”

夏初心里一热，她伸出手臂轻轻地拥抱了一下吴沫，微笑着说：“加油哦！陶陶就交给你了！”

吴沫腼腆地应着，话题忽然一转：“对了，夏初姐，我昨天加了一天班，下班晚，回来的时候大概快九点了，顺便去小区门口那家咖啡厅给陶陶买宵夜，恰好碰见景晨哥和一个年轻女人。他们刚好坐在离门口挺近的地方，景晨哥背对着门坐着，那女的是短发，长得挺漂亮的。我等着打包，就坐在一边，好像听见景晨哥一直在求那女的什么事，口气很诚恳。不过他的声音小，我听不清，就听见那女的笑着说：‘放心，约在这儿见面只是因为我恰好顺路，所以你别紧张。既然你都开口求我了，我就不再找上门去了。不过嘛，现在也不该我着急。我就犯不着跟着你一起去老爷子那儿讨骂。我看这回由你出面好了！你搞不定的话再说！’”吴沫说着，看着夏初一脸懵懂的样子，小心翼翼地问：“景晨哥没跟你提过吗？他是不是碰上什么困难的事情了？”

夏初回过神，支支吾吾地应着：“哦！这个他提过，好像是工作上的事情吧。没事，别担心。”

“那我就放心了。夏初姐，你怀孕了，要多注意身体。”吴沫把忐忑不安的心情收了起来，高兴地把夏初扶上副驾，替她系好安全带。

夏初坐在副驾上，有些心不在焉地想，景晨应该约的是宋晗。他该是为了他们的事情去求宋晗了。夏初心里有些不忍，但是宋晗的态度和那番话均让她觉得很费解。

野姜花谢了，只是办公室里还是有隐约的花香。夏初浇水时忍不住仔细地端详了一翻，中心没有抽出新的花穗的迹象。钱悦说是花期过了，要等明年才能开花了！夏初有些淡淡的失望。

赵致晗打来电话时，夏初正在清理残花，她看也没看，就按下了接听键：“您好！”

“夏初，你——好！”

赵致晗对于这通电话如此顺利地打通，竟有些迟疑。

夏初愣了一下，下意识地想要挂断电话，但是电话那头儿立即传来赵致晗几乎带着哭腔的哀求：“夏初，你别挂，这次我真的是走投无路了才来求你的。你替我求求安馨，我赔钱给她，让她别告我了。我不想坐牢！夏初，我也是一时鬼迷心窍，看在我们相交一场的份上，你救我一次。我保证，最后一次。我以后会老老实实做人的。”

夏初把落在叶子下面的花瓣一一拣出来，顿了一下，电话那头儿的赵致晗在紧张中又怀着一丝期待。

“这个我做不了主，你求我也没用！不好意思！”夏初客气而生分地拒绝，不顾赵致晗声泪俱下地哀求，毅然决然地挂断了电话。

赵致晗却不敢轻易放弃这最后的救命稻草，电话不依不饶地响着。

夏初恼了，她不用想也知道如果她脑袋发热跟安馨开这口，安馨百分百之会瞪着大眼对她鄙视至极。再说，对于本性难移的赵致晗其人，就让他自作自受吧！于是她拿起电话，按了挂机，然后坚决地把赵致晗拉进了黑名单。

# 第二十六章　最后的真相

内线却在三分钟后响了，夏初恼怒地看了看电话，伸出手，犹豫了一下，把来电转到了钱悦的分机上。

片刻后，钱悦打了内线进来说："夏初，有位宋小姐找你，转过去吗?"

夏初有些纳闷地应声，电话接通后，传来平和的女声："你好！云小姐，我是宋晗。"

"哦！您——好!"因为意外，夏初的声音有些轻微的颤抖。

电话那头儿，听不出宋晗有任何的不悦，她说："云小姐，我门见个面吧，就约在你们楼下的咖啡厅好了，你身体不太方便。"

挂了电话，夏初叹了口气。她想该来的总是要来的，该面对的躲也躲不开。在她心里，一直认为无论如何，她的存在都伤害了宋晗。过了片刻，夏初起身，慢吞吞地关了电脑，脱掉防辐射服，抚上小腹，暗暗地下了决心，该说的还是早点说清的好。她绝不会给他们造成困扰，但是她必须为孩子争取生机。

夏初下楼，看见大厦物业已经在大厅里准备圣诞树了。每年一进十二月，圣诞的氛围就一天比一天浓郁。工作人员正忙着装扮足有六米高的圣诞树。夏初小心地绕过摆满一地的金银球、花环、礼品盒子……心里暗自感叹，今天是十二月二号，时间可真快啊!

她左拐穿过中庭，到了位于A区一楼的咖啡厅，站在门口，暗自挺胸抬头，鼓足勇气才一咬牙推开了门，宋晗在正对着门的位置上冲她轻轻挥手。

"您好！云小姐。"宋晗的脸上，却看不出明显的怒气。她淡淡地吩咐站在旁边的服务员："一杯红茶，一块乳酪蛋糕。"转而对夏初微微一笑："孕妇最好不要喝咖啡。”

夏初点头，紧张的心理也因为宋晗没有恶意的态度而有所缓和。她低头轻轻地呷了一口红茶，握着拳头给自己暗暗地打了回气，挺直了背，在宋晗的沉默中开口：“宋小姐，对于给您带来的困扰，我非常抱歉。不过，请您相信，关于您以及景晨是苏家的人，这些事情我都是最近才知道，但是，我会尽快地解决。我已经在找房子，很快我就搬家，还有，”夏初习惯性地咬了咬下唇，抬起头直视宋晗，“我知道这么说也许对您不公平，但是我必须要说，孩子是无辜的。请允许我留下他，我只是纯粹想要这个孩子而已。我可以去公证。对于抚养费或者苏家的财产，您大可放心，我不会觊觎的。”

夏初紧盯着对面的宋晗，语气诚恳，态度不卑不亢。说完之后，她倒觉得心里轻松了许多。

宋晗慢悠悠地把碟子里的蛋糕切成小块，然后用叉子叉着伸进红茶里蘸了蘸才送进嘴里，表情非常之享受。夏初猜不出她是何用意。她安静地等待着。她已经陈述了自己的决定，不管宋晗答不答应，孩子她都一定要留下。

宋晗却冲着她微微一笑，说：“好啊！孩子当然是无辜的。你一定要放宽心，别有负担！”

夏初诧异地瞪圆了眼睛，有些难以置信地求证：“你，没有意见？”

“当然，这话说的，孩子在你肚子里，自然是你做主，怎么还问我的意见？”宋晗竟有些淡淡的不耐烦。夏初从她的表情里没有找出一丝讽刺或者愤怒。她坐在那里，说这话的语气有些像陶陶，或者安馨。

“可是，为什么？”夏初有些冒傻气地问道，这个状况实在超出了她的理解范围。

宋晗已经把碟子里的蛋糕消灭殆尽。她拿起纸巾优雅地擦了擦嘴，说：“景晨已经跟我谈过了，我们已经达成协议。我不过问你生宝宝的事情，不过，夏初，你要是答应我一件事情，我甚至可以帮你做更多。”

夏初已经不知道该说什么了，她本来打好了充分的腹稿，以一个怀了孕小三的身份来和正主儿谈判，准备坦然地接受被侮辱被怒斥等等一切后果！谁知，这正主儿压根儿不按牌理出牌。

看出夏初的困惑，宋晗笑眯眯地开口建议：“夏初，要不你来谢氏吧，我觉

得还是把你放在我身边看着比较放心。你也不用找房子了，我帮你安排个住处，找人照顾你。景晨他怎么也不会来我眼皮底下纠缠你吧，这样你也可以安心地怀孕待产。你别乱想，我是真诚地邀请你，可没有把你放在自己地盘上欺负的意思，我说过，很欣赏你的设计风格。”

这算什么建议?！安排怀了孕的小三跟自己一起共事！宋晗到底想卖什么药，夏初迟疑地问道：“你们，难道也想收购恩侬?”

“没有，我们可没福泽那么大胃口，也没那么雄厚的资金。我纯粹对你个人感兴趣而已。怎么样，你同意的话就在这合同上签字。放心，安馨给你什么待遇，我都加百分之三十。”宋晗豪爽地甩出早已准备好的一式两份的合同。

夏初把合同轻轻地推还给宋晗，为难地摇了摇头，说：“不好意思，宋小姐，我本人持有恩侬百分之二十的股份。所以，我不能跳槽，我不能对不起安馨。”

宋晗有些意外，顿了一下才说：“安馨对你确实不错。这下我理解了，为什么福泽三番五次挖不动你。既然这样，那我也就不为难你了，不过找房子的事情，你要是愿意，我还是可以帮你安排。”宋晗爽快地把合同收了起来，起身冲夏初莞尔一笑：“那就这样，我有事先走了，你多保重!”

不知为什么，夏初觉得，宋晗临走时，那笑容有说不出的狡黠。只是想破了脑袋，也不知景晨和宋晗到底谈了什么，以至于宋晗对于她怀孕这件事情的态度，即便是像景晨说的，他们两人没有感情，但是在家族的推动下，他们已经谈婚论嫁了，她也不该大度到这种诡异的地步。

下了班，景晨按时来接夏初回家。夏初看见他一副神清气爽的样子，忽然想问他到底和宋晗达成了什么协议，但转念思及自己已经跟宋晗说了要搬家了，那就别问了吧，他们之间的事她其实也没心情过问。

一路上，景晨自发自愿地给夏初讲笑话。夏初起初皱着眉头，后来被逗得憋不住了，也偷偷地笑。进了家门，她却意外地发现，苏以萱正坐在沙发上和大舅妈聊得高兴。

夏初暗想，今天的不速之客还真不少!

景晨也同样诧异地问道：“以萱，你怎么来了?”

“我来看看你们呀，看，我还买了好多婴儿用品，还有孕妇装，嘿嘿！不过不知道合不合适，这可是咱们家的第一个小 baby，好激动啊！”说着，就笑眯眯地过来挽上夏初的胳膊。这会儿，云夏初才发现，苏以萱和景晨笑起来，眉梢眼角的弧度简直如出一辙，真是一家人啊！怎么就没早发现呢。

大舅妈去厨房忙乎了，苏以萱侧着脑袋看了看景晨，然后转过身把夏初拉到主卧里，笑得像个小狐狸一样：“夏初姐，看我买的小衣服，可爱吧！”

景晨跟进来一脸狐疑。

于是苏以萱又走过去，皱着眉头说：“景晨哥，你去厨房帮大舅妈做饭去吧，我跟夏初姐说点悄悄话，您就别跟这儿杵着了，不太方便！放心，我不说你坏话！”说着，就把景晨推了出去，反身锁上了门。

夏初一头雾水。

苏以萱凑了过来小声地说：“夏初姐，我跟你说啊，我表哥对你可是真心的。你别不信，他这阵子基本游说了除了我爷爷之外的全家人。大家没说一定帮他至少也都答应保持中立，嘿嘿！于是他昨天回家正式跟我爷爷摊牌了。当时他的样子特帅，哇塞！我那个激动啊，立即决定站在你们这边。”苏以萱说着兴奋得两眼冒光，一副唯恐天下不乱的样子。云夏初心里感叹，可真是不是一家人，不进一家门啊！

苏以萱说着，双手抱着夏初的胳膊，俯身听听她的肚皮，也不管她一脸的不自在，自顾自地说：“夏初姐，你别怪我堂兄，他虽然一开始是骗了你，可是后来他是真的爱上你了。这个情况说起来有点复杂，我长话短说吧，大概就是，年初的时候我哥跟我爷爷商量，计划把福泽的市场同时向中低端的青春饰品和顶级奢侈品两个方向扩展。然后我爷爷就把景晨哥从法国叫了回来。他已经毕业好几年了，一直呆在一个红酒庄园打工。他回来以后，爷爷说给他一年的时间，让他熟悉福泽的运营管理，计划是由他来开拓并掌管青春饰品部，但是景晨哥不愿意。原因你应该也知道一二，他想在北京郊区租块地开个红酒庄园。对管理饰品经营，他是一点兴趣都没有，可他也不敢挑战我爷爷的权威。在我们家，我爷爷向来说一不二的，再说他还得求着老爷子给他的庄园投资呢，无奈景晨哥只好去求我哥。我哥就给他出了个几乎不太可能的主意，就是收购你们恩依，最好是把恩依的原班人马和品牌都搬到福泽的名下。这么一来，青春部直接进入运营正轨，景晨哥他挂个名爱干吗干吗去。嘿嘿！说来我哥也挺损

的。”苏以萱说着，倒没忘了鄙视一下苏以乔。

夏初苦笑着示意她继续说下去。

“我哥他早就跟安馨姐旁敲侧击地问过，安馨姐一点意向都没有，而且他也让人力找猎头挖了你好几次了。后来他找人调查过你和安馨姐的渊源，知道很难搞定，于是就把景晨哥推出去了，真损啊！景晨哥一向自信过头，还吹牛说他出马，没有搞不定的女人，嘿嘿！夏初姐，你别生气，景晨哥当时就是这么说的，不过这回是你把他拽下马了！自从我那次碰巧发现你们两同居开始，嘿嘿！就发现景晨哥背地里偷偷地帮你。本来打算成功收购恩依以后，他就领了我爷爷给的赏金去开酒庄了，可是有一次赶上有人同时卖了两套设计稿给福泽，景晨哥就跟我哥争取了很久。我哥最终同意他从两套中挑选一套由他保管，景晨哥还挺郁闷的。我听我嫂子说，据说那两套设计都是你的，所以大家都看出来了，他的卧底计划快要把他自己搭进去了！”

夏初听着，一时心乱如麻，不知这算喜算悲，这时却想起一件很重要的事情，犹豫了片刻，索性一咬牙：“那你堂兄跟宋晗的婚事怎么样了？”这话出口，夏初就忍不住红了脸。

苏以萱没放过她脸上任何细小的表情，笑着揶揄她：“夏初姐，你之前跟景晨哥闹别扭，是不是因为宋晗姐啊，嘿嘿，你吃醋了，是吧？”

夏初更是窘迫地不知如何作答。

好在苏以萱不做深究，她笑眯眯地继续答疑：“宋晗姐跟我哥一样，都是背地里使损招儿的主儿，她一直都有自己喜欢的人，压根儿不愿意嫁给景晨哥，但是我爷爷和谢家爷爷都是很难搞定的老头子。宋晗姐是他们家的外孙女。我爷爷开始是怕景晨哥待到法国不回来，像我叔叔也就是景晨哥他爸一样。景晨哥打四岁起就是我爷爷亲自带的，所以老爷子一合计，就去找了谢家爷爷，不知道怎么一撮合，就把景晨哥和宋晗姐扯到一起了。这样一来，按预想的景晨哥结了婚待在北京的可能性就比较大了。但是，宋晗姐和景晨哥两人都不愿意。他们两小时候关系就不好，开始是宋晗姐积极抗议，只是景晨哥不予响应。他说，反正我不着急，我要好好想想怎么跟老爷子说，我还有更重要的事情要求他。这件小事还是别让我出面，你去比较合适！景晨哥的小算盘就是先打着婚约有效的旗帜跟我爷爷要投资，等在郊区的酒庄建好了，再跟爷爷摊牌，嘿！

真损！所以宋晗姐又气又着急。她喜欢的人好像是她大学同学，两人感情特别好。不过，自打宋晗姐在上次珠宝协会的酒会上发觉你和景晨哥似乎不对劲，再找人一打听，原来你们已经同居了，她就立即改变了策略，每个周三都去我们家跟我爷爷吃饭，把我爷爷哄得特开心，还故意当着景晨哥的面提出说想把婚礼举行了。说了好一阵子了，发现景晨哥似乎还有些无动于衷，于是她就亲自上门跟你表露了一下身份，这下景晨哥就急了，可他有苦说不出啊！他没法解释，要说，就要从他其实是福泽的少东家说起，再说到他和宋晗姐其实就是两个老头子的主意，然后说到宋晗是故意整他，这他不敢说啊！所以这回换成他立刻去求宋晗姐了，说两人联合起来尽快把他们并无感情不适合结婚的事情解释清楚，任打任罚由他顶着。不过宋晗姐特记仇，她说："我也不急，你出面吧，就说是你外头有人了，所以不能娶我，哈哈！"

夏初汗颜，这两位才是棋逢对手！她这才明白下午宋晗找她的真正含义，原来她是想浑水摸鱼啊！不过，好在宋晗虽然狡诈了些倒还是个明理的姑娘！并没为难自己！

苏以萱说到高兴处，自顾自地乐了一阵子才好不容易收起笑，继续之前的揭秘："于是，景晨哥只好乖乖地回家求我爷爷去了，他说他和宋晗姐没有感情，他有喜欢的人了。你知道吗？夏初姐，已经很多年没有人敢挑战我爷爷的权威了。我哥和温纹姐闹了十几年，还不是乖乖订婚了。当时我就替景晨哥捏了把汗啊。我爷爷大发雷霆，他最近很待见宋晗姐的。当时气氛相当紧张，还以为就要成僵局了，结果宋晗姐及时出面了。她抹着眼泪唯恐天下不乱地说，她本来对景晨也有些好感了，但是现在景晨哥在外面跟别的女人孩子都快生出来了。她太伤心了，看来她和景晨哥还是没有缘分，所以主动提出要跟景晨哥分手。我爷爷一听这话，气得指着景晨哥胡子直抖。我嫂子连忙过去跟我爷爷说了几句悄悄话，然后就搀着我爷爷去书房去了，估计是解释内幕去了。嘿嘿！我嫂子聪明着呢，估计也说了你的情况，呵呵！我们在外面忐忑不安地等了很久，我嫂子才搀着我爷爷出来。他叹了口气，说既然这样，是自己家孙子对不起人家姑娘，改天由他亲自去谢家登门致歉，当时也就同意他们两的事情算了。后来等宋晗姐走了，老爷子就把景晨哥叫到面前问起那句重孙子都快生出来的话，然后就命令景晨哥带你回家。当时，我爷爷撅着胡子。"苏以萱板起巴掌小

脸，做出威严的表情，“他说，你小子给我听好了，不管怎么样，你先把那姑娘带回家让我见见。”苏以萱说到这儿，看着夏初正眼巴巴地看着她，故意笑眯眯地停住了。

云夏初有些紧张地问：“那景晨怎么说的？”

“他说，夏初姐，您说我买的这件小衣服漂不漂亮？”关键时刻，苏以萱拿出她买来的婴儿服献宝。

云夏初硬着头皮，看了看，紧着说：“漂亮，漂亮。”

嘿嘿！这下苏以萱才心满意足地收起衣服，继续讲下文：“景晨哥说了，他和你之间有约定，等孩子生下来再说。当时我爷爷就拿着拐杖砸了他，说他真是没出息，孩子都快生出来了，老婆还没搞定。哈哈！你知道吗？以前我跟爷爷参加过一次你们的新品发布会，爷爷就说你们恩依大有前途，他特别欣赏你，就是那次，他才建议我哥尝试开拓福泽的青春饰品市场，嘿嘿！不过夏初姐，总的来说，景晨哥这次卧底，可真够卖力的！”

云夏初大窘。

苏以萱临走的时候，冲云夏初扬着眉毛，笑得得意：“夏初姐，爷爷那儿你也放心吧，他一来希望景晨哥留在北京，二来看得出他挺待见你的，再来他还白捡了个重孙子，哈哈！他不会为难你们的！还有宋晗姐，她压根就是趁乱报复景晨哥，你更不用担心了，嘿嘿！”

送走苏以萱，云夏初开始认真梳理这件事情的脉络。这么一来，景晨住在706本是为了想办法把自己签进福泽，继而打恩依的主意。而她误打误撞，他索性将计就计，只是，这其中，他们过于入戏了！

景晨看夏初时，破天荒的有些难为情的样子。

夏初的心硬不下来，连带着表情也不那么冷淡了。她觉得自己的心理天平已经失衡了，一会儿想，既然所有的人都不反对，那就顺水推舟算了，反正说到底，她也放不下他。一会儿又想，不行，她自己郁闷了这么久，总也要给他点苦头吃，不能轻易就原谅他。

景晨不知夏初正在进行复杂的心理斗争，他以为形势还不错，再加把柴火，就能把夏初这座冰山给彻底融化了。

# 第二十七章　最后最后的真相

陶陶听说了这其中的渊源，当即就说："那你们就假戏做成真得了呗，景晨挺不错的，比起那个赵致晗不知道好多少倍。家世太好，长得太帅，也不是他的错。你怎么那么抵触这两点呢？别人家恨不得从小培养，就为嫁入豪门。你别那么死心眼，这可是老天爷赐给你的。估计你上辈子别的没干，净给自己攒福气了。所以我说你别拼了命地往外推行不？"

云夏初固执地摇头："其实就是一场意外。他来的目的，本来只是想把我挖进福泽进而并购恩依。所以我和他的婚姻开始基于一个可憎的骗局。"

"算了吧，他也没做成什么，你和恩依不是都稳稳的吗？我觉得啊，现在窗户纸也捅破了，连安馨都劝你要从个人终身大事的角度出发来考虑，从而可见大家也都乐见其成。你干脆就将错就错吧。"陶陶晓之以情，动之以理，末了还露出一脸暧昧的笑。

云夏初感觉血液哗啦涌上了脸，连着耳根也烫了。

于是，夏初进入了新一轮的纠结，就此原谅？太便宜他了！再考察？那如何进行！

与芬萝的合作案希望渺茫。夏初和安馨商量以后，都认为不能在芬萝合作案上寄太大希望。即使景晨没有骗她，但是按苏以萱的说法，苏以乔是早早就看出了景晨的心思了，所以也不能排除他或许出于戒备心理，放了假消息给景晨。

于是，恩依开始着手启动下季产品的策划，只是最近事情繁多，夏初的心久久静不下来，一想起景晨，就觉得心里有个地方酸酸的，有些不甘心，又有

些不舍得。租房的事情按下不提了，夏初跟安馨的解释是关键要先把大舅妈劝回家去。

近来，夏初对景晨的态度阴转多云，回家也多了笑脸。

新品的方案一直定不下来。设计部同事们都发现了，夏初开会时常常心不在焉。主持头脑风暴时，她倒像个没事人一样，半天不发言。钱悦趁着找安馨签字的空，偷偷地把夏初的状况反映给了安馨，安馨听了，摇了摇头说："她最近家里事情多，情绪不太稳定。新品的事情，你们大家多想几套方案，我来定夺。"

夏初正坐在办公室里，面前摆着散放的颜料盒以及一盒透明的琉璃珠。她拿着小号画笔，在琉璃珠上，一笔一画地绘制图案。夏初多年来养成的习惯就是，心静不下来的时候，就在各种材质上做手绘，贝母、水晶、银箔等等。

安馨坐在她对面，捧了茶杯，草草地数了一下，夏初已经画了上百个。看来这阵子夏初纠结的事情真不少。安馨捡起一颗已经晾干了颜料的琉璃球，上面有工笔画的大朵的芙蓉，含芳吐蕊，似乎正有暗香扑来，此外，还有素雅的白荷、伶俐的海棠……安馨来了兴趣，一颗一颗地仔细翻检了来看，忽然眼前一亮，连忙放下茶杯，嚷着："夏初，夏初，我有个好创意。"

夏初愕然地停下笔，抬起头看着对面，见安馨兴奋地鼓着大眼珠子，有些茫然地问："你说什么，创意什么？"

"就是你手绘的这些琉璃珠，你看看，这图案颜色多香艳啊！"

夏初汗颜，这形容词用的！

安馨不管她，举着两颗绘了芙蓉的琉璃珠在耳朵下面边比划边说："你看，你看，是不是风情万种，香艳却不俗气？"

夏初歪着头，仔细地打量了片刻，若有所思地说："是挺衬人的，不过单调了些，香艳度还不够，要是配上些粉晶、橄榄石、碧玺，可能更有感觉。"

"嗯，这构思好，你就按这思路走。项链和手链也以手绘琉璃珠做主材，琉璃也尝试用用白色、蓝色、粉色等等，辅材你看着办。总之，越香艳，越风情越好。"安馨激动得得意忘形，"怎么样，我这个创意不错吧？"

夏初洗了洗画笔，略作思考后，点了点头说："我看可以，我这就招集设计部开会，讨论一下具体图案和辅材的选用。”

安馨跟在后面出门，又一次定位自己为创意天才！

下午，安馨从专柜回来，瞥见正在茶水间里泡茶的夏初，她立即上前，搭上夏初的肩膀，一脸喜色地宣告：“哼哼！刚才律师给我打电话了，赵致晗被判罚款五万，入狱一年，不过还缓期执行一年。唉！我觉得虽然判得轻了点，不过也算出了口恶气，让那个人渣好好学学怎么做人！嘿嘿！”

夏初看着安馨一脸痛快的样子，暗自吐吐舌头，庆幸多亏她那天没心软了去替赵致晗求情，否则安馨能当场跟她翻脸绝交！想想半年前，她还满心憧憬地张罗和赵致晗结婚的事情，要不是裴玲出现，后话还真不好说。现在看来这也算因祸得福！想到得福，她直觉地想起景晨，脸上就微微地漾起了红晕，说到底，她自己心里也在慢慢地认可，他是她的福气！

“对了，还有件事情告诉你。”安馨一边从密封罐里捏出一片柠檬放进了自己的茶杯子里，一边若无其事地开口，“你们家景晨还真是个人才，不择手段我就不说了，还不达目的誓不罢休。这下被拆穿了，他倒好，一边拽着你不放，一边三番四次地来游说我，开出的条件越来越动人，理由也越来越完美。我今天只好把他电话拉黑名单了，太可怕了，难怪你被他吃得死死的。”

夏初无语，发现自己现在的处境，还真是尴尬得紧。想想那人脸皮可真够厚的！

安馨看出她的窘迫，遂表明态度：“我也就是发牢骚，商场上的人脸皮都厚。你也别觉得不好意思，你要把你们俩的感情还有小宝宝置于这些事情之外。反正我是不会同意把恩依卖了，所以你也不用担心。他对你好就行了，我信得过你，所以你自己注意别把咱们的机密泄露了就行。不过我说，你们俩以后的日子想想都觉着刺激，你晚上说梦话都要注意，以防被窃取商业机密，哈哈！”

夏初端着杯子准备走人，安馨跟上来，笑得没心没肺地提议：“夏初，我倒有个建议，你啊！心里可以原谅景晨，但是表面上还是要端着点，可不能让他从此高枕无忧地吃定你，嘿嘿！最好在后院放点小火，让他无暇来磨叽我，嘿嘿！”

夏初听到这话，算是给自己找了个正当理由，背地里算计一下景晨，谁让他贪心不足！

午饭时间，夏初沉溺于修改设计方案，钱助理打电话进来时，她正想拜托她帮忙叫外卖，却被告知有客人拜访。

夏初出了办公室，发现是宋晗来找她！

宋晗面带微笑微微欠身：“不好意思，没有打电话就过来了，我们一起吃午饭，如何?”

夏初没有推辞，应了下来。

两人一起进了公司楼下的餐厅。

宋晗看起来倒是没有一点大小姐的架子，她把利落的短发拢到耳朵后边，直奔主题：“夏初，以萱说已经告诉你，我和景晨其实没什么，嘿嘿！上次找上门闹的事情，实在不好意思。我也是被他逼急了才出此下策，还有那天骗你签合同的事情，也一并对不起啦！”

夏初笑着摇摇头，对于宋晗的坦白倒有些不自在了：“没什么，也不是你的错，都怪那个，景晨。”说道那个景晨时，夏初不自觉地咬了咬嘴唇。那个人，还真是让她心里添堵却又恨不起来。

宋晗看着她的表情，了然于心地笑笑，小声地说：“夏初，你已经知道景晨的身份和他接近你的目的了吧?”

“嗯”夏初有些尴尬的应着。

“这个阴险狡诈的家伙，竟然骗婚，真不要脸！”宋晗咬牙切齿，对景晨的行为嗤之以鼻。

夏初不知该做何回答，只好低头扒拉自己的焗饭。

“夏初，你现在虽然怀孕了，但是你不能轻易地原谅那个卑鄙的家伙，要给他点颜色，不然将来净被他欺负了，嘿嘿！对他就要以其人之道，还治其人之身，也该他尝尝被人骗的滋味。”宋晗说着，一脸不怀好意地笑。

夏初不禁有些同情景晨了，竟然有这么多人等着看他的落魄相。

宋晗放下筷子，一本正经地对夏初说：“夏初，你别着急，我自有办法帮你，你听我的就行，等会儿吃完饭，我先带你去见个重要人物。”

夏初看着已经开始行动的宋晗，一时有些犹豫不定。

“你就别担心了，等我再叫个人来，咱们一起去。”宋晗看出她的迟疑，放下筷子，拿出手机，自行打了个电话。

半个小时后，苏以萱匆匆赶来。宋晗遂附在苏以萱的耳边说了一番悄悄话。苏以萱开始先是连连摇头，后来在宋晗锲而不舍的游说下，才咬着牙点点头说：“那好吧，我就站在你们这边吧，谁让景晨哥是个骗子。唉！”

随后，一头雾水的云夏初被半强制地扶上了宋晗的车。宋晗亲自给安馨打了个电话，替夏初请了半天假。

三人到了东城一座四合院门前，临街的大门紧闭，漆朱红色，门前竟有一截上马石。苏以萱和宋晗不容分说的，一左一右挽着夏初推开朱门跨过门槛。迎面的影壁下面有一缸水仙，三人沿着左侧月亮门进了正院，穿过庭院拾阶进了坐北朝南的主屋。

苏以萱招呼两人在客厅沙发上坐下来，冲着宋晗眨了眨眼，转身进了东侧书房。

有人端了茶水送来，夏初客气地道谢，然后捧了茶杯，安静地打量着客厅里的布置。正面的墙上挂着四幅写意水墨山水，旁边是檀木雕花的博古格，搁置着各式奇石古物等。西侧有一扇绘了簪花仕女图的屏风……看样子，倒是个书香世家。夏初潜意识里有些不安起来。这时，一位威严中不失慈祥的老人在苏以萱的搀扶下走了出来，宋晗立即起身恭敬地叫了声：“苏爷爷好！”

这一声让一直有些忐忑的云夏初如醍醐灌顶，她也连忙跟着鞠了一躬，心想，敢情这位就是苏氏集团的苏老爷子。苏氏旗下除了福泽珠宝，还涉及了地产物流百货等业态，而这位老爷子深居简出，极少在公众场合露面。

夏初仍在震撼中，传说中的苏老爷子已经在她们对面坐下了。看来苏以萱已经跟他介绍过了。老爷子开门见山地说：“云夏初，我认识你，恩侬的设计师。”

云夏初慌忙点头：“您好！苏爷爷！”

“嗯！挺好。”苏老爷子摆了摆手，冲苏以萱和宋晗说：“其实你们不知道，我早就认识位这姑娘了。”

“哦？真的吗？”苏以萱好奇地问。

“如果我没记错的话，夏初，你外公是不是姓许，家住在琉璃厂附近？”

夏初点头，颇感奇怪：“您认识我外公？”

苏老爷子叹了口气，说：“许老头儿在琉璃厂是有名头的，称得上是一位民间鉴赏家。早年，我就见他带着你逛琉璃厂，那会儿，你还是个小丫头，不过

看得出来很有灵气。那时我就想把景晨带去拜个师傅，让他周末放假了也跟着去学些皮毛，但是你外公却不愿意收徒弟。后来我也理解了，他在文革那阵子被伤得深了，所以也就作罢了。再说，那个小子慧根也差点。这不，让他去法国学管理经营，他倒一门心思地惦上卖红酒了。我怕他跟他爸一样，待在外国不回来，就做主给他找了个媳妇。对了，说到这儿我想起来了，宋晗，你是不是骗我老头子了，还说什么对我们家景晨有好感，其实心里另有别人了吧？”

“苏爷爷，您别乱说。”宋晗被说中了小心思，低着头涨红了脸。

“呵呵！那天还真让你蒙着了。你这鬼丫头，竟然骗我这个老头子。多亏那天温纹跟我解释了一下你们这些小孩子的伎俩，说你们各自心有所属，让我放心，就随你们这些年轻人去吧，也翻不起什么大波浪。我也就顺着你们的戏路，给自己个台阶下了。”

“苏爷爷，这不能怪我，景晨他明明不喜欢我，还不主动来跟您说。我爷爷的脾气您也知道，我不敢跟他较真，最后只好出此下策了，您别生我气！千万别跟我爷爷说实话。”宋晗绞着手，主动交代。

“哈哈！我不生你气，也不告诉那个谢老头子。这说来也怪我，不该乱掺和你们年轻人的事。你们跟以乔和温纹不一样，那两个都是傻孩子，我必须给推一把，你们俩，纯粹是我存了私心！不过话说回来，这个当年许老头儿不收的徒弟到成了他孙女婿了，缘分啊！许老爷子地下有知，一定也满意。”苏老爷子说着，自己就爽朗地笑出了声了。夏初窘得红了脸。

苏以萱忽然附到苏老爷子耳朵边上耳语了一番，就见苏老爷子先是诧异，之后脸色渐渐就沉了下来。

“夏初，你们的结婚证上，景晨的名字是叫景晨吗？”苏老爷子忽出此言。

夏初纳闷地点了点头。

“他身份证你见过吗？也叫景晨？”

“嗯，见过，领结婚证的时候见过。”这话问得有些奇怪。夏初一头雾水，忽然她意识到一个问题，那就是苏以萱说过她管景晨的爸爸叫叔叔，那就说明，景晨是苏家的孙子，那么他为什么姓景？

“好了，我知道了，夏初，现在我再问你一句，你愿意当景晨媳妇吗？”苏老爷子神色严肃地问，眼神里却带着炯炯的期盼。

夏初正在自顾自地琢磨为什么景晨姓景的问题，对于苏老爷子的发问，一时有些恍惚。

苏老爷子看她的神色，遂认为她也正在矛盾中，于是沉思了一下说：“夏初，你仔细想想，先不要冲动地决定，不管怎么样，景晨是我的亲孙子。我知道他对你是真心的，不然他也不敢来跟我叫板。我当然希望他幸福，更盼望我的重孙子能早日平安地出生，我们苏家就四世同堂了。但是，我也知道景晨那小子骗了你。这个你不用担心，爷爷帮你出气。你只要自己想清楚，能不能原谅他，接受他。”

夏初眼睛里热热的，认真地点头。

从苏家出来，苏以萱立即凑到夏初身边，先是说了景晨一箩筐的好话，最后才在宋晗的催促下说出实话：“夏初姐，我说了你千万别生气。这不是景晨哥的错，这是我哥给一手办的，就是，就是……”苏以萱支支吾吾中，宋晗忍不住了，接过话茬愤愤不平地说：“就是，苏以乔给苏景晨造了一套假身份证和户口，隐瞒了他的姓，真是可恶啊！”

夏初诧异地看着气愤的宋晗和有些不好意思的苏以萱，结结巴巴地问：“那就可以说，我跟景晨，不，跟苏景晨的婚姻是无效的？”

“对，无效。”宋晗立即给予肯定的答复。

夏初本来就已经有所怀疑，此时面对满脸堆笑的苏以萱以及一脸不平的宋晗，倒有些懵住了，一时觉得哭笑不得，原来，她纠结了这么久的矛盾焦点、合同、结婚证、五十万违约金，竟然都基于苏景晨那个完全无效的身份！他还真是不容易，滴水不漏地骗了她，从头到尾，彻彻底底。

把夏初送到小区门口，宋晗停了车，和苏以萱短暂相视后，目光转向夏初：“夏初，这下你是完全自由的了。你可以毫无牵制地想明白了。我虽然急切地想看到苏景晨的窘相，但是我们都希望你最终能原谅他。对了，你还要好好想想如何报复苏景晨，我们呢，当然都站在你这边，需要帮什么忙随时说话。还有苏老爷子，他说，他也支持你，只要你平平安安地把他们家重孙子生出来，哈哈！”

夏初心存感激地笑着，感觉一身轻松的同时，又有一阵异样的失落涌上心头。末了，她狠狠心想，苏景晨，你也真沉得住气，可别怪我，你这纯粹是自找的！

# 第二十八章　婚姻无间道

陶陶收到了那颗三十分的小钻，镶在一个经典的六爪铂金戒托上，做工极为精致。夏初晚饭后去找她聊天，看她正趴在梳妆台前，美滋滋地把小钻石带上左手纤细的无名指。上好的切工让钻石反射出晶耀纯净的光芒，映着她颊边的微笑，像是微醺的蔷薇！

她转眼看见了夏初，嘴上却说："唉！夏初啊，姑娘我一直认为等我嫁人的时候，再怎么着也要是个Tiffany的克拉钻才凑合吧。唉！真是人算不如天算啊，这么个小钻就把我打发了，命苦啊！"

夏初看着她装腔作势地叹气，一副口不对心的样子，还没来得及笑话她，就见吴沫端着果汁进来。陶陶立即换了一副嘴脸："夏初，你瞧瞧，太败家了，自己又没钱，还买这么大的钻。你看这证书，参数还都是最好的。"

吴沫陪着笑脸，夏初忍俊不禁，无端地羡慕起这种小幸福。

她回家，关了卧室门，从工作台最下面的抽屉里找出那个装了结婚戒指的首饰盒。随着盒子的掀开，钻石生出熠熠的光辉，璀璨晶耀，真地刺痛了眼睛。夏初把戒指拿出来，带在左手无名指上，放在台灯下细细地端详。《圣经》上说，左手无名指有根细细的血管直通心脏，带上婚戒，代表对婚姻用心地承诺。她下意识地按住怦怦直跳的心脏，忽然很想要知道，那天在神父面前，他为她戴上戒指时，是不是有几分的真心！她想起他当时的表情，当时的语气，当时吻在她脸颊时微热的温度，当时从教堂的彩色玻璃窗上投进的阳光在他的脸颊上扫下的淡影……她忍不住抬手揉了揉被光芒刺痛的眼睛，睫毛上水汽潸然！

索性原谅他吧！安安生生地把孩子生出来，然后柴米油盐地老实过日子，应该也是美好从容的事情。想来平日里，他对她好得无话可说，她对他也日久生了情，除去欺骗的因素，两人也算得是两情相悦。夏初呆呆地看着钻戒，内心的天平正渐渐偏向了原谅景晨的一边。这时，景晨恰好敲门进来，他一眼瞥见桌子上熟悉的首饰盒和夏初匆忙遮住的左手，遂喜形于色："老婆，我爷爷说要见见你，我来跟你商量一下，你要是没意见，明天我们就回家去吃晚饭，你别担心，咱家老爷子其实挺和蔼的，他不会为难咱们的。"他说着，语调有些说不出的亲密甜腻。

夏初听着那个腻腻歪歪的"咱们"，心里就莫名生了恼怒，哼！谁跟你咱们啊，你自己心里再清楚不过你我两人其实属非法同居，竟然还一直以结婚证和合同要挟我，实属奸诈之徒，可恶！

不过想归想，脸上却没显山露水，反而冲着苏景晨微微一笑，稍有为难地解释："过两天好不好，我有点紧张，等我准备一下，行吗？"

苏景晨径自当夏初是要见公婆的小媳妇心态，理解地笑着，大大咧咧地揽上夏初的肩膀说："好吧，你就好好准备吧，准备好了跟我说就行，老婆啊，你放宽心，一切有我呢！"

夏初忍不住暗啐，呸！就是因为有你，所以才不敢放心！

等景晨道了晚安，告别出门，夏初反身落锁，立即全盘推翻了之前想要原谅他的那丝念头。

想起他笃定的语气和唇角狡黠的笑，就更觉得心有不甘！用一个假身份胁迫了自己这么久，而且到现在还打恩依的主意，真是鱼和熊掌什么都想要。想到这儿夏初就恨得牙根痒。哼！一定不能那么容易就称了他的心！

这两天，夏初对待景晨的态度，几乎恢复到了两人那几天甜蜜恋爱时的水平了，不时还冲他抛个媚眼。景晨心情大好，暗想看来夏初已经想通了。她还是离不开他的，她一定看清了他对她的用心，愿意重新接受他，然后两人一起快快乐乐地等待孩子降生。

睡前，大舅妈发现夏初和景晨坐在沙发上眉来眼去，腻腻歪歪的，就清清嗓子郑重地说："你们小两口和好如初那是最好不过，但是你们还是要克制一



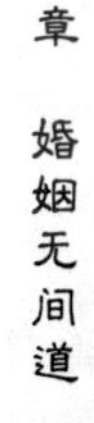

些。夏初你这流产了没多久又怀孕本来就要千万注意，不是舅妈说你们，以后日子还长着呢，不要一时冲动，因小失大了。”

夏初冲着景晨偷偷地吐了吐舌头，脸颊绯红，娇俏可爱。

景晨心里甜蜜的小溪流汩汩流淌，恋恋不舍地在卧室门口跟夏初道了晚安，才喜不自禁地回屋睡觉去了。

至于那三颗大溪地黑珍珠，景晨亲自画了草图找了师傅，做成了一对耳坠和一个项坠。夏初从景晨手里接过那个水晶首饰盒时，在他难以抑制的激动中，犹疑地打开来。盒子里珍珠的芳华依旧夺目，耳坠和项坠分别以碎钻镶嵌的蝴蝶结链接作为主材的黑珍珠，钻石的冷光与珍珠的温润相辉相映。设计虽然说不上有特别灵动之处，倒也中规中矩，看得出是用了心。项坠的蝴蝶结上还有一朵同样由碎钻镶成的精巧小花。夏初心里其实有许多感动，但她还是不动声色地合上了盖子，掩上了耀眼的光芒。她抬手就想递还给景晨，却对上他期待又小心翼翼的目光，心里就有些不忍。她看了看一旁正在看电视的大舅妈，心想还是先收下吧，一定要保持良好的家庭氛围。

她点了点头，不置褒贬，走回屋把盒子收进自己梳妆台的抽屉里。

景晨看她愿意收下这礼物，尽管没有如他期望的那样表示出明显的感动欢喜，但是毕竟顺利收下了，而且夏初一向是个外表淡漠之人。这么一想，他又心满意足地回到客厅跟大舅妈聊天了，又一次一直从孩子出生讨论到孩子就业。

夏初听得无语，不过，大舅妈已经松口了，说到想回家住一阵子去。

取了叶酸和钙片，夏初端着水杯子走到沙发边上挨着大舅妈坐下，看了看旁边的苏景晨，笑了笑说：“景晨，我们找时间去给孩子办准生证吧。”

“哦？准生证还没办哪？那要抓紧时间。”大舅妈一听，急忙催促。

景晨愣了一下，忙说：“哦！我也正想说呢，你把证件给我吧，我去办就行。你不方便，就别跟着跑了。”

“我跟你一起去吧，那样办得快些，再说计生办还要安排我去培训。”

“这个其实你真不用本人去，我找人办就行，培训也就是盖个戳的事情。”

“没关系，我就当去学习了。这点小事，还是别麻烦别人了。”夏初微笑着，理由合情合理。

“那，那先过几天再说吧，后天约了大夫，要带你去做首次孕检了，等检查完了我们再去。”景晨说着，垂下眼帘躲开夏初和大舅妈热切的目光，拿起杯子也装着去倒水了。

夏初冲着景晨的背影暗笑，她说：“好吧，那就过几天再说。你到时候记得提醒我把证件从公司拿回来，前两天有事拿去公司了，一直忘了带回来。我怕回头又忘了！”

“哦？哦！好，我记住了。”景晨握着杯子，极其不自在地点头。

夏初心满意足地回屋了。景晨跟大舅妈道了晚安也跟在后面回了自己屋子，关上门就哭丧着脸躺在床上。夏初好像是故意来告诉他：“我的证件放在公司了，你不用惦着了！”

对于他和夏初婚姻无效的事实，他本来早早就做了打算。上一次他曾经偷偷地拿走了夏初的证件去找苏以乔，想让他托人去民政局直接改一下结婚证，然后再偷摸放回去，等夏初发现，就已成既定事实了。谁知，因为他的卧底计划失败了，苏以乔明确表示不管他。所以他无奈之下，只好又偷偷地先把夏初的证件放回了原处。最近他一直在焦头烂额地到处找人，偏在这个节骨眼上，夏初提起办准生证的事情，还说要一起去，听来像是故意似的。

安馨一听原来这两人婚姻无效，夏初生被一纸无效的合同和结婚证牵绊了这么久，哭笑不得地说：“这个苏景晨啊，真是可恶又可怜。这下好了，他把自己绕进去了，所有人都等着看他笑话呢！”

夏初无语。

“不过，夏初，你听我的，婚姻就是场无硝烟的战争，要有战略地进行。两人的相处模式在一开始形成的时候，你就要高瞻远瞩，要有谋略地搭建婚姻格局，在心理上领导他，让他知道他的一切小把戏你其实心里都清楚，只是你大度而已。只要不触底线，不跟他计较罢了。你一定不能被他吃定了，虽然说结了婚两人要互相信任互相爱护，但是啊，必须保持相对自立、势均力敌的形式。不能一方太软弱，不然天长日久，也许就剩被欺负的份了。其实说到底，女人的不幸都是自己一手造成的，糊里糊涂地恋爱结婚，又糊里糊涂地离婚，人前人后抹着眼泪说起来都是不幸，一辈子就剩这么折腾了。所以聪明的女人要学

会经营婚姻，日子久了两人之间就不是爱情当道了，也会有相看两生厌的时候。这个时候。切忌哭哭啼啼地死缠烂打，最好采取怀柔政策，放下身段说点他爱听的，等他毛顺了，再搭上点眼泪梨花带雨地痛诉其恶行。而且这哭也要注意，不能太过也不能太假，要恰到好处地勾起他的罪恶感，嘿嘿！这个回头你结合实际慢慢研习，这火候可不是一时半会能拿捏得好的。”安馨的大眼珠子里精光四射。

夏初暗地里替齐大扬捏了把汗，被安馨这么个沾上毛比猴还精的女人绝对性地领导着，蜜枣巴掌轮流伺候，真是怪不容易的！

“夏初，鉴于你和景晨的具体形势，之前他强你弱，你被他挟持着，现在嘛，你就要给他点厉害瞧瞧，打场心理战，给他施加一定的心理压力，让他别以为顺便捡了个老婆回家，从此高枕无忧。嘿嘿！我发现了，我可以去客串婚姻问题专家嘛！”安馨说着，忍不住又自我崇拜去了。

夏初认同地点头，怪不得说婚姻是一场旷日持久的战争，双方是彼此唯一的对手，往往越是兵力相当，越是你来我往招数不断，时而短兵相接，时而嫁娶和亲。要时时观察敌情，采取各种计谋策略，日日里忙得不亦乐乎！他嚣张跋扈不可一世的时候，你不妨退兵十里掩藏实力，诱敌深入，再一举拿下。他萎靡不振自怨自艾的时候，你当然也不能趁火打劫，反而要倾力相助，因为他是你唯一的对手，消灭了就没有势均力敌你来我往的乐趣了！

细细想来，结婚还真是一件有意思的事情，尤其是，云夏初的对手是苏景晨！

隔天是夏初去医院孕检的日子，景晨早早起床，做好各项准备事宜，把夏初的早点装进餐盒，然后还列了一张备忘单。瞥见夏初正坐在沙发上弯下腰穿鞋子，他连忙上前，半蹲下身子替夏初系好鞋带。

大舅妈抿着嘴直夸景晨心细，还说把夏初交给他很放心。景晨更是笑得乖巧有礼。

夏初瘪瘪嘴，扭头却迎上大舅妈热切的注视，连忙笑做幸福美满状。

下了楼，夏初侧目看了看旁边正殷勤备至地搀扶着她的苏景晨，忽然把脑袋微微偏向景晨，心生坏笑，她说：“景晨，你说咱们家孩子叫什么名字呢？景什么好听呢？我觉得你这姓不错，起名字一定好听。”

苏景晨挽着夏初的手沁出了微微的汗意，半晌才嗫嚅道：“这个回头咱慢慢想，还早呢！”

夏初却不打算轻易放过尴尬不堪的苏景晨，她一脸巧笑倩兮地罗列：“景晓弯、景薇薇、景小美，喂！你也想想嘛！我对起名不擅长！”

说着，还用胳膊肘轻轻撞了撞苏景晨的腰。

苏景晨打心眼里想找个洞钻了，他看也不看夏初，顾左右而言他：“嗯！有空了想！对了，夏初，等会儿孕检完了，我带你再去添置两件孕妇装吧。我上次看见那些新款特别漂亮，穿上一定心情好，宝宝也会长得更好。”

“不用了，那天以萱带了好几件来，都挺好看的。我想的都是女孩名字，要是男孩，你说叫景什么好呢?”夏初在景晨的搀扶下上了副驾，语气里带着几分亲昵的娇蛮，做一脸幸福的憧憬状。

景晨绕到另一侧，其间故意蹲下去把左右脚原本系得好好得鞋带又各自拆开重新系了一次，随后又把本来就没有灰的裤脚掸了又掸，足足磨蹭了五分钟，才打开车门爬上驾驶座。

夏初脸上不动声色，心里笑得死去活来。

不过，夏初倒没继续纠结起名的事，一来她怕逼得太紧不小心没兜住笑就漏了馅，再来她最近严重嗜睡，屁股一落座，没几分钟，就呵欠连天，遂后调整身体摆成舒服的姿势，很快睡着了。

景晨松了口气，看着副驾上安然入睡的云夏初，心里暗觉不安。夏初怎么突然这么急着想给宝宝起名，而且还特别强调景这个姓不错。她说这话时，目光和暖地从他脸上扫过，但却没来由地让他心里一阵阵发冷。

好在进了医院，夏初对孕检相当配合，也没有再提起名的事情。景晨对于孕妇的各种注意事项早已修炼到一定境界，孕检的大夫三番五次地当着云夏初的面夸她有福气，说她老公真是难得的有心！夏初每每报以羞涩幸福的微笑。

于是，整个体检过程顺利完成，气氛亲切友好！

回程中，夏初忽然提起去拜访苏老爷子的事情，她说：“景晨，明天周三，我们要不就明天去你们家吧，我跟安馨请半天假。”

景晨一怔，随后立即点头："好啊，等会儿到家我给爷爷打个电话，明天下午我们就去好了。你别紧张，我爷爷一定会喜欢你的。"

夏初点头，吐吐舌头暗自好笑。

等两人说说笑笑地进了家门，大舅妈就笑着迎上来，先问了孕检结果，然后才提起："夏初，景晨，我看你们小两口也和好如初了，我呢就放心了。你大舅和你表妹又问我什么时候回家呢，我想想要不我就先回去吧，你们俩……"

大舅妈还有些犹豫，景晨一激动，立即接过话茬："舅妈，您别担心了，有我呢，我会好好照顾夏初的。"

"嗯，景晨照顾我放心。那这样我就不操心你们俩了，等会儿我收拾收拾就先回家去。"

"哎，好的，我送您。"景晨殷勤不已。

景晨把大舅妈送到家再返回来的时候，发现餐桌上摆着电磁炉，"咕嘟咕嘟"地煮着汤。香气在客厅里浓浓地溢开了，夏初正在厨房里忙乎，她系着碎花围裙，头发随意地挽着，认真地洗菜切肉。

景晨极其意外。

夏初端着一盘羊肉片出来，冲着景晨熟稔地笑着说："我们今天吃火锅吧，菜都切好了，你帮忙端过来。我特意炖了大骨头汤做锅底，小料是买的东来顺的外卖，呵呵！开饭吧！"

景晨愣了片刻，忽然被这种平淡从容的幸福触动了心里最柔软的地方，一时鼻子酸酸的。他走近夏初，从背后拥住她，凑近夏初耳边，气息温软："老婆，我爱你！"

夏初僵着身体，手放进围裙前面的大兜里，咬了咬牙，笑着说："快别闹了，开饭吧，好香啊！"说着不着痕迹地摆脱了景晨的拥抱，低着头匆匆去厨房了。

"你今天喝啤酒吧！"夏初站在冰箱前面，深呼吸，才装作若无其事地说道，"吃火锅还是喝啤酒比较过瘾，可我只能喝果汁了！"

"好啊！我喝啤酒你喝果汁。"景晨高兴地应着。

这顿火锅吃得很尽兴，景晨都不记得自己喝了多少啤酒。夏初微笑着不停地给他添酒，他心里的石头算是放下了大半，于是，更是往尽兴了喝。

隔着热气腾腾的火锅，景晨看着坐在对面的夏初，穿着情侣家居服，额头上有细密的汗水，脖颈上散着几缕细小的碎发，不时地抬头冲着自己微微一笑，有种婉约动人的气质。

这就是朴素的幸福吧，很贴心很踏实。

饭后，夏初把喝得已有几分醉意的景晨扶到沙发上，洗了碗收拾好厨房，然后回屋了。

过了一会儿，竟然换了雪纺绣花的长裙出来，挽起的头发上簪了一朵银质玫瑰。她先去关了客厅的大灯，之后又点了海洋味儿的蜡烛，一时屋里像是吹着清新的海上风。

景晨木木地看着夏初做完这一切后，从酒柜里拿出一瓶红酒，轻移莲步过来，挨着他坐下来，笑容竟有些说不出的娇媚："我们一起喝点红酒吧。"

"哦！好。"木木的景晨应着，倒没忘了以标准的姿势启开红酒的软木塞。夏初随之为两人斟好酒，举起杯轻声地说："我少喝一点，你尽兴。"

"好!"

两人四目相对，在跳跃的烛光里，相视而笑。

气氛温暖旖旎，景晨的心里感动得七荤八素。接下来，在看一部夏初精心挑选的浪漫爱情电影的过程中，他又不知不觉地喝了半瓶红酒，心花无边地怒放，不时笑出了声。

到睡觉时，景晨已经醉得站都站不稳了。夏初把他扶回北屋卧室的床上，给他盖好被子，才准备回屋睡觉。

"夏初!"

夏初的前脚还没迈出门，就听见景晨腻腻歪歪地嚷着："老婆，我要晚安吻!"他已经喝醉了，像个讨糖吃的孩子一样，耍起无赖。

夏初无奈，只好走回去，在他的额头上蜻蜓点水。这才见他笑得像吃了蜜糖，拉着夏初的手，口齿不清地说："老婆亲爱的，我头晕，今天就不跟你睡觉觉了。我们来日方长，你别急啊！嘿嘿！晚安!"

"嗯，晚安!"夏初连忙甩开他的手，窘迫地逃了出去迅速地带上了门。

门里，景晨迷迷糊糊地翻了个身，睡梦中，竟是眉飞色舞。

门外，夏初拍了拍发烫的脸颊，片刻后，笑容里也带了三分狡黠。

# 第二十九章　爱情反击战　（上）

景晨一觉睡起来，发现已经第二天下午一点了，极其诧异自己竟然睡得这么死，连闹铃响都没有听见，而且夏初早晨走的时候也没有叫他。他头晕脑涨地翻身下床，去客厅接了杯冰水，润了润发干的嗓子。这时他发现一个熟悉的小红本赫然放在茶几上，夏初的钻戒以及那个装珍珠的水晶盒子放在一边。

景晨连忙放下杯子，过去打开小红本，那是本来属于夏初的那本结婚证，里面还有张纸条：苏大公子，我们的闹剧就到此结束！再见！

他慌忙地去推开云夏初的门，屋里一切如常，除了夏初重要的私人物品。

景晨的心，提到了嗓子眼。

他匆匆地拨通电话。

没有意外，夏初关机了。

陶陶说："哦！夏初，她没去上班吗？"

安馨说："夏初请假了，你不知道吗？不过她没说什么。"

大舅妈说："夏初早上打了个电话，说公司安排她出去度假，不过也没说去哪儿，还说好几个同事一块儿去，让我别担心，怎么，你不知道？"

景晨："哦！对，我忙忘了，谢谢舅妈！"

……

苏景晨绝望地发现，云夏初是有预谋有步骤地走了这步棋，她先是对自己温情有佳，同时骗得了大舅妈的信任。接下来，晕头转向的他就放松了戒备，把大舅妈送回了家。可恶的是，其间还不时地对他进行了心理上的小攻击，比如说要去办理准生证！比如问他孩子叫景什么！比如说今天下午去拜访老爷子！

再之后，就充满温情地啤酒红酒轮番上阵，把自己灌得酩酊大醉，然后，她顺利地离家出走了！啧啧，这棋走的，一步一步，严丝合缝！

现在看来，她并没有跟熟悉的人联系，她既然计划得这么严密，断是不会让熟人知道的。

他给苏老爷子打了个电话，撒谎说，夏初临时有事走不开，改日再带她回家。电话那头儿苏老爷子倒没责备他，反而叮咛他好好照顾夏初。

景晨忐忑不安地挂了电话，又接着忐忑不安地琢磨夏初一个孕妇会去哪儿？她会不会不要孩子？想到这个可能性，景晨冷汗淋漓。

云夏初当然不会不要孩子。她只是在一连串的上当受骗之后，作为回报给那个骗子一点小苦头而已。于是相对于正无头苍蝇一样开着车满世界找老婆孩子的苏景晨，云夏初算是苦尽甘来，一举扭转一直以来被骗得团团转的劣势，变成她在暗而他在明的格局了。

此时，云夏初正舒服地躺在一张藤椅上，看一本苏以萱借给她的爱情小说。安馨给她彻底放假三天。下午的阳光正好，晒在身上暖融融的，无比惬意。夏初看得累了，抬起头眯着眼睛看头顶的游廊。正对着她的彩绘是一束插在花瓶里的月季，画得栩栩如生，似乎凑近了就能闻到花香。夏初知道这寓意着“四季平安”。她来了兴趣，起身沿着游廊踱着步子，细细地欣赏檐下的彩绘、山水花鸟、博古器物……画工均旖旎清奇，文饰俊美。夏初一路看下去，不住地啧啧称赞，别有一番自娱自乐的滋味。

而被狠狠算计了一把的苏景晨是怎么也想不到，云夏初还真没有全盘骗了他，她如约地在周三下午拜访了苏老爷子。

苏老爷子乐呵呵地把她安排在主院后面第三重院子的东厢房里。从主院右侧的垂花门进来，就是这个别有洞天的安静院落。四周是雕梁画栋的游廊，西侧的游廊下安置了一张小方桌，四把藤木椅子，午后太阳好的时候，可以坐在那里聊天喝茶晒太阳。

云夏初搬来才知道，这座四合院是座四进带花园的院子。她的院子后面还有一重院落，现在是苏以萱的地盘。院里的布置倒没有太大区别，但是一踏进苏以萱的屋子，迎面而来巨大的视觉冲击让云夏初叹为观止。屋内黑红色主打，墙上一溜看不出所以然的油画。左右卧室门楣上均挂着不知哪个部落的图腾面

具，连大白天进屋也要开着小灯。浴室里贴黑色马赛克，洗手盆底部绘了一只青色大鲤鱼。总之纯印象派的装修风格不但与前面三重院落的屋子大相径庭，而且与平日里苏以萱乖巧文雅的气质也相去甚远。

对于云夏初的诧异，苏以萱吐吐舌头："这下你知道，为什么爷爷要把我赶到最后边来住了吧？呵呵。"

夏初的栖居之地有单独的卧室、书房和卫生间，装修一律采用了暖色，布置得温馨舒适。苏老爷子特意安排了家里最细心的阿姨照顾她。在苏家全体人们十二分热情的关注中，夏初很快适应了这个大家庭，没有了初来时的拘束。

除了苏景晨自己，苏家上上下下都知道，他正满世界找的老婆就在他自己家。当然，这个只有他不知道的秘密一时半会儿没人敢告诉他。宋晗说，"所谓最危险的地方真就是最安全的。"让夏初住进苏家可是她早就计划好的。苏老爷子说："夏初你慢慢想，想好了再原谅他。不过你要照顾好自己，我等着抱重孙子。"

夏初应着，涨红了脸。

宋晗带着男朋友严瑞来看望夏初，这是个看上去稳重大气的男人，笑起来谦逊有礼，远远不是景晨那副单薄的漂亮皮相比得上的。夏初暗想，难怪宋晗看不上他！没内涵没气质还没品位！这么想时，心里又稍有不安，于是又暗暗地在心里地告诉肚子里的 baby，其实你爸，他算是个好人，对你妈也挺好的，长得是挺帅的，也算有气质吧，人品还凑合，总之，还行！

宋晗当然不知道夏初的心理活动正丰富多彩，她不无得意地笑着说："我们被景晨耽搁了这么久，现在我们也要让他尝尝被折磨的滋味！不过夏初，我要求你一件事。"宋晗说着，看了看严瑞，有些破天慌地难为情了。

"哦？什么事，说吧。"夏初倒好奇了。

宋晗从身边的包里拿出一个盒子，打开来，里面分格装着各种颜色、各种形状的碧玺、蓝宝石、猫眼石……她小心地捧到夏初面前，掩不住欢喜："夏初，你看，这些是我从小收集的石头，单个儿拿出来，都倍儿完美，但是我希望把它们做成一套独一无二的首饰，到时候搭配款式简单的礼服，呵呵！我打算结婚的时候戴！这些宝贝我攒了快二十年了，但是我一直没找到非常喜欢和非常信得过的设计师来帮我做。现在，我想请你来帮我设计，把这些散乱的宝石按照它们的形状和颜色搭配起来。嘿嘿，由你来发挥吧，我相信你！把宝贝交给你我也放心！”

夏初被委以重任。她略微思考了一下，然后小心翼翼地把珠宝盒子接了过来，锁进书桌抽屉里，郑重地答应：“我先根据它们的形状和品质试着搭配一下，实在太抢眼的就拿出来做单品。总之，尽量让你满意吧！”

拗不过安馨的软厮硬磨，夏初只好告诉了她藏身之地。

安馨立即过来，先去拜见了苏老爷子，然后在夏初的带领下参观了这座四合院，一路上对这个苏家大院艳羡不已：“夏初，你这也算是傻人有傻福嘛，莫明其妙地就嫁入了豪门，整个一现代版灰姑娘。这让那么多削掉脚后跟穿水晶鞋的美女们情何以堪啊！”

夏初忍不住冲她翻了个大白眼。

安馨不理她，自顾自地感慨：“唉！不过那个王子就比较可怜了。灰姑娘都进家门啦，他还满世界找呢，眼巴巴地去公司看了好几回。我说这招儿也够损的，不过……，”安馨说着，看出夏初的神情里已经有隐隐的不忍，拍着夏初的肩膀取笑她：“不是吧，您这就心疼上啦，嘿嘿！这不才刚开始嘛，我看他的气色还挺好，让他再煎熬一阵子吧，放宽心！”

夏初被说中了心事，恼羞地抢白：“才没有，我没心疼他！”

“这可是你说的啊。不过我现在要改变立场，保持中立了，以后我就不说人家苏景晨的不是了。我觉得那孩子挺好，哈哈！”

安馨话锋一转，旗帜鲜明地表示要骑墙了。夏初颇为困惑地瞪向她，脚下就差点踩了空，亏得安馨眼疾手快地扶住她，连连拍着心脏数落夏初：“姐姐，您吓死我了！看着点台阶啊，一定要万般小心。您要万一有个闪失，我可担待不起呀！”

夏初站稳了，看着吓得脸色发白的安馨，连声安慰她：“没事没事。”

安馨把她扶到游廊下面的藤椅上，不放心地反复叮咛：“你一定要千万注意，走路看着点脚底下，最好让阿姨前后跟着你，上次就说摔了一跤，这还不长记性。你要知道你年纪不小了，怀孕可不是件容易的事情。”

夏初红着脸，没好意思澄清关于上次从怀孕到流产的真实情况，转而问起：“安馨，你为什么说要中立啊？景晨他又对恩依做什么了？”

“哦！这个啊，是有原因的！我今天来呢，是要告诉你一个好消息，我觉得打电话说不太过瘾。”安馨在夏初好奇的注视里笑眯眯地给自己倒了杯茶，卖了个小关子才继续，“夏初，你知道吗？芬萝最终选择了我们恩依，哈哈！我们的里程碑啊！”

“真的？怎么会？”夏初有些意外。

“芬萝的总助约我见面聊了，说我们提交的两套方案他们都觉得不错，但是第一套太复杂太贵气，而那套以风花雪月为主题的设计更贴合他们这次产品的理念，所以最终确定了把这次合作机会给我们。原来他们所谓采用的中国元素，主要是在裁剪和色调搭配上揉合了太极八卦、天人合一等等中国传统文化对于自然理念的诠释。而风花雪月对于自然元素的具有张力和质感的表现力就自然地打动了他们，注重了细节部分的灵动修饰却不会过于喧宾夺主，抢了服装的风头。他们说福泽的设计虽然也很不错，但是稍有败笔就会过于抢眼。我看了那套设计稿确实做得相当精致。我记得有副耳环是在小号的金色珠子下面配了黑红相间的大号狼毫，非常有特色，一看就是请了高手做的。当时芬萝的总助理赞不绝口，说是很美很中国，但是错就错在太完美了，反而不适合给衣服做配饰了。看来做得太过了也是个问题！”

夏初愣住了；“可是，我们并没有提交那套方案啊，还有，我们不是连名都没起吗？风花雪月，月是谁加进去的呢？”

安馨眉头轻皱，郑重地说：“这个，我当时也很纳闷，但是没好当面细问芬萝。所以离开芬萝后，我就给景晨打了个电话。他很老实地解释，当时芬萝联系福泽的时候，他正好在苏以乔办公室，于是就听说了芬萝这期产品要走中国风，想请福泽为其设计配饰，但是后来芬萝把具体资料给福泽后，苏以乔却并没让他看见。过了半个多月，他才从设计部一个员工那里知晓原来芬萝说的中国风实际上只是一种概念，这么一来我们第二套方案就做得太中国了。于是他又背地里请人把风花雪月完善了后替咱们提交上去了，但是他当时也没把握，就是尽力做了。他说恩依能最终顺利拿下芬萝，很大程度算是我们运气好！所以，我打算好好谢谢景晨，说到底要不是他帮忙，芬萝也许就是给福泽提意见，让他们修改设计以达到苏萝的要求，总体上就没我们什么事了。不过放心，我不会把你供出去，呵呵！夏初啊，看来景晨是从心里想要帮你的，所以我决定保持中立，不在背后说人家苏景晨的坏话了。”

夏初恍然地想起，那晚，景晨隔着椅子环住她，须后水是薄荷味儿的，香味儿清爽。他的头发湿漉漉的，间或有水滴落在她的肩膀上，一路滑落，微凉。

“对了，定了下周三举行签约仪式，鉴于目前的状况，就准你缺席吧。”安馨喜笑颜开地摸了摸夏初的肚子，“你就老实地安胎吧，我不能把你累着了。工作的事情你别操心了，有情况我会打电话。唉！可怜的景晨，他最后还问我，你是不是有可能会出席签约仪式。我没忍心直接否定，只说发邮件了，你收到没准会出席吧！”

苏以萱端了水果茶进来，瘪了瘪嘴说：“景晨哥刚刚回来了，在前院跟爷爷聊了儿会天。爷爷问，‘跟你媳妇最近还好吧？景晨哥就回答：‘好着呢，您放心。’然后爷爷就说：‘那你把她带回家来给我瞧瞧，放心，我不会为难她的。’景晨哥回答：‘最近她身体不太舒服，过两天吧。’爷爷就说：‘身体不舒服啊，那要不，我过去看看她？’景晨哥连忙说：‘不用不用，过两天她好了我就带她回来给您瞧瞧’。唉！我看着景晨哥怪可怜的，才几天啊，人都瘦了。爷爷还逗他，真是的！刚才他走的时候，我不忍心，就问他要不要去后院坐坐，还说我有好东西给他看，可他说没空，匆匆忙忙地走了，唉！”

安馨哈哈大笑，夏初也跟着露出笑脸，心里却有些说不出的心疼，听到苏以萱说他瘦了，就忍不住觉得鼻子微微发酸。这两天，没人的时候，她发现，她想他的次数越来越多了。

夏初答应住到苏家来，在她的心底，就已经原谅了苏景晨。在这一连串的真相被揭露后，至少他对她，是真心的。还有什么不能原谅的呢？

只是，让景晨吃点苦头，除了她初始有些小不甘之外，目前看来倒成了所有人的共识，不管是被他一纸婚约拖到现在的宋晗，还是怂恿他去当卧底的苏以乔，口径相当一致，不告诉他，让他着急去吧！让他没立场没原则没有当卧底的职业道德！搞得里外不是人，活该现在众叛亲离啊。

夏初无奈，只好顺应大家的意愿，暗地里倒极其同情苏景晨。

不过，她也需要时间来调整自己，她一时倒不知道，该怎么面对那个温柔幽默、对她体贴备至、有情有义有担待的苏景晨了！

周三芬萝和恩依的签约典礼上，苏景晨抱着满腔希望，西装革履地准时到场参加，但是巡视整个现场也未见云夏初的影子。正独自落寞间，宋晗不失时机地过来，神采飞扬，更衬得景晨无精打采。宋晗冲着站在不远处的安馨眨了眨眼，然后面带微笑走到景晨身边，说："景晨，我刚听安馨说，之前有人卖了一条内幕消息给她们，所以她们才能充分准备，投了芬萝所好，而且，安馨说，这很大程度上也算是恩依的运气不错。对了，安馨还向我透漏了一点，据说那条信息还是从我的生日宴会上传出来的，奇怪了！我怎么不记得我过生日请到了芬萝那位叫苏珊的女士呢？"

景晨不自觉地交叠双臂，面部表情却平静如常，甚至对宋晗的话里信息表示出好奇。

宋晗则是继续一脸迷惑："就我所知，以乔哥说当时芬萝直接联系的你们福泽啊，却有人把这件事透漏给了恩依，还侧面地把恩依推荐给了芬萝，真是家贼难防啊！那也就算了，还拿我的生日聚会当幌子。"宋晗说着，看了看仍旧装作若无其事的景晨，不动声色地笑了笑："以萱说，以乔哥本来坚持认为福泽为芬萝设计的那套产品风格过于华丽了，要求设计部将其修改得简洁大方一些，但是另有某人拍板保证，调查得很清楚，芬萝就喜欢华丽风。我就奇怪了，那某人是谁？"

宋晗说着，扭头去看景晨细微的表情变化，他却仍旧厚着脸皮无动于衷。

于是宋晗抬起下巴望着主席台的方向，貌似不经意地说了句："对了，今天夏初怎么没来？"

"她身体不太舒服，今天还闹着要来，我让她在家休息呢。"景晨的回答听起来煞有其事。

"哦？是吗？我昨天下午碰见她，看起来精神挺好的啊。我们还一起吃了顿晚饭，怎么突然就不舒服了，那你要好好照顾她。"宋晗说这话时，自始至终看着苏景晨的眼睛，微笑从容。

一直保持再平静不过的苏景晨忽然脸色大变，他转身挡住正欲转身离去的宋晗。后者觉得这盐在景晨的心尖上撒得恰好。被景晨拦住去路后，便扮作一脸茫然的样子。

“对了，宋晗，顺便问一下，你昨天在哪儿碰见的夏初?”

看得出来，苏景晨正在努力地平抑他内心的激动，以至于问起这个貌似顺便的话题时，语速比平时快了许多。

宋晗慢悠悠地收住脚步，不答反问：“你不知道？夏初昨天不是特意去采购婴儿用品的吗？我们在崇光百货碰见的，顺便一起逛了逛商场然后吃了晚饭。我本来说要送她回去，结果她说有人接，我还以为是你呢。你怎么这会儿倒来问我呢？夏初没跟你说吗?”

苏景晨未置是否，他微眯着眼，盯着宋晗，缓缓地问道：“宋晗，你跟云夏初有那么熟吗？熟到可以一起逛商场，而且叫她夏初!”

宋晗怔了一下，脸一红抢辩道：“还可以，一般熟吧，再说女人天生都是爱购物的，一起逛商场有什么可奇怪的，嗯？我去那边跟安馨打个招呼，代我问夏初好!”

宋晗说着，为避免被苏景晨看出更多端倪，忙找借口推开景晨寻求脱身。

“你先别急，请你再告诉我昨天你们几点分手的，谁接的她。”景晨连忙拽住宋晗的胳膊，语气急迫。

这时，一个高大的年轻男人疾步过来，宋晗立即露出微笑，落落大方地介绍：“这是苏景晨。这是我男朋友，严瑞！至于昨天谁接的夏初，我还真没细问她，我们一起吃完饭就分手了!”

景晨尴尬地放开宋晗，与严瑞握手致意，而后无奈地看着宋晗和男朋友相携而去。

但是，苏景晨的心情却忽然好了很多，因为宋晗说夏初去崇光百货采购婴儿用品，那就说明，第一，她在北京，第二，她要孩子。理清这两点，他偷偷地松了口气，还好，太好了!

# 第三十章 爱情反击战 （下）

苏以萱回家就见夏初正趴在书桌边上，把宋晗的宝石一颗颗地拿出来仔细地在纸上临摹出形状，再涂上颜色，标上种类质地，再放到另外一个盒子里，无比专注。苏以萱在她身边坐下，把宝石盒子推到一边去，瘪着嘴冲夏初抱怨："夏初姐，你就快点原谅景晨哥吧。宋晗姐真坏，她骗景晨哥说在崇光百货碰见过你，结果景晨哥这几天天天一下班就奔崇光门口守着。我哥也倍儿可恶，他说因为景晨哥没能完成恩依的收购计划，所以要求他尽快把青春饰品部推入运营正轨，而且短期内给他制定了百分之五的市场份额，否则就不用想着去开酒庄的事了。唉！现在景晨哥不但理想渺茫，还落个里外不是人，真可怜啊！"

苏以萱皱巴着小脸，长吁短叹。

夏初拍了拍她的肩膀，说："以萱，你哥他是出于为福泽考虑，并不是故意为难他，毕竟这是你景晨哥该担起的责任，所以你就别担心了。而且我，早就想通原谅他了，因为说到底他对我很好啊。虽然他连续骗了我，想来不过是因为他必须撒更多的谎以遮盖最开始的谎言。为此他这些日子一定是绞尽脑汁过来的，呵呵！这也算是他自我惩罚了！"

苏以萱连连点头："夏初姐，你真是英明大度、贤惠善良、温柔可爱，总之是集众多美德于一身。"

夏初被这番没遮拦的夸奖窘得不知说什么好。苏以萱却转头笑笑地凑到夏初的肚皮上仔细听了听："夏初姐，我觉得一个孩子太孤单了。你和景晨哥以后一定要再生一个，然后我哥和我嫂子也生两个三个的，家里就会很热闹了。"

苏以萱憧憬到没边没际去了。云夏初的脸红到了脖子根，心里却生出微微的甜来！

一转眼，夏初住在苏家快两周了。陶陶和吴沫已经从工作室取回了婚纱照。陶陶妈正张罗着赶在明年端午前把陶陶嫁出去。电话里，陶陶兴高采烈地说："夏初，我们拍了好多红叶，还去风车岛了，照片特美，当然那也是因为我本人也比较出彩，所以才达到最佳效果。工作室想用我们的照片给他们做宣传，我严词拒绝，做人要低调不是？"

夏初呵呵地笑出了声，陶陶不理她，话题一转质问道："不过，我说你打算什么时候跟景晨和好啊？你还是快点办正事要紧，别孩子气了，抓紧时间去领新的结婚证。再过几个月就该生了，你怎么给宝宝办准生证，上户口啊？"

夏初握着手机，暗自感慨，最初，就是因为准生证和户口，她才主动登门，求着苏景晨签了那个乌龙合同。可是，如果当时她铁了心不要那个孩子呢，那景晨会怎么出招？夏初仔细地想了又想，苦笑着暗自摇头，天知道那个骗子会怎么做？跟他在一个屋檐下生活了这么久，唯一学会的，就是不用费心去想他明天会做什么，因为他总会出其不意。

夏初又开始画那对素圈了，她一边画着，一边在嘴角堆起浅淡的嗔怪。虽然心里早已经完全原谅他了，但是到现在，她也不知道该怎么给他个台阶下。苏老爷子说："这次一定要让那小子把亏吃足了，好好长长记性，让他无视老头子我的权威！"苏以乔说："景晨没完成收购计划，那他只能自己努力，完成青春饰品部百分之五市场份额的任务。当然，我知道这不是短期能完成的，但是，夏初就住在咱家这件事，总不能由我来告诉他吧。"

于是，可怜的苏景晨，他隔三差五地出没在距离夏初半径不到三十米的范围内，却苦苦纠结于：云夏初那个狠心的女人，到底带着孩子躲到哪去了？发邮件、在 MSN 上留言，一概如泥牛入海！手机里永远是：您好！您所拨打的电话已关机！

他去看望大舅妈，进门就听见大舅妈念叨："呦！怎么瘦了，脸都小了一圈，一定是工作忙又要照顾夏初，累的！我看还是我过去吧。"

景晨连忙谢绝："不用不用，您别担心，我这不是累的，我，我减肥呢。"

大舅妈没好气地抬手拍了拍他的后脑勺：“减什么肥，你哪儿肥了，一个大男人还减肥，真不知道现在的孩子脑袋里整天琢磨什么。对了，你们俩怎么总不赶在一块儿过来呢。夏初昨天中午回家来吃午饭，还说你忙没空。怎么你今天又自己来了?”

景晨暗地里愤愤地跺脚，脸上却不得不堆满了笑：“我正好办事路过这儿，顺便看看您。夏初她就是怕打扰我工作，所以昨天压根也没说她要回家。大舅妈，下回夏初要是回来，您就给我打电话，我来接她，要不她总偷摸自己出来，我也不放心。”

“好，我知道了，你不是还有事吗？就快忙你的去吧，别跟这儿耽搁了。这都四点多了，你忙完了就早点去接夏初，别让她下了班还等着。”大舅妈说着，就起身准备送景晨走。

景晨本来还想拐着弯问问夏初有没有透漏其他情况，这下被赶着出门，无奈上了车又探出脑袋来叮咛大舅妈：“大舅妈，夏初下次自己过来，您别忘了给我打电话啊!”

告别大舅妈，景晨先去了趟恩依，无果。下了楼，又心存侥幸地去了趟崇光百货，在婴儿用品区守了半天，最终沮丧地打道回府。路上碰上等红灯的间隙，又不死心地拨了夏初的电话，依然是甜美的女声回答他：“您好，您所拨打的电话已关机!”

夏初不时地被响了一声两声的手机铃声吸引了注意力，屏幕上晃动着苏景晨的大笑脸，那是他替她设的大头贴，她一直说碍眼，却也没有换。苏景晨不知道，云夏初只是设了个彩铃，内容是：您好！您所拨打的电话已关机！

所以，除了他，其余需要联系云夏初的人无一例外均能顺利地联系到她。

这几天，夏初想，如果响过三声，她就接他的电话，只是这回，苏景晨却独独少了那点默契，总也沉不住气。他一听那个略带歉意的女声，就愤愤不平地挂断了。

夏初对着电话吐吐舌头，小声地嘀咕：“看！也不能全怪我，我又不是存心不接你电话！当然我也不能上赶着给你回拨过去吧?”

周末赶上苏家家庭聚餐，苏景晨挨着苏老爷子坐着，老爷子看他举着筷子兴致缺缺的样子，存了心地逗他："景晨，你媳妇最近可好?"

"嗯，挺好，谢谢爷爷关心。"

"那就好!"苏老爷子亲自夹了块酱肘子放进他碗里，说："多吃点，瞧瞧，都累瘦了。要不让你媳妇搬回来吧，家里人多，好照顾她。你放心，既然是你喜欢的我就不会为难她，再说都快给我们家添重孙子了!"

苏景晨埋头对付酱肘子，看也不看苏老爷子："不用，我怕她搬来不习惯，她大舅妈照顾她呢，您别操心了。"

"那也好！对了，景晨，咱家最近来了个亲戚家的姑娘，跟你一般大。你小时候还见过她呢。今天她不太舒服所以没过来一起吃饭，要不，你等会儿吃完饭去看看她，就住在后院厢房里。那姑娘乖巧懂事，一看就招人喜欢，要不是你有媳妇了，她倒也是个合适人选。"

苏景晨不耐烦地摆手："回头碰见再说吧，下午我还有事，您别给我瞎安排了。"

"行，听你的，改天再说!"苏老爷子乐呵呵地作罢，全桌人低头暗笑。

傍晚，夏初让阿姨搬了张小桌子放在门前，她拿着给宋晗画的手绘草图，打算再修改一下细节部分，看了半天，心思却全然不在图上。夕阳把天边的云彩烘成了暖橙色，一团一团的嵌着华丽的金边。她仰着头看着远远的云彩，胸口忽然就堵满了一团团云彩一样的想念，带着灼热的温度，久久不肯凉去。

温纹绕过垂花门进来，就看见夏初嘴角噙着浅笑，托着腮帮子望着夕阳发呆的样子。

"夏初，跟这儿偷摸想孩子他爹呢吧，哈哈!"温纹走近了，伸手在夏初眼前晃了晃，取笑她。

夏初回过神，脸一红急忙否认："没，您别取笑我。"

"好，不笑话你，走吧，你这儿也闲着，我带你出去散散心，就去我的面包房瞧瞧吧，让你见识一下我这个烘培大师的手艺。"温纹说着，不由分说地拉着云夏初就出了苏家大院。

于是，这个傍晚，夏初在温纹的蛋糕房里，一边看着温纹熟练地制作小点心，在蛋糕胚上用不同的食材裱出风格迥异的图案，一边喝着红茶，吃着松软香甜的玛格丽特小饼干。两人有一搭没一搭地聊天，其间温纹风趣幽默地讲了

不少苏家轶事，笑得夏初肚子疼。但是从头到尾，温纹不曾提过苏景晨其人其事，夏初心里希望表嫂讲讲景晨的事情，小时候的样子，上学的糗事……总之能说说他的事就好。她很想更完整地认识苏景晨这个以后她生命里最重要的人。只是温纹像是存心的，每次话题快提到景晨了，她就有意无意地话锋一转，说其他的去了。夏初心里很失望却又不好表现过多，只好硬着头皮接着聊别的。

温纹把夏初送回苏家时，已经九点多了，两人在大门口挥手道别。温纹眉开眼笑地从车上拎出一盒包装好的红酒乳酪蛋糕递给云夏初，说："这是用我刚学来的一个新方子做的，口味非常有特色，以后可能会成为 CKAECAKE 的主打系列，拿来给大家尝尝，提提意见。不过，你别多吃啊，我可放了不少的红酒。"

夏初接了过来，有些意兴阑珊。

CKAECAKE 的最新主打系列据说很受客户欢迎，每次家庭聚餐，温纹都不忘了带上她亲自开发的系列新品：红酒包心软曲奇、红酒果冻、红酒腌水果蛋糕……大家赞不绝口。

只是苏景晨连着两个星期缺席了家庭聚餐。苏老爷子忍不住问起苏以乔："景晨那小子最近忙什么呢，好些天没见人影了！"

苏以乔搁下筷子，也是一脸茫然："我也奇怪最近他在忙什么，青春部那边自从我看出他收购恩依是不可能了，就已经着手搭建了基本框架，也出了两期产品，还让宣传部配合报广和软文宣传，制造声势，不过总体说来还是个空架子。请明星代言的事情也只是初期炒作而已，营销渠道方式等都没有落到实处。前两期产品仍旧是在我们现有的门店和专柜里暂销的。半个月前，我跟他谈过一次，鉴于他没能成功并购恩依，所以他就不能再逃避责任，必须把青春部给经营起来，否则就不给他投资建酒庄。这话说了以后，他就见不着人影了，一打电话就说忙着呢，不知道在忙什么，也没看见他上班。"

苏老爷子叹了口气，说："他要实在不愿意，就别逼他了。你试着外聘个经理人吧。"

苏以乔点了点头，夏初看见坐在对面的苏以萱冲她吐吐舌头，面有喜色。

# 第三十一章　许你金玉良缘

恩依在与芬罗成功合作后，趁着东风向市场推出了新产品，正是之前策划的以手绘琉璃为主材，粉晶、白晶、以及玫瑰色碧玺为辅材的套系产品，安馨亲自命名，叫做“繁花已开”，暗喻恩依的繁华时代已经到来。

为此，安馨举行了一个小型的发布会，特意邀请了苏景晨参加，只是，苏景晨正装出席了发布会，却从始至终表情平静自然，一本正经地坐在嘉宾席上仔细聆听，不时地在笔记本上记录重点。安馨对此极其费解，发布会结束时，她没忍住特意过去与苏景晨多寒暄了几句，苏景晨依旧只字未问及关于云夏初的任何事，这让事先想了多条借口的安馨很不适应，等到苏景晨退场，她的费解更加重了。

清理会场时，工作人员捡到了一个爱马仕笔记本，因为找不到失主，就暂时交给了安馨。

安馨一眼认出正是刚才苏景晨用的，看来走得太急忘带走了。她好奇地随手翻了翻，里面竟然还夹了张银行卡，但是，在粗略地浏览过后，她转到休息室里拨通了夏初的电话，半天才止住笑声，在夏初的疑问中开口：“夏初啊，我捡到一笔记本，里面的内容非常喜感，你想不想听听。”

夏初好奇地应声：“恩，说来听听。”

“好嘞，我念你听着。夏初支付婚礼费用：七万六千整；夏初支付回家购买礼物费用：八千九百三十；夏初支付……恩，还要听吗？两三篇呢！还有什么找工作活动经费，晕菜！你竟然连这种单都买，你包子啊！不过景晨这家伙竟然还打算吃软饭！哈哈。”安馨大乐。

夏初窘地不知说什么好。

“不过，这里有张银行卡，估计他是打算替你管账啊，一定是看出你没什么经济头脑了！要不就是打算把你搜刮干净了，让你财色两失，不得不跟着他走，嘿嘿！真损啊！你说你怎么能被小白脸糊弄成这样呢，大把的银子就哗哗地给人家了！”

夏初被挤兑得郁闷了，愤愤地回道：“嗯！我包养他的，行了吧！”

电话那头，安馨已经乐得岔了气。

夏初镇静地提醒她：“过来的时候，顺便把账本和卡带给我！”

“没问题，这回您赚大了，人财两得！”

夏初听着安馨笑地没遮没拦，想起那人一副讨人嫌的嘴脸，竟然也被气乐了。

另一方面，在苏老爷子授命之下，苏以乔郑重其事地把苏景晨叫到办公室，神秘莫测地笑着走到苏景晨面前，按着他的肩膀让他在椅子上坐稳了，以防他听到接下来的消息，因过于激动而站不稳。随后他才庄严地开口：“景晨，我要告诉你一件事情，夏初呢，她现在一切都好，她就住在咱家。”

他说完，就等着看苏景晨按所有人预料中的那般，表现出过于激动、兴奋、难以置信、喜极而泣等表情。然而苏景晨只是抬起头直视着站在自己面前的苏以乔，淡淡地应了声：“哦！我知道了！”说着，就稳稳当当地站起身，顺便问了句：“没有其他事了吧。”

这情况实在出乎苏以乔的预料，他怔了一下才说：“没，没有了。”

“没有我就先回办公室了。”苏景晨语气平静，说完就侧身出了门，留下苏以乔难以理解地看着他离去的背影，怀疑地跟了出去，见他确是回了办公室。半小时后，苏以乔悄悄地向秘书打听苏景晨的动向，答曰：“苏总监一直在办公室，不曾出去，还让我帮忙订午餐。”

到此，苏以乔坐不住了，他打电话向苏老爷子报告了这一最新状况。

下午，苏老爷子亲自打电话给苏景晨：“喂！小子，你媳妇就在咱家住着呢，你下午就过来吧。”

苏景晨却说：“不着急，过两天吧，这几天太忙，抽不开身！”

苏老爷子当时就火了：“你小子什么意思，有天大的事也先给我搁着！”

这边苏老爷子火冒三丈，而那边苏景晨不紧不慢地回答："爷爷，您别上火，我还有很重要的事要处理，回头再跟您聊！"

只是，这所谓的很重要的事情能是什么事呢？难道，这个时刻，还有比看见夏初更重要的事情？但是，还没等苏老爷子琢磨出所以然来，苏景晨就没了踪影。

安馨登门送还银行卡和账本时，也喜气洋洋地把即将上市的新品带给夏初看。

外面下着小雪，不时刮起寒冷的西北风。两人坐在沙发上，那些盛放在织锦盒子里的样品放在面前的茶几上，琉璃上盛开着香艳的繁花，旖旎绮丽，似乎春天就忽然被推到了面前！

安馨说，材料已经从南方定好了，估计这两天就到了。推广计划也基本敲定了，借着与芬罗成功合作的东风，全面投放电视、网络、报纸杂志，总之，玩次大手笔，基本奔着让大树下的恩依一炮而红的目的，安馨兴奋地憧憬着，大眼珠子直冒喜气。

夏初抱着苏景晨的笔记本，一面陪着安馨憧憬恩依的未来，一面又忍不住想起那个有理想的好青年。她忽然想，将来她和他一起安安心心柴米油盐地过日子，似乎也是她内心很憧憬的事情！大舅妈那句话说得也对，女人嘛，嫁给什么样的男人都一样，到头来不都是一样过日子，遇见对自己好的就是福气。想想景晨对自己，功过相抵，大概也能打个及格分吧。忘了是谁说的了，太有性格的人不容易幸福，那就别较真了吧，简简单单地幸福着好了！

陶陶妈送了陶陶一辆红色马六做陪嫁，庆祝总算把她嫁出去了。

安馨前脚出门，后脚陶陶就兴奋地开着她的新车来找夏初了。夏初拒绝不过，于是被她拉着在狭窄的胡同里左绕右绕好不容易才开上大街，随后直奔新光去采购结婚用来压箱底的衣裳。

夏初看她忙碌着要当新娘的欢喜劲儿，打心底替她高兴，于是也不在意她不算熟练还爱显摆的车技了，放心地系好安全带坐在副驾上，听她绘声绘色地描述准公公、准婆婆、准老奶奶、准七大姑八大姨的种种形态，笑着附和她。想起小时候两人坐在胡同口说悄悄话的光景，似乎就是在昨天。她们在小卖店里买五分钱一包的酸梅粉，用小小的塑料勺子剜着吃，酸酸甜甜的味道。初夏

的阳光安静得像一场梦，亮晃晃的，似乎只眨了一下眼，就过去了这么多年。夏初心里泛起浅浅的伤感。

陶陶搀着她进了商场，经过 GUCCI 的旗舰店时，不由叹着气念叨：“也不知道早两年一门心思的买那么多 GUCCI、香奈儿干吗？花了大把银子不说，还得占个屋，将来婴儿床放哪儿呢？”

夏初听着她的抱怨，遂笑着拍拍她的胳膊：“呵呵！这些天不怎么见，你跟变了个人似的，以前我还以为你就打算跟 GUCCI、香奈儿过日子了呢！”

“以前是傻，现在我才真正体会到，幸福的家庭也许才是一个女人生命中最重要的组成部分。所以夏初，你也要好好把握自己的幸福。你在苏家也住了这么久了，该想的也都想明白了吧？前几天我回家正好碰见景晨，最近我们都不得不躲着他，就怕他眼巴巴地来问你的消息。看他每次那么失望我都不忍心了，不过那天我碰见他，他却问起我和吴沫结婚准备得如何。我看他强撑着高兴的样子，没忍住就问了句，夏初联系你了吗？结果他摇了摇头说，我想好了，夏初一定是还没有原谅我，所以，我就留在这里等着她吧！”陶陶说着，语气不胜唏嘘：“夏初，他说的时候情绪虽然还挺平静的，但是我看得出来他一定很焦急啊！”

夏初无声地点头，趁着陶陶去试衣服的空，她拿出手机取消了手机假装关机的彩铃，然后不时竖起耳朵，就盼着等着景晨再打电话过来。

电话却一直没打来。晚上回家打开邮箱，夏初赫然发现苏景晨发来的新邮件。他说：

夏初，这么久以来，我一直没有跟你说。对不起！我知道你一定很生气，所以我忐忑不安地守在你身边，翻来覆去地琢磨是坦白好还是继续瞒着你好。有次梦见你知道真相后，毅然决然地离我而去，从梦里惊醒后，我偷偷地推开你的房门，看见凉凉的月光里，你睡得安稳。那时，竟有种欢喜到极点的悲伤，笑着就掉出了眼泪。

你一定不知道，我轻轻地推门进去偷偷亲了你，呵呵！

夏初，从那时起，我忽然发现，在我心里，你不知不觉地超过了我对理想的坚持。有段时间我很茫然，不甘心放弃开庄园的梦想，更不愿意放开你……

那天在意味轩，你说就当从哪里开始，在哪里结束吧！我心惊胆颤地看你在得知真相后，平静地压抑着愤怒，就知道解释已经来不及了。我害怕梦境应验，所以当晚就给大舅妈打了电话，还死死地看着你，你一定很郁闷……

夏初，经过这么多，你还愿意再相信我一次吗？

如果你愿意原谅我了，请告诉我，那我会第一时间到达你身边。只有你亲口原谅我，我才能心安理得地去找你。夏初，虽然我现在心里很着急，似乎分秒都是煎熬。但是，我愿意等到你从心里原谅我的那一刻！

夏初，我一定会给你金玉良缘！

……

云夏初看着电脑屏幕，眼前渐渐地模糊一片，她把邮件翻来覆去看到能背下标点符号了，才在手机里组织出一句看似语气平和的短信，她说：景晨，我住在你们家！我原谅你了。

之后又把短短的连同标点符号一共十六个字的短信反复地看了很久，看到眼睛发酸，心里发涩，才一咬牙发送出去。就这样吧，景晨，我原谅你了，从心底原谅你了！

景晨迅速地回了短信，却说：夏初，请你等我！最晚三天！

夏初原本以为收到短信的苏景晨会第一时间飞奔而来，谁知竟回了简单的几个字！她有些说不出来的愤懑，忍不住又把彩铃换了回去，暗啐，还让我等！哼！

下午，雪竟然下得越来越大，之后连绵不绝地下了两天，整个华北地区拢在一片雾蒙蒙中，安馨打来电话抱怨："这雪也不见停，材料堵在高速上，进不了京，急死我了！"

夏初在挨着窗户的书桌前站着，一边有些心不在焉地安慰着安馨，一边仰头不时地看看窗外的院子里。细小的动静也会让她不由自主地朝外面张望，心里慌乱一片。

他怎么还不来啊，夏初恨恨地抱怨！

苏家上下没有人知道苏景晨发了邮件给夏初，更没有人知道，那两人已经私下里联系过了！鉴于景晨目前没了人影的状况，他们暗暗担心着，却又集体瞒着云夏初。

挂断了安馨的电话，夏初听见院子里有匆匆的脚步声。她急忙踮起脚尖想

看个清楚，却见苏以萱已匆匆忙忙推门进来，看见她二话不说的把她拉到电脑面前，打开一个人气一向很火的论坛，翻到一个叫做“想给她金玉良缘”的帖子。夏初看见首页上一张醒目的扫描图，就是那只当年被她当掉的金镶玉的镯子。

扫描图下面写了长长的一段话：我未来的老婆，有一套叫做“金玉良缘”的首饰，是她外公和父母送给她的结婚祝福。但是因为一些原因，这套首饰中的镯子在四年前被以死当的方式在典当行当掉了。现在，作为将要娶她为妻、与她偕老的男人，我最大的愿望就是能找回这枚镯子，给她一个完整的“金玉良缘”，给她一世幸福的承诺！

请大家帮忙寻找这枚镯子的现任主人，如果有线索，与我联系！我将带着这只镯子去跟我老婆求婚！

下面，回复的帖子已经上万，一时间，众多网友在帮忙寻找那只金镶玉的手镯，所有的人都期望成全这桩金玉良缘！

前天，那只镯子的现任主人出现了，是一对定居在深圳的中年夫妻。她们的女儿代父母回了帖子，表示愿意成全这桩美事，但是因为大雪的原因，快递公司都不能保证能及时送达，所以发帖人已于昨天亲自飞抵深圳……

苏以萱摇着云夏初的胳膊连声地问：“夏初姐，这镯子的图样是当时景晨哥从我哥那儿要走的，这帖子是景晨哥发的，对吧？那里面提的金玉良缘一定就是你的嫁妆，对吗？”

夏初点头，泪盈于睫。她从梳妆台的抽屉里拿出那对金镶玉的耳环和项链，捧到苏以萱面前，金玉温润，无声地铺陈出一段金玉良缘。

# 第三十二章　幸福的遇见

落雪无声，映亮了一方安静的院落。风过，石榴树上的积雪扑簌簌地落下来，泛起薄薄的寒气。

夏初坐在窗户下面的书桌前，一盏素白面布的灯罩上画着金色的腊梅，是用小号狼毫蘸满金色的颜料一笔笔画上去的。花朵正层层绽开，静夜里，暗香扑面。

她想起自家院子里外公种的那棵腊梅，那年，它第一次开花，那年，夏初六岁。

那天，也下了一场薄雪，覆在初绽的腊梅上，院子里溢满清冷的香气。

有位老爷爷带着一个小男孩登门拜访，夏初被外公要求，正在院子握着笔画腊梅。她瘪着嘴，小脸小手冻得通红，却总也画不好。

老爷爷和外公在书房里聊天，小男孩穿着红色的滑雪衫，蹲在她身边，瞪着一双清澈的大眼睛出神地看着她画腊梅。他的额头光洁美好，柔软的头发在头顶打了个旋儿，半晌，他忽然狡黠一笑说："你太笨了，画得真难看！你看我画的。"说着，就把他的画夹递到了她面前，上面是一些简单的儿童水彩画。

夏初无比鄙视地看着他以及他那些幼稚的水彩画，直到他讪讪地收起笑脸，再收起画夹，又讨好地把他的手套递过来："你戴手套画吧，太冷了！"

夏初不出声，他就径直地把手套塞给她。

老爷爷在书房里喊道："小子，快进来让许爷爷看看！"

小男孩应着，起身跑进屋去。

夏初拿着他的手套，立在原地，不知是不是该追进去。

原来，那个小男孩是来上门拜师的，只是外公最终没有同意收下这个徒弟。他说一来他近年来已经很少在外人面前提及收藏诸事了，二来这孩子一看就太聪明，太聪明的孩子不适合研习古玩字画，古玩字画要静得下心，资质鲁钝最好。

夏初听到这话时，着实郁闷了一阵子，敢情她学得好，原来就是因为资质鲁钝。

其实，她心里很希望外公收下那个小男孩，这样一来，就能让他和她一起在大雪天里，站在院子里用小号狼毫画工笔腊梅，看他再好意思用水彩画显摆！

只是，这个愿望最终没有实现。夏初一个人在院子里画腊梅，一直画到上大学离开家那年，彼时，她的工笔画已经小有造诣。有一年收拾旧物的时候，夏初竟然看到那幅小男孩的手套，是蓝色光面的，手背上绣了米老鼠的头像。夏初当时就想，那个只会画水彩画的小子不知道后来怎么样了？真该让他一起学工笔！

夏初在灯罩上喷上滴了薰衣草精油的纯净水，屋子里浮起清甜的花香。将灯光拧到最低档，她上床拥着被子，在临睡前，抿着嘴偷笑。她想，也许有些缘分真的是冥冥中注定的，这世上，真的有金玉良缘。

早晨起来，雪终于停了，院子里扫出了一条小路。苏以萱兴奋地推门进来，看见刚刚起床的夏初，兴奋地冲过来抱住她："夏初姐，景晨哥回来了，正在主屋被爷爷训呢，嘿嘿！景晨哥也不反抗，老爷子需要一个台阶下来，总要把他的面子给足了才行。"

夏初有些说不出的紧张。她下意识地看了看自己随意的家居服，昨天晚上睡前喝了杯水，以至于今天起来就觉得眼睛发胀，也没仔细看，估摸这会儿正肿着呢。夏初的心里，正开了锅地翻腾呢，苏景晨已经进屋来了。

一个多月不见，他似乎了瘦了许多，轮廓愈加分明，眉目清楚。他站在门口，努力抑制着自己的激动，看着夏初，笑容里竟有少见的羞涩。苏以萱捂嘴偷笑，然后偷偷溜走了，临出门，还很体贴地带上了门。

夏初微窘，颊边绽开浅浅的笑。

苏景晨从口袋里拿出那枚金镶玉的手镯，递与脸颊微红的云夏初，笑容温软如糖。

四目相对间，屋内，那些积淀已久的相思满满地溢出。

外面，雪后的阳光亮得炫目，积雪渐渐地消融。檐下滴水叮咚，像是在唱一支幸福的歌。

晚上，苏家上上下下十来口子，举行了其乐融融的家庭聚餐，其间大家围绕苏家即将迎来的四世同堂的格局，进行持续憧憬。所有人的目光一而再，再而三地聚焦在夏初的脸上以及被桌布挡住的肚皮上，喜笑颜开。

夏初再次成为焦点，仍有些不自在，笑得却幸福腼腆。

温纹挨着夏初坐着，饭到中旬，她探身小声地说："夏初，我要谢谢你，在你的帮助下，我的面包房获得了五年的免费红酒，品质相当不错，而且有人还交了我一个烤红酒蛋糕的秘方，所以啊，以后CAKECAKE就主打红酒系列了！"

夏初疑惑地看着正掩嘴偷乐的温纹，低声地问："您为什么要谢我？"

"嘿嘿！你不知道，那天我之所以带你去CAKECAKE，可是某人花了血本的！"温纹悄悄地说着，斜斜地瞥了一眼夏初旁边的苏景晨。他在大家的胁逼下，喝了一点白酒，此时在酒精的作用下，脸颊微红。

原来那天下午，温纹并不是心血来潮带着夏初去面包房，而是苏老爷子看苏景晨瘦了一圈，实在可怜，于是暗示温纹向苏景晨透漏，夏初最近挺好的，让他别太担心，于是温纹找到了苏景晨，先趁机讨要了一年的免费红酒，然后告诉他据某个不能说的关键人物透漏，夏初目前状态很好，不过就是暂时还不想见你！结果苏景晨竟对此消息表示怀疑，于是温纹索性瞒着大家偷偷地把精神不错的云夏初带出去，让苏景晨远远地看了几眼，同时告知他夏初其实一直就在苏家。

为此，苏景晨要为CAKECAKE免费供应五年的红酒！还讨好地把自己在红酒庄园里学的一个做红酒蛋糕的方子教给温纹。

至此，夏初才明白，苏景晨最终还是扳回了半局，将了大家一军。她扭头看着已经有了几分醉意的苏景晨，好气又好笑地轻轻摇头，想起安馨说的婚姻与战争，暗想看来回头要认真研习"三十六计"、"孙子兵法"了，日后好旗鼓相当地和苏景晨过招儿。

苏景晨自是不知云夏初在想什么，他已得到了夏初的原谅，自以为此后就剩你侬我侬的幸福生活了。于是他带着三分醉意悄悄地握住夏初的手，欢喜在心底绽开，缓缓的，越过唇角，爬上眉梢！

# 番 外

选了个良辰吉日，苏景晨准备带着云夏初去领新的结婚证。他一大早就兴冲冲地在挨着苏老爷子卧房的书房里，哼着小调儿翻找户口本。苏老爷子默不作声地吃了早饭，又去花园里打了趟太极，才慢慢悠悠地踱着步子回到主屋。看见苏景晨这会儿也不唱歌了，正满头大汗地翻箱倒柜，苏老爷子喝了口茶，坐在客厅里优哉游哉地问："景晨，你一大早找什么呢？"

"爷爷，咱家户口本呢？我记得以前都收在书柜中间那格里啊，怎么不见了？"苏景晨一边纳闷，一边不停手地继续到处翻找。

苏老爷子放下茶杯，明知故问："你要户口本做什么？"

景晨有些不好意思地挠了挠头发，笑眯眯地说："爷爷，我今天和夏初去领结婚证！"

"哦！你还知道自己没领结婚证呢，前阵子你不是不急吗？"苏老爷子慢条斯理地挤兑苏景晨。

苏景晨暗暗叫苦，看来少算了一招，不过这会儿，后悔是来不及了，只好硬着头皮求老爷子："爷爷，您把户口本藏哪儿了？您快给我吧，夏初等着呢！"

"唉！我年纪大了，记性不好，忘了把户口本收在哪儿了，赶明儿有空了我好好找找，你先跟夏初说说，别着急。"苏老爷子摸着下巴上短短的胡须，笑眯眯地看着已然蔫了下去的苏景晨。

景晨悻悻地回到后院，看见已经准备好出发的夏初，哭笑不得地摇了摇头，感慨以后在老爷子面前还是夹着尾巴做人吧，不知道还有什么把柄握在他手里啊！

农历春节前，苏家为苏景晨和云夏初举行了一个小型的中式婚礼。婚礼邀请了双方的近亲好友。夏初的凤冠霞帔是苏家的传家之物。苏老爷子亲手交到她手上，笑得心满意足。大舅妈亲手给她带上了那套“金玉良缘”，二舅妈替她梳好头发，抻平了衣裳，眼里带着喜悦的泪花。夏初的心里，怀着满满的感激。

中途，景晨不放心地进来好几次，一会儿担心夏初的凤冠太沉，一会儿担心夏初的衣服是不是太紧。大舅妈嗔怪着把他三番五次地赶了出去，说这样不对古理儿。夏初看他像模像样地穿着龙纹刺绣长袍，提起袍子的下摆皱着眉头迈出房门，忍俊不禁。

这一天，有着冬日里和煦的暖阳，廊下开得亮堂堂的仙客来一字排开，喜气洋洋。

这一天，在织锦红缎布置的小院里，在喧嚣热闹的鞭炮声中，在所有人喜笑颜开的祝福中，云夏初嫁给了她的金玉良缘。

来年秋天，在北京城郊外，一片占地上百亩的葡萄庄园已初见雏形。这座庄园目前有三个股东，赶上苏家老爷子心情好最后投了百分之七十，安馨被再三纠缠后秉着鸡蛋不放在一个筐里的原理一咬牙投入了百分之二十，剩余的是苏景晨求了一圈从苏以乔、宋晗到他的其他朋友，允诺未来的分红才凑足了。而极有可能为葡萄庄园奉献后半生的苏景晨，目前是个只有百分之二股份的经理人。好在梦想和幸福都已经种在这块土地上了，他日日里忙得心满意足。

苏以萱现在是酒庄的形象代言，她穿着优雅的酒红色晚礼服，手执高脚杯的照片被印在会员手册的封面上，让很多人眼前一亮。

庄园分为四个区，栽植区、酿造储藏区、红酒文化区以及游客接待区。栽植园里，以黑皮诺和解百纳为主要品种的葡萄树在秋天的原野里精神奕奕，不过还要等到第三年，才会结出葡萄，所以目前庄园的酿造区还没有启用。前来参观的人们，大多在文化区了解红酒文化，然后前往储藏区选购来自世界几大著名产酒区的红酒。更多的人选择在种植区认领一株葡萄树，起好名字，会有专门的工作人员把葡萄树的名字以及认领时间刻在木质葡萄叶状的牌子上，钉在葡萄树的架子边上，等待葡萄成熟的时候，会邀请他们亲自采摘。他们可以享受酿造的过程，最终看着红酒们被存放进橡木桶里，在温暖干燥的酒窖里沉沉地睡去。有一天，它们会在主人某个重要的纪念日里被唤醒，一同纪念人生

的欢愉时刻。

种植区的入口处，有株黑皮诺叫做‘金玉良缘’，时长会有人猜想这四个字背后，一定是段美好的爱情故事。

有许多新人慕名而来，在庄园里拍摄婚纱照，从种植区到酿造区再到酒窖，过程如同在酿造幸福，笑脸甜蜜美满。

有游客在园区的纪念册上写：我们的爱情开始是一颗青涩的葡萄。我们希望它成熟的年份有最饱满的阳光，雨水恰当，让它的糖分储存到刚刚好。请飞鸟爬虫不要来打扰它，请酿造它的工人一定要愉快地唱着歌，请存储它的橡木桶有最可爱的芬芳，请让它睡得香甜……这一切，就如等待我们的爱情缓缓成熟，请一定要，耐心等待。总有一天，无论红酒还是爱情，它们都会圆润芳香！

夏初站在阳光下的葡萄园里，看着苏景晨带着一顶渔夫帽，半蹲着身子，丁丁当当地把一块新的木牌子钉进木架上。秋风缓缓地吹过，蓝天白云，阳光下的葡萄叶“哗啦啦”地像是唱一支欢快的歌。夏初怀里的小婴儿“咯咯”地笑了起来。景晨钉好牌子，走了过来，笑嘻嘻地说：“姑娘，你老爸我送给你一棵葡萄树做嫁妆。虽然这棵树比不上你老妈的金玉良缘那么气派，但是老爸已经把这棵树方圆五米的地方都留给它了，随它自由地长，将来一定会长得很大很茂盛，把这里都遮起来。等你谈恋爱了，就可以带着不知道哪个走运的小子来这里说悄悄话，嘿嘿！”

夏初看他对着才四个月大的女儿一本正经地絮絮叨叨，笑得眼泪都出来了。

还在襁褓里的小婴儿，她应该还不知道，她将是一个有一棵枝繁叶茂的葡萄树做陪嫁的幸福姑娘！

# 后　记

这个故事终以 happy ending 的方式落幕了，无论是总结为灰姑娘遇见了王子，还是小红帽遇见了大灰狼，最终，云夏初和苏景晨算是将爱情进行到底了。无论这爱情当初以何种找抽的方式生根，又以何种别扭的方式发芽成长，它终究以讨喜的方式把两颗心拽到一起了，开出了一朵还不错的幸福花。

不过，可以预见的是，那个王子和公主最终幸福地生活在一起了，是纯粹的美好愿望而已。云夏初和苏景晨的幸福生活，如果没有例外，一定还是保持着斗智斗勇、你来我往的斗争状态。所谓，婚姻的格局一旦形成了，想要扭转，一定是件费力不讨好的事情。

所以，让我们一起为他们祈祷，点到即可，切不可伤了婚姻的和气！